岩 波 文 庫

32-526-1

# 恋　愛　論

(上)

スタンダール著
杉本圭子訳

Stendhal

DE L'AMOUR

1822

# 凡例

一、本書はスタンダール『恋愛論』（一八二二）の全訳である。底本としてパリ、モンジ書店刊の初版二巻本を使用した。

*De l'Amour*, par l'auteur de l'*Histoire de la peinture en Italie*, et des *Vies de Haydn, Mozart et Métastase*, 2 vol., Pierre Mongie l'aîné, 1822.

「補遺」（下巻所収）については死後刊行（一八五三）のミシェル・レヴィ版全集のリプリント版を参照した。

*De l'Amour*, par de Stendhal (Henry Beyle), Michel Lévy frères, 1857 (BiblioLife, 2009)

また、翻訳にあたり、以下の校訂版の注、解説を参考にした。

*De l'Amour*, texte établi, avec introduction et notes par Henri Martineau, Garnier Frères, «Classiques Garnier», 1959.（アンリ・マルティノー校訂、ガルニエ版）

*De l'Amour*, chronologie et préface par Michel Crouzet, Garnier-Flammarion, 1965.

*De l'Amour* dans les *Œuvres complètes*, tome 3 et 4, réimpression du texte établi et annoté par Daniel Muller et Pierre Jourda (Champion, 1926), nouvelle édition établie sous la direction de Victor Del Litto et Ernest Abravanel, Cercle du Bibliophile, 1967.（ダニエル・ミュレル、ピエール・ジュルダ校訂、ヴィクトール・デル・リット、エルンスト・アブラヴァネル再校訂、ビブリオフィル版）

Stendhal, *De l'Amour*, édition présentée, établie et annotée par Victor Del Litto, Gallimard, «Folio», 1980.（ヴィクトール・デル・リット校訂、フォリオ版）

二、原書には著者の自注が多くつけられているが、これについては＊を付して各章の本文中に記し、訳者の注についてはアラビア数字で示し、巻末に付した。

なお、訳文中で〔　〕でくくった部分は、①先に掲げた校訂版で編者らが原文の伏せ字を補って復元した箇所、または文脈に応じて編者らが本文に修正を加えた箇所、②金銭や度量衡の単位を訳者が説明用に換算したもの、のいずれかである。

三、原書にはイタリア語・英語・ラテン語が使われている箇所があるが、文脈上必要なものは原綴を示し、他は適宜、傍点あるいは訳注に「原文英語」などと注記して示した。なお文学作品からの引用については特にことわらない。

四、原書でイタリック（斜字体）になっている箇所には傍点を付した。

五、上巻には原書の第一巻と、第二巻の第五十三章（「アラビア」）までを収録し、下巻には第二巻の第五十四章以下を収録した。

# 目次

## 第二巻

〔下巻目次〕

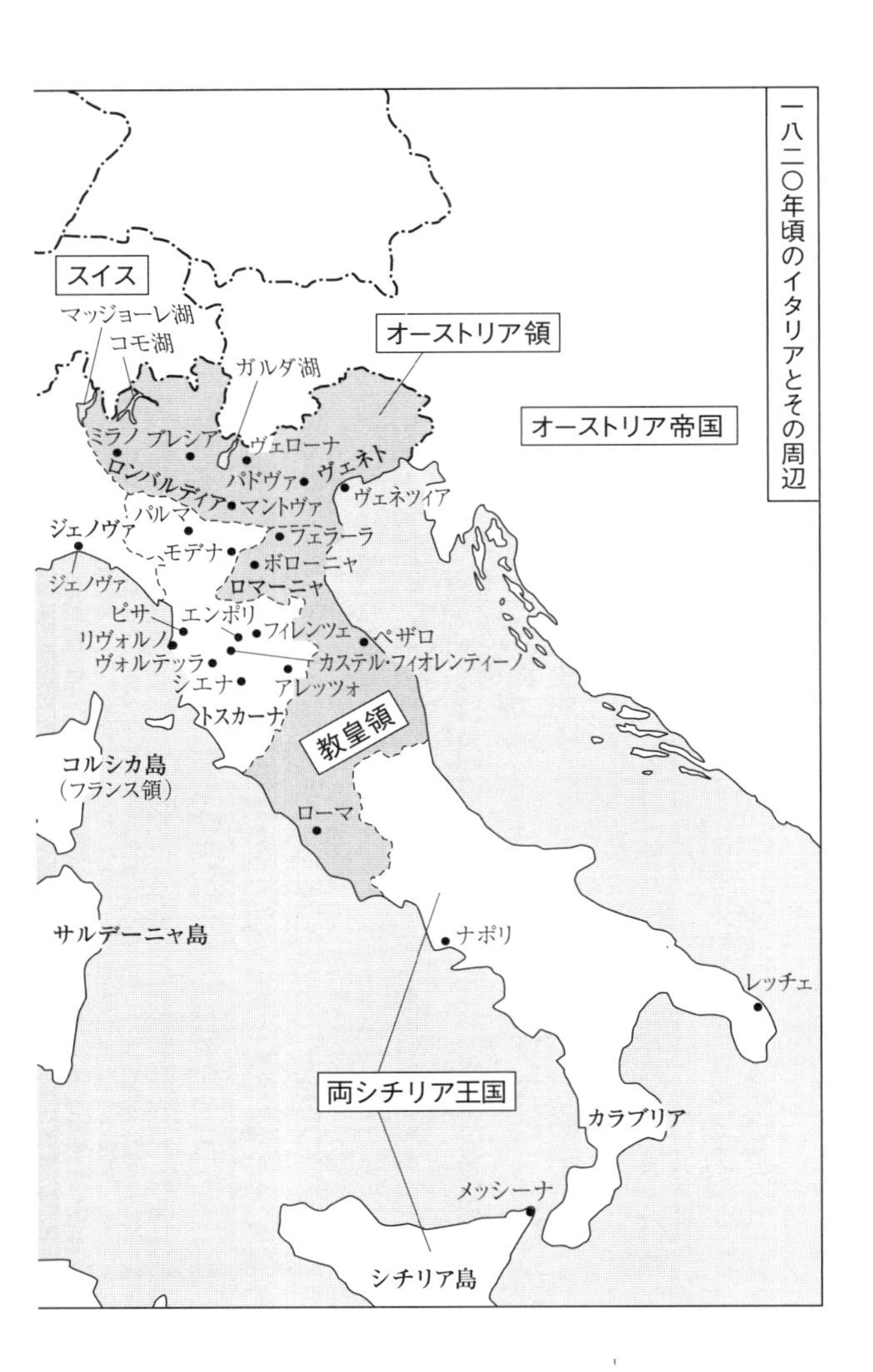

一八二〇年頃のイタリアとその周辺

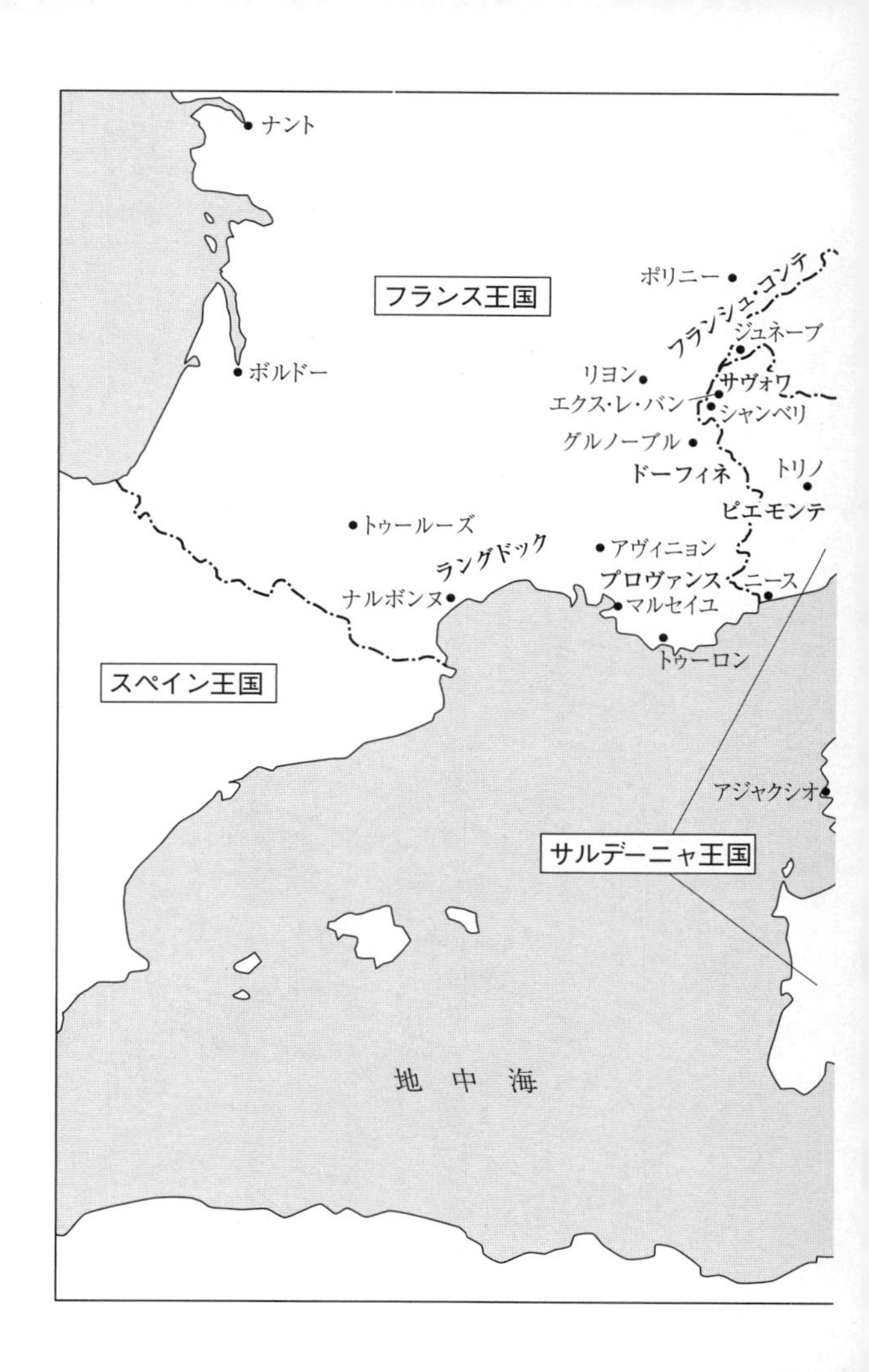
ナント
フランス王国
ポリニー
フランシュ・コンテ
ジュネーブ
ボルドー
リヨン
サヴォワ
エクス・レ・バン
シャンベリ
グルノーブル
ドーフィネ
トリノ
ピエモンテ
トゥールーズ
ラングドック
アヴィニョン
プロヴァンス
ニース
ナルボンヌ
マルセイユ
トゥーロン
スペイン王国
アジャクシオ
サルデーニャ王国
地中海

# 恋愛論（上）

『イタリア絵画史』および『ハイドン・モーツァルト・メタスタージオ伝』の著者による[1]

「なあに、実直な男が若い女に笑いものにされるのはよくあることですよ。」

（ウォルター・スコット『海賊』第三巻、七七ページ[2]）

# 序文（一八二二年）

著者が読者の寛恕を請うのは無駄なことだ。出版しているという事実が、こうした謙虚さがうわべだけのものであることを暴いてしまうのだから。著者たるもの、読者の判断の正しさ、忍耐強さ、公平さにすべてをまかせるのが賢明なのだ。だが本書の著者はとりわけ最後の公平さという資質にむけて訴えたい。しばしばフランスでは、真にフランス的な文章、見解、感情といった言葉を耳にするが、著者は事実をありのままに示し、どの場所でも通用する考えや意見にしか敬意を払わなかった。その結果、しばらく前から美徳としてまつりあげられているあの排他的な情熱を——それもかなりあいまいな性格のものだが——敵にまわしてしまったのではないかと、当然のごとく恐れている。実際、歴史や道徳、科学、文学にいたるまでが、ライン川や山地、英仏海峡を越えたとたんに、真にドイツ的、ロシア的、イタリア的、スペイン的、イギリス的たらねばならぬとしたらどうだろう。そのような地理上の正しさや事実についてはどう考えるべきなのか。真にスペイン的な献身、真にイギリス的な美徳といった表現が、他国の愛国者たちの演説の中で真剣に用いられているのを見るにつけ、そろそろわが国でも同様の表現を押しつけている感情に警戒してもよいころだろう。コンスタンティノープルやあらゆる未開民族のあいだで、自国に対する盲目的で偏狭なえこひいきは、血に飢えた怒りの感情となっている。いっぽう教養ある民族のあいだでは、苦しく、悲しく、不安で、少しでも傷つけられようものならたちまち吠えたてる虚栄心としてあらわれている。

（シモン氏『スイス紀行』序文の抜粋、七ページから八ページ[3]。）

# 第一巻

# 第一章　恋愛について

私は、その真摯な展開がことごとく美の性格を帯びている、この情熱について解き明かそうと思う。

恋愛には四つの種類がある。

一、情熱恋愛。ポルトガル修道女の恋[4]、エロイーズのアベラールに対する恋[5]、ヴェゼルの大尉の恋[6]、チェントの憲兵の恋[7]。

二、趣味恋愛。一七六〇年頃にパリで流行していた恋愛。クレビヨン[8]、ローザン[9]、デュクロ[10]、マルモンテル[11]、シャンフォール[12]、デピネ夫人[13]ら、この時代の回想録や小説にみられる。

趣味恋愛は陰影の部分も含め、すべてがばら色でなくてはならない一枚の絵であり、いかなる理由であれ不快なものが入りこんではならない。さもないと、しきたり、上品さ、洗練などにもとることになる。生まれのよい男は、この種の恋愛のさまざまな段階でとるべき態度や目にするふるまいを、あらかじめすべて知り抜いている。趣味恋愛は激情や意外性とは無縁で、真の恋愛よりも洗練されていることが多いが、それはこの恋愛がつねに機知にあふれているためだ。カラッチ兄弟[14]の絵に比べたときの、美しく冷ややかな細密画のようなものである。情熱恋愛がわれわれをあらゆる利害をこえたところにまで運び去るのに対し、趣味恋愛はつねにそれと折り合いをつけることができる。実際、この貧弱な恋愛から虚栄心を取り去ってしまえば、微々たるものしか残らない。そしていったん虚栄心を抜き取られてしまうと、足を引きずって歩くのがやっとの、弱った病み上がり同然である。

三、肉体的恋愛。

狩りの途中で、美しくみずみずしい農家の娘が森に逃げこむところを見かける。この種の快楽から生じる恋愛のことはだれでも知っている。どんなに冷淡で不幸な性格の男でも、十六歳にもなればここから始めるものだ。

四、虚栄恋愛

フランスにおいてはとくに、大多数の男は美しい馬でももつように、若者に必要なぜいたく品として流行の女をもちたがり、手に入れる。多少なりとも虚栄心をくすぐられたり、傷つけられたりすると、陶酔が生まれる。時には肉体的恋愛が生じることもあるが、いつもそうとは限らない。肉体の喜びすらない場合も多い。平民の男にとって、公爵夫人はいつでも三十歳にしか見えない、[15]とショーヌ公爵夫人は言った。そしてあの公正なオランダ王ルイの宮廷にかつて出入りした者は、公爵や王族に魅力を感じずにはいられなかったハーグの美女のことを、いまだに愉快に思い出す。ただし君主制の原則に忠実だった彼女は、王族が宮廷にやってくると公爵のほうを追い払った。彼女は外交団にとっての勲章のようなものであった。

　この陳腐な関係でもっとも幸福なケースは、肉体の快楽が習慣によって増す場合である。すると昔の思い出がこの関係を少々恋愛に似通わせる。恋人に去られると自尊心が傷つけられ、悲しみが生じる。小説じみた考えが喉をしめつけ、自分は恋していて、憂鬱な気分になっていると感じる。というのも虚栄心はいつでも大恋愛をしていると思いたがるものだからだ。確かなのは、いかなる種類の恋愛による快楽であろうと、心が高揚したとたんに快楽は強くなり、その思い出も魅惑を増すことである。おおかたの情熱とは逆に、恋という情熱においては、失ったものの思い出はきまって将来期待しうるものに勝るように思える。

　ときに虚栄恋愛では習慣や、これ以上いい相手は見つかるまいという絶望感が引き金となって、友情のなかでももっとも魅力に欠ける、ある種の友情が生まれることがある。そうした友情は堅固さなどを誇ったりする[*1]。

＊１　ポン・ド・ヴェールとデュ・デファン夫人の、炉辺での有名な会話⑯。

肉体の快楽は自然にかなったものなので皆に知られているが、優しく情熱的な魂の持ち主にとっては一段劣った快楽でしかない。それゆえ、こうした人たちはサロンで笑いものにされたり、社交界の陰謀によってたびたび不幸な目にあったりもするが、そのかわり、見栄や金銭のことでしか胸が高鳴らない人たちが決して体験することのない楽しみを知っているのである。

貞淑で愛情深い女の中には、肉体の快楽がどういうものかをほとんど理解できない女たちがいる。彼女たちがいわばそのようなものに身をさらす機会はめったになかったのだし、あったにせよ、そのときには情熱恋愛の陶酔が肉体の快楽をほとんど忘れさせてしまっていたからだ。

男の中には極度の高慢さ、アルフィエーリ⑰流の高慢さのえじきとなり、これに操られる者がいる。こうした輩はおそらくネロ⑱と同様、あらゆる人間を自分の心を基準に評価し、始終恐れているせいで冷酷になるのだろうが、こうした輩が肉体の快楽に到達するためには、そこに自尊心のかぎりない満足が伴うこと、すなわち快楽をともにする相手に対して冷酷な仕打ちをすることが必要なのである。『ジュスチーヌ⑲』のおぞましい行為の数々はここから生まれる。ここまでしないと彼らは確信をもてない。

さらに言えば、恋愛を四つに区分するかわりに、八つか九つの微妙な差異を認めることもできよう。おそらく人間には、ものの見かたと同じくらいたくさんの感じ方が存在する。ただし分類法の違いによって以下の論証がなんら異なってくるわけではない。この世のすべての恋愛は同じ法則にしたがって生まれ、生き、死に、あるいは不滅にまで高まるのだから。*2

＊2　本書はリジオ・ヴィスコンティという、ついこの前故郷のヴォルテッラで亡くなったばかりの、きわめて高貴な生まれの若者によるイタリア語手稿の自由訳である。不慮の死をとげたその日、リジオは適切な形に整えてくれるのならという条件で、自分の書いた恋愛についてのエッセーを出版する許可を訳者に与えてくれた。

カステル・フィオレンティーノ、一八一九年六月十日。[20]

# 第二章　恋の誕生について

心の中では次のようなことが起こる。
一、賛嘆。
二、「あのひとにキスをし、されたらどんなにうれしいだろう」などと思う。
三、希望。
相手の美点を観察する。女が肉体の快楽を最大限に味わおうと思ったら、この時点で身をまかせるべきであろう。どんなに控えめな女でも、希望を抱く瞬間には目が血走る。情熱は激しく、快楽は大きいので、恋は明らかなしるしで表に出てしまう。
四、恋の誕生。
恋するというのは愛しい相手、自分を愛してくれる相手をできるだけ近くで見て、触れて、あらゆる感覚を通して感じる喜びを味わうことである。
五、第一の結晶作用が始まる。
男はその愛情が確かだと思う女を無数の美点で飾り立てて楽しみ、ひとり悦に入って幸福を事細かに描く。それはつまり天から降ってきたすばらしい財産、よくはわからないけれども確実に自分のものである財産を誇張して考えることである。

恋する男の頭を二十四時間にわたって働かせておくと、次のような現象が起こる。

ザルツブルクの塩坑で、うち捨てられた鉱山の奥深くに、冬に葉の落ちた木の枝を放りこんでおき、二か月か三か月のちに引きあげてみると、枝がきらきらと輝く結晶で覆われている。シジュウカラの脚ほどの太さもない小さな枝も、ゆらゆらときらめく無数のダイヤモンドで飾られている。もとの枝はもう見分けられない。

私が結晶作用と呼ぶのは、目の前にあらわれるものの全体から、愛する相手が新たな美点をそなえているという発見を引き出す精神の作用のことである。

ひとりの旅人が焼けつくような夏の時期の、ジェノヴァの海辺にあるオレンジの林の涼しさを語ったとする。するとこの涼しさを恋人とともに味わえたらどんなに楽しいだろう、と考える。

友人のひとりが狩りで腕を骨折したとする。すると愛する女の手当てを受けられたらどんなにうれしいだろう、と想像する。いつもいっしょにいて自分を愛してくれる女の姿をたえず見ていられるなら、痛みだって祝福したいくらいだろう。そうして恋する男は友人の腕の骨折から出発して、恋人の天使のような優しさをもはや疑わなくなる。つまりある美点を思うだけで、愛する女の中にそれを実際に見るようになる。

私があえて**結晶作用**と呼ぶこの現象は、快楽を感じるように促し脳に血液を送りこむ人間の本性(ほんせい)と、快楽は愛する女の美点とともに増すという認識、そしてあのひとは自分のものだという考えに端を発する。未開人は最初の一歩から先へ踏み出す余裕がない。快楽は感じるが、脳の活動は森に逃げこむ鹿を追いかけることに費やされ[21]、その肉を食べて一刻も早く体力を回復せねばならない。さもなくば敵の斧に打ち倒されてしまう。

文明のもう一方の極では、愛情深い女はまちがいなく、愛する男のそばでないと肉体的な快楽を見出さない段階にまで達しているはずだ[*1]。未開人の逆である。だが文明国の女には暇がある。未開人は仕事に追われているため、女を家畜のように扱わざるをえない。人間よりも多くの動物のめすのほうがまだ幸福なのは、おすの生活がもっと保障されているからだ。

*1　この特徴が男にあらわれないのは、男には一瞬のために羞恥心を捨てねばならないということがないからだ。

しかし森を離れてパリに戻ろう。情熱にとらわれた男は愛する女の中にあらゆる美点を見出す。それでもなお注意力が散漫になることがある[*2]。なぜなら心は単調なものには飽きてしまうからで、完璧な幸福についても同じだ。

＊２　すなわち単調な生活のもたらす完全な幸福は一瞬で終わるのに対し、情熱にとらわれた男の状態は一日に十回も変化するということだ。

そこで注意力をひきつけようとして次のようなことが起こる。

六、疑念が生まれる。

幾度となく交わされる視線や、それとは別に、一瞬で終わることも数日間続くこともある一連のそぶりを通じて、恋する男がまずは希望を与えられ、次にその確証を与えられると、男は最初の驚きから覚めて幸福に慣れてしまうせいか、あるいは尻軽な女だけを念頭においた、ありがちな例ばかりを基につくられた理論に引きずられてしまうためか、女の側にもっと確かな保証を求め、幸福を先に進めようとする。

もし男があまりに自信ありげにふるまったりすると、女は無関心を装ったり、[＊3]冷淡になったり、怒ったりすることもある。フランスだと「すっかり安心していらっしゃるのね」というような皮肉な調子がともなう。女がそのようにふるまうのは、一時の陶酔から覚め、慎みに欠けることをしたのではと恐ろしくなって慎みに従うためか、単なる用心や媚びによるものである。

＊３　十七世紀の小説がひとめぼれと呼んだ、主人公と恋人の運命を決する心の動きは、無数の三文文士の筆によって台無しにされはしたが、まぎれもなく自然の中に存在する。ひとめ

ぼれはここで述べたような防御のふるまいができないときに生じる。恋する女は自ら抱いている感情にあまりに多くの幸福を覚えると、本心を偽ることができなくなる。慎重にふるまうことに飽きて、いっさいの用心を忘れ、なりふりかまわず恋する幸せに身をまかせる。警戒心はひとめぼれを不可能にする。

恋する男は確かだと思っていた幸福を疑うようになる。期待する根拠はあると思いこんでいたのに、それも厳しい目で見るようになる。

人生の他の楽しみで埋め合わせようとしても、そんなものはなくなってしまっていることに気づく。恐ろしい不幸に見舞われるのではないかという懸念にとらわれ、同時に深い注意力が生じる。

七、第二の結晶作用

そうすると第二の結晶作用が始まり、ダイヤモンドが生じて次の考えに確証が与えられる。

彼女は私のことを愛している。

疑念の発生につづく夜、ひどく不幸なひとときが過ぎると、恋する男は十五分ごとにつぶやく。「そうだ、彼女は私のことを愛している。」すると結晶作用が始まり、新たな魅力の発見へと向かう。だがやがて血走った目をした疑念にとりつかれ、ふと立ち止まる。彼の胸は呼吸することも忘れ、こうつぶやく。「いったい彼女は私のことを愛しているのだろうか。」はり裂けるような思いと恍惚が交錯するうちに、あわれな恋人はひしひしと感じる。「この世で彼女だけが与えられる喜びを、彼女は私に与えてくれる。」

こうした疑いようもない真実があり、いっぽうの手で完璧な幸福にふれながら、ぞっとするような崖っぷちの道を歩くからこそ、第二の結晶作用は、第一の結晶作用よりもはるかに優れているのだ。

恋人はたえず次の三つの考えのあいだを揺れ動く。
一、彼女はあらゆる美点をそなえている。
二、彼女は私のことを愛している。
三、彼女からもっとも確実な愛のあかしを得るにはどうしたらよいか。
初々しい恋愛でもっとも痛ましい瞬間は、恋人が自分の思い違いに気づき、結晶全体をこわさなくてはならないと悟ったときである。

人は結晶作用そのものまで疑うようになる。

# 第三章　希望について

恋が生まれるには、ほんの少しの希望があれば十分だ。
二、三日のちには希望はなくなってしまうかもしれないが、それでも恋が生まれたことにかわりはない。決然とした、向こう見ずで激しい気性と、人生の不幸に遭ってより豊かさを増した想像力の持ち主であれば、希望の度合いは小さくなり、早めに消えることもありうるが、恋が死ぬことはない。
恋する男が数々の不幸を経験し、優しくもの思いがちな性格で、相手以外の女に絶望し、相手の女に心からの賛嘆を抱いているなら、月並みな楽しみでは第二の結晶作用から気を紛らわされることはない。男は凡庸な女が与えうるかぎりのものを受け取るよりは、いつの日か相手に好かれるというあてのない幸運のほうを夢見るだろうから。

恋人の女がむごいやりかたで男の希望を打ち砕き、男がもう人前に顔を出せなくなるくらいおおっぴらに軽蔑を見せつけようと思うなら、この時期でなくてはならず、それ以降ではだめだということに注意しよう。

恋が生まれるには、それぞれの段階と段階のあいだでもっと長い時間がかかることもある。

冷静沈着で慎重な人たちははるかに多くの、持続的な希望を必要とする。老人についても同様である。

恋愛の持続を確実にするのは第二の結晶作用であり、恋人はこの間ずっと、愛されるか死ぬかのどちらかしかないことを意識している。こうした確認をたえずくりかえし、数か月間思い続けてそれが習慣になってしまったあとでは、恋をやめると考えただけでも耐えがたくなる。堅固な性格であればあるほど、心変わりはしにくい。

この第二の結晶作用は、あまりに早く身をまかせてしまう女たち相手の恋では、ほぼ確実に起こらない。

結晶作用、とりわけ第一よりもはるかに強烈な第二の結晶作用が起こると、無関心な者の目には、もうもとの木の枝は見分けられなくなる。なぜなら、

一、枝が、その人たちには見えない美点やダイヤモンドで飾られているから。

二、枝が、その人たちにとって美点とは思えない長所で飾られているから。

恋人の昔の男から伝え聞く、彼女のある種の完璧な魅力や、それを語る男の目に浮かぶある種の熱のこもった調子が、デル・ロッソ(22)の結晶作用*1のダイヤモンドとなる。夜、

そうした発見をすると、彼はひと晩中夢想にふける。

＊1　私はこのエッセーを「イデオロジーの書㉓」と呼んだ。私の目的は、この本は「恋愛」と称してはいても小説ではなく、なにより小説のように面白くはない、と示すことにあった。「イデオロジー」という言葉を用いたことについては哲学者たちの寛恕を請いたい。他人が権利を有するタイトルを横取りするのはけっして私の意図するところではない。イデオロジーが思考およびそれを構成するあらゆる部位の詳細な記述であるとすれば、この本は恋愛と呼ばれる情熱を構成するすべての感情の詳細で綿密な記述なのである。次に私はこの描写からいくつかの結論を引き出す。たとえば恋を癒す方法などだ。イデオロジーが思考についての論を意味するのと同様に、感情についての論を意味するギリシャ語を私は知らない。博識な友人のだれかに用語を考えてもらうこともできただろうが、結晶作用という新語を採用しなければならなかったことだけでも私はずいぶんと不満だし、このエッセーを読んでくれる人がいたとしても、この新語を大目に見てもらえない可能性は大いにある。実のところ、文学的な才能があればこの語を避けることはできただろう。私も試みたが、できなかったのだ。私の見るところ、この恋と呼ばれる狂気の主要な現象を表す「結晶作用」の語がないと――もっともこれは、人間という種がこの世で味わう最大の喜びを与えてくれる狂気なのだが――この語を使わないと、長々しい婉曲表現でいちいち言い換えなければならないし、恋する男の頭や心の中で起こっている出来事を描写するのは、著者の私にとってすら難解で、重

苦しく、退屈だっただろう。ましてや読者にはどう思われたことか。

したがって、この結晶作用という語にあまりに気を悪くされた読者には、本を閉じるようおすすめしたい。そもそも私は、実に幸いなことに、多くの読者を得たいと望んではいないのだ。顔も知らぬままに私が熱烈な好意を寄せている三十人か四十人のパリの人たち、この先も会うことはないであろう人たちに大いに気に入ってもらえれば、それでうれしい。たとえば娘時代のロラン夫人のような人に[24]。この人は隠れて本を読み、少しでも物音がすると、時計箱の彫り師であった父親の仕事場の引き出しの中にすばやく隠した。夫人のような心の持ち主ならきっと、愛し始めた女の中にあらゆる美、あらゆる種類の美点を認めてしまう、あの狂気のふるまいを表すのに結晶作用の語を用いることばかりか、大胆すぎる数々の省略についても許してくれるだろう。鉛筆を手にとって、足りない語を五つか六つ、行間に書けばすむことだ。

相手の思いがけない受け答えから、彼女が優しく、寛容で情熱的な、俗に言うところのロマネスクな[*2]心の持ち主で、人里離れた真夜中の森を恋人とふたりでさまよう楽しみは王侯の幸福にもまさると考える人だということがよりはっきりすると、私もまたひと晩中夢想にふける。[*3]

＊2　最初、私の目にはあのかたのなすことすべてが、ひとりの男性をたちまち特別な存在に仕立て、他の男性と隔てる、あの天上的な雰囲気をまとっているように見えました。あのか

たの目の中に、私は読みとったように思ったのです。より崇高な幸福に焦がれる心と、現世にあるものより優れたものを求める憂愁の念、そしてロマネスクな魂が運命や騒乱によってどのような状況のもとに置かれようと、そこに
　われらが生きる目標となり、そのために死ぬことも辞さぬような
　天上的な光景をたえず呼び覚ます
　憂愁の念を。
（ビアンカが母親にあてた最後の手紙、フォルリ、一八一七年）[25]

＊3　著者が私という言い回しを使って自分とは縁のないいくつもの感情を語るのは、手短にすませるためと、心の内面を描けるようにするためである。著者の個人的なことで引証に値するようなものは、なにひとつなかった。
デル・ロッソは私の恋人を猫かぶりと言うだろう。私のほうでは、彼の女を娼婦と呼ぼう。

# 第四章

恋にまったく関心のない心の持ち主、たとえば人里遠く離れた城館に住む若い娘などでは、ごく小さな驚きも小さな賛嘆の念をひきおこすことがあり、そこにほんの少しでも希望が生じれば、恋や結晶作用を生む。

そのような場合、恋はまず楽しいものとして喜ばれる。

驚きと希望は、十六歳になればだれもが感じる恋の欲求と憂愁によって強烈にあと押しされる。よく知られたことだが、この年齢にありがちな不安は恋への渇望からきており、この渇望の特徴は、偶然が差し出す飲み物の性質についてはそれほど選り好みをしないことだ。

恋愛の七つの時期についてもう一度まとめてみよう。

一、賛嘆。

二、どんなにうれしいだろう、などなど。

三、希望。

四、恋の誕生。
五、第一の結晶作用。
六、疑念が生じる。
七、第二の結晶作用。
一と二のあいだには一年かかることがある。

二と三のあいだにはひと月かかる。希望がなかなか生まれない場合には、不幸のもとになるからと言ってしだいに二をあきらめる。

三と四のあいだは一瞬である。

四と五のあいだは間髪を入れない。この二つを隔てるものといえば、深い仲になることくらいだ。

五と六のあいだは、どの程度血気盛んか、性格の大胆さが習慣化しているかどうかによって、数日かかることがある。六と七のあいだには間(ま)がない。

# 第五章

人間は、他のどんな行為にもまして大きな喜びをもたらしてくれることをせずにはいられない[*1][26]。

＊1　犯罪の観点からみれば、よい教育とは後悔の念を教えることであり、前もって与えておけば、秤に重しをのせておける。

恋愛とは熱病のようなものであり、意志とはなんのかかわりもなく生まれたり消えたりする。これが趣味恋愛と情熱恋愛の主な違いのひとつであり、愛する女の美点も、幸運な偶然としてたたえるべきだ。

要するに、恋は年齢を問わない。デュ・デファン夫人があまり優雅とはいえないホレース・ウォルポールに寄せた愛情を見るがよい[27]。おそらくまだ記憶に新しいところだが、パリではもっと最近の、より魅力的な恋愛の例もある[28]。

偉大な情熱の証として認められるのは、その結果として滑稽さが生じることだけだ。たとえば恋の証拠である内気さなど。これは学校を出たての若者にありがちな青臭い恥じらいとは別物である。

# 第六章　ザルツブルクの小枝

恋愛において、結晶作用がやむことはほとんどない。それはこういうわけだ。恋人とうまくいっていない間は、結晶作用がおきて想像上の解決をもたらす。そのときは想像力のうえでしか、愛する女にこれこれの長所があると確信することはできない。親密な仲になったのちも不安は絶えず生じるが、そちらはもっと現実的な解決法によって鎮められる。このように、幸福はそのおおもとにおいては一様だが、一日ごとにちがった花を咲かせる。

もし愛されている女が自分の感じている情熱におぼれ、陶酔の激しさによって相手の不安を打ち消すという大きなあやまちを犯すと[*1]、結晶作用は一時やむ。だが恋愛から活気、すなわち不安が失われても、そのかわりに相手にすべてをゆだね、全幅の信頼を寄せるという魅力が加わる。快い習慣が人生のあらゆる苦痛を和らげ、恋の喜びにまた別種の趣をそえる。

*1　『クレーヴの奥方』のディアーヌ・ド・ポワティエ[29]。

あなたが恋人の女に去られると、再び結晶作用が始まる。相手に感嘆するたびに、相手が与えてくれそうな、ただし以前のあなたは思いつきもしなかった幸福の姿を見るたびに、次のような痛ましい考察に行きついて終わる。「これほどすばらしい幸福を、自分はもう二度と味わえないのだ。しかもそれを失ったのは自分のせいなのだ。」別種の刺激のなかに幸福を求めてみても、そもそも心が拒否して感じとらない。想像の中で駿馬にまたがり、デヴォンシャーの森で狩りをするときの体勢を思い描いてみても[*2]、あなたがなんの喜びも感じられないことは、自分でもはっきりとわかっている。こうした錯覚が拳銃自殺をひきおこすのだ。

＊2　なぜなら、仮にあなたがそこに幸福を思い描けたとしても、結晶作用のほうではすでにあなたにそうした幸福を与える特権を、あなたの恋人だけに譲り渡してしまっているからだ。

賭けにも結晶作用があり、これからもうける大金の使い途をめぐって起こる。貴族たちが正統性を引き合いに出して懐しんでいる宮廷内のかけひきは、それが引き起こす結晶作用によってこそ、あれほど魅力的だったのだ。リュイヌ[30]やローザン[31]のような、瞬く間の出世を夢見ない宮廷人はいなかったし、貴婦人はだれでも、ポリニャック夫人[32]のような公爵領をあてこんだ。合理的な政府には、こうした結晶作用を起こすことはできない。アメリカ合衆国の政府ほど想像力のはたらきに反するものはない[33]。彼らの隣人たる未開人たちがほとんど結晶作用を知らないことはすでに述べた。ローマ人にはほぼそのような概念はなく、あったとしても肉体的恋愛の場合に限られていた。

憎しみにもまた結晶作用がある。人は復讐できると思ったとたんに、再び憎みはじめる。

荒唐無稽なこと、証明できないことにからむ信仰が、どれもきまってひどい愚か者たちを首領にかつぎあげる傾向があるのも、結晶作用のもたらす効果のひとつである。数学でさえ、これと信ずる証明の全過程を随時頭に入れておけない人々のあいだでは、結晶作用がおこる(一七四〇年のニュートン主義者たちを見よ[34])。

その証拠に、ドイツの偉大な哲学者たちのたどった運命を見るとよい[35]。あれほどさかんに不朽の名声をうたわれても、三十年や四十年先まで名が残ることはないではないか。

どれほど賢い人間でも音楽のことになると狂信的になるのは、自分の感情については理由をつきとめられないからである。

だれかに反論されたとき、自分は正しい、と思う存分に証明できる人などいはしない。

# 第七章　男女による恋の発生の相違について

女は男に愛のしるしを与えることによって、男と愛情で結ばれる。女が常日頃ふける夢想のほぼすべては恋愛にかかわるものなので、深い仲になったあと、女の夢想はただひとつの目標のまわりに集中する。すなわち、かくも常軌を逸し、かくも決定的で、羞恥心の命ずるあらゆる習慣にかくも反するふるまいを正当化しはじめるのだ。こうした作用は男にはおこらない。そのあとで女の想像力は、いとも甘美なひとときを心ゆくまで、こと細かに思い描く。

恋はどんなに明白な事実までも疑わせるものだから、深い仲になる以前は自分の男が普通よりすぐれているとあれほど確信していたこの女も、もはや男に対して何も拒むものがなくなったと思ったとたんに、相手が恋人のリストにもうひとり加えようとしただけではないかと恐れるようになる。

そのときようやく第二の結晶作用[*1]がおこり、それは不安につきまとわれているぶんだけはるかに激しくなる。

＊1　この第二の結晶作用は、こうしたロマネスクな考えをまったく抱くことのない浮気女にはおこらない。

女は女王から奴隷になり下がったと感じる。こうした精神と心の状態は、快楽が引き起こす神経の興奮によって助長される。しかもその快楽は、まれであればあるほど激しくなる。それでも女は刺繡枠にむかい、つまらない手仕事にふけりながら恋人のことを思う。いっぽう、騎兵隊を率いて平原を駆けめぐっている男のほうは、部隊の指揮を誤れば禁足処分になる。

したがって私は、第二の結晶作用は懸念が強いぶん、女のほうが激しいと考える。虚栄心や体面がおびやかされ、少なくとも気晴らしはいっそう困難になる。

女は分別あるふるまいをする習慣に導かれることがない。だが男の私は、毎日六時間机に向かい、面白味のない、分別くさい仕事にかかりきっているために、いやでもそれが身につく。女は恋愛以外のことでも想像力に身をまかせる習慣があり、ふだんから気持ちが高ぶっている。だから愛する相手の欠点が消えていくのも男より早いはずだ。

女は理性よりも感情を好む。ごく単純なことだ。われわれの味気ない習慣のおかげで、女は家庭でなんの仕事もまかされていないから、理性は女にとってなんの役にもたたず、女のほうでもそれがなにかに役だつとは思っていない。

それどころか、理性は女にとってつねに有害なのだ。というのも、理性が姿を現すのはひとえに女が昨日快楽を味わったことをとがめ、明日はもう味わうなと命ずるためだからだ。

細君に、領地の一部の小作人相手の仕事を片付けさせてみるとよい。あなたがやるよりうまく帳簿をつけてくれること請け合いである。そうなると、あわれな専制君主たるあなたには、愛される才能もないのだから、せいぜいぼやく権利くらいしかないだろう。女がなにかにつけて理詰めで考えるようになると、知らず知らずのうちにそういうことが好きになる。こまごまとした事柄については、女は男よりも厳密で正確であると自負している。だから小売商売の半分は妻たちに任せられており、夫よりもうまくやりおおせる。よく知られた格言に、女相手に取引をするときには、いくら真剣にやってもやりすぎることはない、とある。

というのも、女はいつでもどこでも喜怒哀楽の感情を求めているからだ。スコットランドの葬儀の楽しさを見るとよい[36]。

# 第八章

それは彼女のお気に入りのおとぎの国で、そこに彼女は空中楼閣を築いた。
『ラマムーアの花嫁』第一巻七〇ページ[37]

十八歳の少女は自分の力ではじゅうぶんな結晶作用をおこせず、乏しい人生経験をもとにささやかな欲望を抱くため、二十八歳の女ほどの情熱をもって愛することはできない。

今夜、私がこの見解をある才女に話すと、逆の主張が返ってきた。「若い娘の想像力は不快な経験によって凍りつくことがなく、青春の火が勢いよく燃えさかっているので、ある殿方について魅惑的なイメージを築いてしまうこともあるでしょう。恋人に会うたびに、実際の姿ではなくて、自分で築きあげた快いイメージを楽しむことでしょう。

やがて娘はこの恋人とすべての男に幻滅し、悲しい現実の経験が結晶作用の力を弱めてしまいます。不信の念が想像力の翼を折ってしまったのです。どんな男にも、たぐいまれな男にも、さほど魅力的なイメージを抱くことはできなくなるでしょう。だから若いころと同じような情熱の激しさで愛することはできなくなるはずです。恋愛では自ら作り出した錯覚だけを楽しむので、二十八歳で作り上げるイメージには、十六歳の初恋のもととなったイメージの華やかさ、崇高さはなく、二度目の恋はつねに退化した種（しゅ）のように思われるでしょう。」

「奥さま、そうではありません。二度目の恋には、十六歳のときにはなかった不信の念の存在が、明らかに異なった色合いを与えるはずです。ごく若いときには恋愛はすべてを押し流す大河のようなもので、とてもあらがえない気がします。ところが優しい心の持ち主は二十八歳で自らを知るのです。まだ自分に人生の幸福が残されているなら、それは恋愛にこそ求めるべきだということを知っています。そうなるとこの哀れな、乱れた心の中で、愛と不信の念との激しい争いが起こります。結晶作用はゆっくりと進みます。ただしこうした試練に勝利をおさめた結晶作用では、心が世にも恐ろしい危険をたえず見つめながら、全作用をこなすので、その結晶は、若さの特権ですべてが陽気で幸福にあふれていた十六歳のときの結晶よりもはるかに輝かしく、堅固なのです。したがってその恋は陽気さにおいては劣るかもしれませんが、より情熱的になるはずです。[*1]」

*1　エピクロス[38]は、快楽を得るには見識が必要だと言った。

この会話（ボローニャ、一八二〇年三月九日）[39]でそれまで自明だと思っていた点を論駁（ろんばく）されてから、私は、男は愛情深い女の心の奥底で起こっていることについて、筋の通ったことはほぼ何も言えないのではないか、と思うようになった。だが浮気女（コケット）については別である。われわれ男にも官能や虚栄心はある。

恋の発生が男女で異なるのは、希望の性質が同じではないからだろう。男は攻め、女は守る。男は求め、女は拒む。男は大胆で、女はとても臆病だ。

男は考える。「自分はあのひとの気に入るだろうか。あのひとは自分を愛してくれるだろうか。」

女は考える。「あのひとは私を愛していると言ってくれるけれど、遊びではないだろうか。信頼できる性格だろうか。自分でも確実に愛情が長続きすると思っているのだろうか。」そういうわけで、多くの女は二十三歳の若者を子供のように思って扱うのである。これが戦争を六度経験した男なら、事情は一変する。彼は若き英雄である。

男にとって、希望はひとえに愛する女の行動にかかっている。これほど解釈しやすいものはない。いっぽう女にとっては、希望は道徳的配慮にもとづいていなくてはならず、これはうまく評価するのがとても難しい。大半の男は、あらゆる疑念を晴らしてくれるように思える愛の証を要求するが、女のほうはそのような証を見つけられるほど恵まれてはいない。人生につきものの不幸として、恋人の一方にとっては安心と幸福に結びつくものが、もう一方にとっては危険や侮辱にもなりかねない、ということがある。

恋愛において、男はひそかに心を悩ます危険を冒すが、女は世間のからかいに身をさらす。女のほうが臆病なうえに、はるかに世論に左右されやすい。尊敬されることこそ肝要だ、と言うではないか。[*2]

＊2　ボーマルシェの箴言が思い浮かぶ。「自然が女に言うに、美しさも賢さも大事、でも尊敬されることこそ肝要。[40]」フランスでは、尊敬されなければ称賛の的になることもなく、したがって恋愛もできない。

一時（いっとき）生命の危険を冒して世論を従わせる確実な手段を、女はもたない。だから女ははるかに用心深くなくてはならない。女においては習慣の力ゆえに、恋の誕生の各時期における頭のはたらきは、男よりもことごとくおだやかで、控えめで、緩やかで、はっきりしない。したがって心変わりもしにくいし、結晶作用がはじまるとそう簡単には抜け出せない。

女は恋人に会うと、瞬時に考えこむか、恋する幸せにひたるかのどちらかだが、少しでも相手が攻撃をしかけてくると、不本意にもその幸せから引き離される。武器を取るためには、あらゆる快楽を捨てなければならないからだ。

男の役割はもっと単純だ。恋人の瞳を眺め、ほほえみかけられただけで有頂天になるので、たえずそのほほえみを手に入れようとする。[*3] 攻撃が長引くと男は自尊心を傷つけられるが、女にとっては逆に名誉となる。

＊3　待ち望んでいたほほえみに、かの恋人が
　口づけるくだりをともに読んでいたとき、
　もはやわたしから離れることのないパオロは
　震えながらわたしの唇に口づけました。
　　ダンテ「フランチェスカ・ダ・リーミニ[41]」

女は恋に落ちて丸一年たっても、好きな男にわずかな言葉しかかけられないことがある。それでも内心ひそかに、会った回数を書きとめている。二度いっしょに観劇に行き、二度夕食をともにし、三度散歩道であいさつをした、というように。

ある晩、ゲームをしていて、男が女の手に口づけしたとする。それ以来、彼女がどんな理由でも、たとえ変に思われる危険を冒しても、男たちが手に口づけするのを許さなくなったことに周りは気づく。

殿方の場合だと、こうしたふるまいは女々（めめ）しい恋と呼ばれるのでしょうね、とレオノールは私たちに言った[42]。

# 第九章

私は素っ気なくあろうと懸命に努めている。言うべきことがたくさんあると思っている自分の心をだまらせたい。真実を記したと思っても、実はため息を記したにすぎないのではないかと、つねに恐れている。

# 第十章

結晶作用の証拠としては、次の挿話をあげるにとどめよう。[*1]

＊1　エンポリ、一八一九年六月。[43]

ある若い娘が、もうすぐ軍隊から戻ってくる親戚のエドゥアールは非常にりっぱな若者だという噂を聞く。むこうも彼女の評判を聞いて好意をもっているのは確かだ、とまわりは言う。だが恋を打ち明け、彼女の両親にむかって結婚の申しこみをする前に、おそらく本人が直接彼女に会いたがるであろうとのこと。

娘は教会で知らない若者を見かけ、その若者がエドゥアールと呼ばれるのを聞く。するともう彼のことしか考えられなくなり、恋してしまう。一週間のち、本物のエドゥアールが帰ってくる。だがそれは教会で見かけた若者ではない。彼女は青ざめる。もしむりやり本物のエドゥアールと結婚させられたら、生涯不幸だったことだろう。

これこそ、才気に欠けた人たちが恋の狂気と呼ぶものだ。

ある鷹揚な男が、不幸な若い娘に親切のかぎりをつくす。これほど大きな効果を生むものはなく、恋が生まれかける。ところがこの男が手入れされていない帽子をかぶり、乗馬のしかたもぎこちないのを、娘は見てしまう。娘はため息をつきつつ、相手が示してくれる熱意に自分はこたえられそうにない、と思う。

ある男が社交界でとりわけ身持ちのよい女に言い寄る。女は男が滑稽な肉体的不幸に陥ったことがあると聞き、男のことを耐えがたいと思うようになる。だが彼女のほうでは彼に身をまかせるなどと考えたこともなかったし、そうしたひそかな欠陥は、いっこうに彼の才気や愛想のよさを損なうものではない。単に結晶作用が不可能になっただけのことだ。

人が好ましく思う相手を心ゆくまで神聖化して楽しめるようになるには、相手をアルデンヌの森[44]で見かけようと、クーロン[45]の舞踏会で見かけようと、まずはその目に相手が完璧な存在として映らなければいけない。ただしありとあらゆる面においてではなくて、現に自分に見えているかぎりの面においてそうであればよい。相手がすべてにおいて完璧に思えるのは、第二の結晶作用から数日を経てからだ。ごく単純なことで、その時点になれば、恋人を完璧な存在として見るには、そう思いこむだけで十分だからである。

これで恋が生まれるのになぜ美が必要なのかがわかるだろう。醜さが障害となってはいけないのである。恋する男はほどなくして真の美のことなど考えず、恋人のありのままの姿を美しいと思うようになる。

男が真の美を形づくっている顔立ちを目にしたとき、彼に約束されると思われる幸福の量が数字の一で表されるとしよう。すると、恋人のありのままの顔立ちは千単位の幸福を彼に約束する。

恋が生まれるまでは、美は看板として必要である。人はこれから愛することになる相手のことを他人がほめるのを聞いて、恋心を誘われる。どんな小さな希望も、熱烈な賛辞によって決定的になる。

趣味恋愛、そしておそらく情熱恋愛の最初の五分間においては、女は恋人を選ぶとき、自分自身の見かたよりも、他の女がその男をどう見るかを重視する。

王族や将校らの成功の理由はそこにある。老いたルイ十四世の宮廷の美女たちは、この王に恋していた。[*2]

*2　この若き英雄の表情に、極端な尊大さと他人の感情に対する無関心のまじった、放縦な厚かましさを認めた者も、そこにある種の美しさを認めずにはいられなかった。それは、もともと自然にあった率直な顔立ちが、お決まりの作法の型にはめられて人為的に整えられた顔立ちの美しさであった。ところがその顔が実にあけっぴろげで実直そうなので、本来の心

の動きを隠そうとはしていないように見えるのだった。そうした表情は往々にして男らしい率直さとまちがわれがちだが、実は放蕩者特有の無関心からきていて、そのくせ生まれのよさや財産、あるいはそれ以外の、個人の資質とは何のかかわりもない偶発的な優位性にはこだわりを見せるのである。

（『アイヴァンホー』第一巻一四五ページ）(46)

相手が自分に賛嘆の念を抱いているという確信がもてないうちは、相手の期待に沿ったふるまいをするのは控えるべきである。そんなことをすれば興をそいでしまい、恋の生まれる可能性をつぶしてしまうか、少なくとも相手の自尊心を刺激してやらないかぎり、元に戻すことはできない。

人は愚直さにも、八方美人的なほほえみにもひかれない。したがって社交界ではしたたかに見せる必要があり、それが気品ある物腰とされる。あまりに卑しい植物からは笑いすらつみとれない。恋愛においてわれわれの虚栄心はたやすく手に入れた勝利を軽んじる。それにどのような状況でも、人は相手から与えられたものの価値を大げさには考えないものだ。

# 第十一章

いったん結晶作用が始まると、人は愛する人のなかにそのつど新たな美を見出し、心ゆくまで楽しむ。

だが美とは何であろう。それは相手に快楽を与えうる、新たな能力のことである。

個人の快楽はそれぞれ異なり、正反対であることも多い。ある人間にとっては美であるものが他の人間にとっては醜となるのはどういうことなのかは、これで十分に説明される(一八二〇年一月一日のデル・ロッソ[47]とリジオの決定的な例)。

美の性質を知るには、各人の味わう喜びの性質を探ってみるのがよい。たとえばデル・ロッソに必要なのは、きわどいちょっかいを許し、かなりみだらなことでも笑って許してくれる女である。いつでも男に肉体的な快楽を想像させ、デル・ロッソ的な愛想のよさを誘い出し、それを発揮させてくれるような女だ。

デル・ロッソが恋愛と言うときには明らかに肉体的恋愛を、リジオの場合は情熱恋愛[*1]をさしている。ふたりが美という言葉について、意見の一致を見ないのは明白だ。

＊1　私の美しさは私の魂にとって有益なある性質を約束し、それは官能の魅力に勝る。そうした魅力は特殊な種のひとつにすぎないのだ。一八一五年。

したがってあなたの見出す美とは、あなたに快楽をもたらしうる、新たな能力のことであり、個人の数だけ快楽も異なるから、各人の頭の中でつくられる結晶は、その人の快楽の色を帯びるはずだ。

ある男が恋人のまわりに作り上げた結晶、すなわち恋人の美とは、男が恋人をめぐって次々と抱いた欲望がすべて満たされた結果の集合体に他ならない。

# 第十二章　結晶作用の続き

なぜ人は愛する女の中に新たな美を見出すたびに、恍惚としてそれを楽しむのだろうか。

それは新たな美がそのつど、あなたの欲望を完全に満たしてくれるからだ。あなたが恋人に優しくしてほしいと望めば、彼女は優しくなる。次に、恋人がコルネイユのエミリ⁽⁴⁸⁾のように誇り高くあってほしいと願えば、本来、こうした資質は両立しそうにないのに、彼女はすぐさまローマ人のような心をもって現れる。こうした心的な理由ゆえに、恋愛は情念のうちでもっとも激しい情念なのだ。それ以外の情念においては、欲望は冷ややかな現実と折り合わねばならない。いっぽう恋愛においては、現実のほうがいそいそと欲望に形を合わせてくれる。つまり、恋愛とは激しい欲望が最大限の喜びを得られる情念のひとつなのである。

幸福には一般的条件が存在し、個々の欲望の充足全般に及んでいる。

一、彼女があなたの所有物のように思われること。彼女を幸せにできるのはあなただけだからだ。

二、彼女があなたの長所の審判者であること。この条件はフランソワ一世[49]とアンリ二世[50]の粋で騎士道的な宮廷、およびルイ十五世[51]の優雅な宮廷においては非常に重要であった。立憲制の理屈好きの政府のもとでは、女はこの方面での影響力をことごとく失う。

三、ロマネスクな心の持ち主にとっては、彼女が崇高な心をもっていればいるほど、その腕の中で味わう喜びは神聖で、いっさいの卑しい世俗的な思考と無縁になる。フランスの十八歳の青年の大半はJ＝J・ルソーの弟子だから、この幸福の三番目の条件は、彼らにとって重要である。

だが幸福になりたいという欲望をやすやすと挫く恋愛の作用の過程で、男は正気を失ってしまう。

恋の最初の瞬間から、どんなに賢い男でも対象をありのままには見なくなる。自らの長所を過小評価したり、愛する女が与えてくれる、どんな小さな好意のしるしをも誇張して受けとったりする。不安と希望がたちまちロマネスクな（wayward〔移り気な、の意〕）色あいを帯びる。もう何事も偶然のせいにはしない。蓋然性の感覚を失ってしまうのである。想像上の事柄も、それが当人の幸福に及ぼす影響ゆえに実在のものとなる。*1

＊1　そこには生理的な原因がある。すなわち狂気の始まり、多量の血液の脳への流入、神経と脳の中枢にもたらされる混乱。発情した牡鹿が一時的に奮う勇気や、ソプラノ歌手[52]の思想の傾向を見よ。一九二二年には、生理学がこの現象の生理的側面についての記述をもたらしてくれるだろう。エドワーズ氏[53]にはこの現象に目を向けていただきたい。

男が理性を失っていることの恐るべき証拠として、次のようなものがある。見きわめの難しい小さな事柄を考えているとき、それが白に見えたので、自分の恋に都合のよいように解釈してしまう。ところがすぐあとで、実はそれが黒だったと気づいたあとにも、なおも自分の恋にとって有利な、決定的な証拠と見なしてしまう。

死ぬほど耐えがたい不安に襲われた男が、心から友人がほしいと感じるのはそのようなときである。だが恋する男には友人などいない。宮廷ではみなこのことを知っていた。うっかり恋心を漏らしてしまっても、こうした場合に限り、心優しい女は許してくれる。

# 第十三章　第一歩、社交界、数々の不幸について

恋の情熱においてもっとも驚くべきはその第一歩であり、人間の頭の中でおこる変化のすさまじさである。

華やかな宴のくりひろげられる社交界は、この第一歩を助けるという意味で恋愛に役立つ。

第一歩はまず、単なる賞賛（第一段階）を優しい賞賛（第二段階）に変える。「彼女にキスをしたらどんなにうれしいだろう」、などなど。

無数のろうそくの灯りに照らされたサロンにかかるテンポの速いワルツは、若者の心を陶然とさせ、内気さを鎮め、力の自覚を高め、最終的に恋する大胆さを授ける。というのも、相手の愛想のよさだけでは十分ではないからだ。逆に、女の愛想のよさも極端になると、繊細な心の持ち主は勇気をくじかれる。相手が自分に恋している姿とはいわないまでも[*1]、少なくとも威厳を捨て去ったところを見る必要があるからだ。むこうから言い寄ってくるのでなければ、だれが女王に恋しようなどと思うだろうか[*2]。

＊1　作為に端を発する情熱が可能なのはこのためである。以下の例、そしてベネディックとビアトリス[54]の例（シェイクスピア）。

＊2　ブラウンの『北方の宮廷』におけるストルーエンセ[55]の情事を参照のこと。

したがって倦怠に満ちた孤独と、ごくたまの、長いこと待ち望まれていた舞踏会との組み合わせほど、恋の発生に有利なものはない。未婚の娘を抱えるよき家庭の母はそのように仕組む。

かつてのフランス宮廷で見られたような真の社交界[*3]は、一七八〇年以降はもはや存在しない[*4]と私は考えているのだが、そこは結晶作用の働きに欠かせない孤独と余暇とを不可能にするという意味において、実は恋愛にはあまり向いていなかった。

＊3　デュ・デファン夫人[56]、レスピナス嬢[57]の『書簡集』、ブザンヴァル[58]、ローザン[59]、デピネ夫人[60]の『回想録』、ジャンリス夫人[61]の『礼儀作法事典』、ダンジョー[62]やホレース・ウォルポール[63]の『回想録』を見よ。

＊4　おそらくペテルスブルクの宮廷以外では。

宮廷生活ではたくさんの微妙な差異を認め、実践する習慣がつく。ほんのわずかな差異が、感嘆や恋の情熱の端緒になりうるからだ[*5]。

＊5　サン＝シモン[64]とウェルテル[65]を参照のこと。孤独な男は、どれほど感じやすく繊細であっ

ても、心は虚ろである。想像力の一部を、社交界の情勢を見極めることに費やすからである。気骨こそ、真に女性的な心をもった女をもっともひきつける魅力のひとつである。謹厳実直な青年将校たちが成功をおさめるのはそのためだ。女は、自分でも潜在的に感じている、そうした男の情念の激しさと、気骨とを区別する術を十分に心得ているが、どれほどすぐれた女でも、この種の話ではときにいかさまにひっかかるものだ。女の結晶作用が始まったことに気づいたらすぐさま、男はなんの懸念もなく、そうしたいかさまを用いることができる。

恋愛に特有の不幸が他の不幸（あなたの恋人が、あなたが当然持っていてしかるべき誇りや名誉や個人的尊厳の感情を傷つけた場合の虚栄心の不幸、あるいは健康上、金銭上の不幸、政治的迫害による不幸、などなど）と混じりあっている場合、こうした思いがけない不運によって恋が増幅されたように思えても、それは見かけにすぎない。それにより、想像力は他のことに費やされるので、有望な恋愛においては結晶作用が妨げられ、両想いの恋においては小さな疑念の発生が妨げられる。そうした不幸が去ると、恋の喜びや狂気が戻ってくる。

注目すべきは、軽薄な男、あるいは鈍感な男においては、不幸が恋の誕生を助けるということ、そして恋が生まれたあとでも、それ以前にあった不幸が恋を助けるということだ。それ以外の人生の局面が陰気なイメージしかもたらさないのにうんざりした想像力が、全力を傾けて結晶作用を推し進めようとするからである。

# 第十四章

私がここで論じるある効果について、異議を唱える向きはあるだろうが、私はそれを、長年にわたって情熱的に人を愛したことのある、言うなれば不幸な人たち、しかもいかんともしがたい障害のある恋をした人たちにだけお聞かせする。

自然や芸術におけるきわめて美しいものを眺めていると、どれもがたちまちのうちに愛する人の思い出を呼びさます。ザルツブルクの塩坑に投げ入れた木の枝がダイヤモンドでおおわれるというメカニズムにしたがい、世の美しいもの、崇高なものはすべて愛する人の美の一部をなしており、思いがけず目にした幸福は、瞬時に涙を誘うからである。こうして美を愛する心と恋愛とは、互いに生命を与え合う。

人生の不幸のひとつは、愛する人と会い、話すというこの幸福が、はっきりとした印象を残さないことにある。明らかに、心は感情にひどくかき乱されるあまり、その感情を引き起こすものやそれに伴って生ずるものに注意を払うことができない。心は感覚そのものとなる。そうした喜びはきっと、好きなだけ思い出してもすり減るということがないからこそ、われわれがなにかのきっかけで愛する女をめぐる夢想から引き離されたり、また別の角度からいっそう強く思い出させられたりすると、[*1] あれほど強烈によみがえってくるのだろう。

＊1　香水。

毎晩のように社交界で私の恋人に顔を合わせている、あるやせこけた老建築家がいた。ある日私がごく自然な気持ちから、自分が何を言っているかも気にとめず、[*2] 彼女にむかって愛情のこもった、大げさな言葉でその建築家のことをほめたところ、彼女は私のことを嘲った。その彼女に「毎晩あなたに会っている人のことですよ」と言うだけの勇気は、私にはなかった。

＊2　三六ページの注＊3を参照。

そうした感覚はあまりに強烈なので、彼女にしょっちゅう会っている、私の敵である女にまで及ぶ。その女に会うとレオノールのことを強く思い出す[66]ので、そのときにはどんなに努力しても、女のことを憎むことができない。

人の心の摩訶不思議ゆえに、男に愛されている女は実際以上の魅力を放っているかのようだ。一瞬彼女を見かけた遠い町のイメージ[*3][67]は、実際の彼女の姿よりもはるかに深く、甘い夢想へと私を誘う。彼女につれない仕打ちを受けた結果だ。

＊3　不幸の中で
　　幸福な時のことを思い出すほど
　　　大きな苦しみはない。
　　　　（ダンテ「フランチェスカ」[68]）

恋の夢想は書きとめることができない。私はよい小説であれば三年ごとに読み返しても、同じ喜びを得られることに気づいた。それは、そのとき私を支配している恋愛の嗜好にふさわしい感情を与えてくれるし、私が何も感じていないときには、思考に多様性をもたらしてくれる。私は同じ音楽をくりかえし楽しんで聴くこともできるが、そこに記憶が介入してはならない。想像力だけがかかわるべきである。あるオペラの公演を二十回見ても、以前より多くの喜びをおぼえるとすれば、それは音楽をよりよく理解できるようになったためか、オペラが最初の日と同じ印象を呼びさましたかのどちらかである。

小説が、人の心を知るための新たな見方を示してくれることについては、私は昔読んで身につけたものをよく覚えている。自分が本の余白に書きとめた見解を見つけるのも好きだ[69]。ただしこの種の楽しみは、人間についての知識を深めてくれる小説にはあるが、小説の真の喜びである夢想とは無縁である。そうした夢想は書きとめられない。書きとめようとすれば、現在の時点で夢想を殺してしまうことになる。楽しみの哲学的分析に陥ってしまうからである。将来にわたってはなおさら確実に夢想を殺すことになる。記憶にたよるほど、想像力を麻痺させることはないからだ。フィレンツェで三年前『墓守老人[70]』を読んだときの印象を書いたメモを余白に見つけたとたん、私は自らの歴史に、昔と今の二つの時期の幸福の度合いの算定に、要するに、しごく高尚な哲学に浸りきってしまう。優しい感覚に無心にひたることとは永久におさらばだ。

活発な想像力をもった偉大な詩人は、みな内気だ。つまり詩人は甘美な夢想を中断されたり、かき乱されたりするかもしれないという理由で、他人を恐れるのである。注意を向けることを恐れるのだ。他人は俗な興味から詩人をアルミーダの園[71]より引きずり出し、臭気芬々（ふんぷん）たる泥沼の中につき落とそうとするが、怒らせでもしなければ、詩人に注意を向けさせることはできない。偉大な芸術家が恋愛にすぐ近い位置にいるのは、感動的な夢想によって心を培う習慣がついており、俗なものを嫌悪するからである。

偉大な芸術家であればあるほど、防御のための城壁として、肩書きや勲章を求めるはずだ。

# 第十五章

このうえなく激しく、かなわぬ恋のさなかにあっても、突如として自分は恋をしていないのではないかと思う瞬間に出会うものである。それは海原に湧く淡水の泉のようなものだ。恋人のことを思っても、もはやほとんど喜びを感じない。彼女のつれなさに打ちのめされてはいても、人生のいっさいに興味がもてなくなっていることのほうをよりつらく感じるのである。ひどく悲しく、失意の色に染められた虚無が、波乱に満ちてはいたが、自然全体を新たな、熱のこもった、興味深い相貌のもとに見せてくれていた生活にとってかわる。

なぜそうなるのかといえば、あなたが今、先ごろ愛する女を訪ねたときと同じ状況に置かれていて、それについてはいったん、想像力を通じてありとあらゆる感覚を汲み尽くしてしまっているからだ。たとえば彼女が一時（いっとき）あなたにつらくあたったあと、少し態度を改め、あなたにかつてとまったく同じくらいの希望を、同じようなそぶりを通じて抱かせたとする。いずれも彼女がそうとは意識せずにしたことかもしれない。ところがあなたの想像力は行く手にかつての記憶と、その悲しい忠告とを見出すので、結晶作用[*1]は瞬時にやんでしまう。

*1 人はまず私にこの言葉を削除すべきだと言う。あるいは私に文学的才能がないためにそうできないなら、結晶作用という言葉が意味するのはある種の想像力の熱狂であって、それはごくありふれたものでも見分けられずに、別物に見せてしまう作用だということを、くりかえし喚起すべきだと忠告する。幸福に達するのに虚栄心を満たす以外の道を知らない女を相手にする場合、男がこうした情熱をかきたてようと思うなら、ネクタイをきっちりと締め、つねに無数の細かな点に注意を向けて、隙をなくす必要がある。社交界の女は原因については否定したり、見ようとしなかったりするが、結果は認めるものだ。

# 第十六章

ペルピニャン近くの、名も知らぬ小さな港にて。一八二二年二月二十五日[*1]

＊1　リジオの日記の転載[72]。

私は今晩、完璧な音楽というのは心を、愛する人がそばにいるのを楽しむときの心とまったく同様の状態にするというのを感じたところだ[73]。つまり音楽は、けだしこの世でもっとも強烈な幸福感を与えるらしい。

もし万人にとってそうであるとしたら、もはやこの世には音楽以上に人を恋愛へと誘うものはないということになる。

だが昨年すでにナポリで記したことだが、完璧な音楽は完璧なパントマイムと同じように[*2]、いま自分の夢想の対象となっているものを思い出させ、よい考えを思いつかせる。ナポリで思いついたのは、ギリシャ人を武装させる方法のことだった[74]。

＊2　パレリーニ夫人とモリナーリ[75]の演じたヴィガノのバレエ、《オテロ》と《ウェスタの巫女》[76]。

ところで今晩、私は不幸にもL夫人を崇拝していることを認めざるをえない[77]。

私は毎晩のようにオペラ座に通っていたが、完璧な音楽に出会えたのは二、三か月ぶりだった。おそらく、だからこそ私がこうした音楽にかねてから認めていた効果、すなわち気にかけている人のことを強く思わせる効果が生じたのだろう。

一週間後、三月四日

私は先だっての見解を取り消すことも、正しいと認めることもしない。これを書いていたとき、私はたしかに自分の心の中にあるものを読みとっていた。今日それを疑うのは、おそらくそのときには見えていたものの記憶をなくしてしまったせいだろう。

音楽を聴き、夢想する習慣は、人を恋愛へと向かわせる。優しくもの悲しい旋律は、それがあまりに劇的で、想像力が行動を考えることに費やされてしまう場合を除けば、純粋に恋の夢想に駆り立てるので、優しい不幸な心の持ち主にとっては実に心地よいものだ。たとえば《ビアンカとファリエーロ》[78]の四重唱の初めの、クラリネットの音が長く響く一節や、四重唱の中ほどのカンポレージ夫人[79]のレチタティーヴォなど。

恋人とうまくいっている男であれば、両想いの恋につきものの小さな疑念や、仲直りに続く歓喜のときを実に正確に描き出す、ロッシーニの《アルミーダとリナルド》[80]の名高い二重唱をうっとりと楽しむ。二重唱の半ばにある器楽曲は、リナルドが逃げ出そうとする場面で、驚くほどみごとに情念の闘いを表現しており、男の心に生理的な作用を及ぼして、本当に心臓に触れるかのように感じられる。私がこの点にかんしてどう思うかは、あえて言うまい。北方の人たちに頭がおかしいと思われそうだから。

# 第十七章　愛に王座を追われた美

アルベリックは桟敷で、自分の恋人よりも美しい女に出会う。読者には、私が数学的評価に頼ることを許してほしい。すなわち、その女の顔立ちは二単位でなく三単位の幸福を約束している（完璧な美は数字の四で表される量の幸福を与えると仮定する）。

だが彼が、百単位の幸福を自分に約束してくれる自分の恋人の顔立ちのほうを好むのは、驚くべきことだろうか。たとえばあばたのような、相手の顔の小さな欠点までが、それを別の女に認めた場合でも恋する男をうっとりさせ、深い夢想へと誘うのである。それが恋人自身のものであればなおさらだ。男がこの恋人のあばたを前にして千の感情を覚えたからこそ、そうした感情の大半が快いものになり、いずれも興をそそるものとなるのである。そしてそれがどういった種類の感情であれ、別の女の顔の上にこのしるしを認めると、信じがたいほどの強烈さを伴ってよみがえってくるのだ。

こうして人が醜さのほうを好み、好きになるのは、この場合には醜さが美となるからである[*1]。ある男がやせこけた、あばたのある女に熱烈に恋していた。死が男から女を奪った。三年後ローマで、男は二人の女と親しく付き合うようになり、そのうちの一方は輝くばかりに美しく、もう一方はやせてあばたがあり、そのせいでかなりの醜女といえた。だが私は男が一週間を費やして、醜女の見苦しさを思い出によってかき消し、その女を愛するようになったのを見た。しかもそのきれいでないほうの女は、許されるべき媚態なのであろうが、少々男の情熱をかきたてて、ぬかりなく手助けしてやった。こうした作用には有効な手段といえる。*2

*1　美とは幸福の約束にすぎない[81]。古代ギリシャ人の幸福は一八二二年のフランス人の幸福とは異なっていた。《メディチ家のヴィーナス[82]》の目を（ソンマリーヴァ邸[83]にある）ポルデノーネ[84]の《マグダラのマリア》の目と比べてみるとよい。

*2　男がある女に愛されていると確信したときには、女が多少なりとも美人かどうかを吟味するものだ。逆に女の心を疑うときには、顔のことなど考えている余裕はない。

ある男がある女に出会い、その醜さを不快に思ったとする。女がうぬぼれたりしなければ、やがて女の表情は男に顔立ちの欠点を忘れさせ、男は女に好感をもち、相手が愛すべき女であると思う。一週間たつと男は希望を抱く。一週間後、相手の女が男の希望を奪う。その一週間後、男は恋の狂気に陥る。

# 第十八章

ご存知のように劇場でも観客に人気のある俳優たちについて、同様のことが起こっている。観客はもはや、俳優が本当に美しいか醜いかを気にかけない。ルカン[85]はひどく醜かったのに多くの浮名を流した。ギャリック[86]もしかりである。理由はいくつかあるが、何よりもまず、観客の見ていたものが彼らの顔立ちや物腰の実際の美しさではなく、長いこと想像力で習慣的に補っていた美しさだからであろう。彼らがかつて与えてくれた、あらゆる喜びに対する感謝の念と思い出ゆえにである。たとえば喜劇俳優が舞台に出てきたとたん、その顔を見ただけで客は笑ってしまう。

はじめてフランス座に連れて行かれた若い娘は、第一幕のあいだはルカンに対して多少嫌悪の念を抱くかもしれない。だがやがてルカンに泣かされ、身震いさせられる。タンクレード[*1][87]やオロスマーヌ[88]の役柄にはどうやっても抗えない。娘にはまだ少々見苦しく感じられても、全観客の陶酔や、それが若い心に及ぼす神経的な効果が[*2]、そうした印象をたちまちかすませてしまう。醜いといっても見かけだけのことで、しかも見かけの上ですらそうではなくなっている。というのも女たちがルカンに夢中になって「なんという美男子でしょう」と叫ぶのが聞こえるからだ。

＊1　スタール夫人の『デルフィーヌ』だったと思うが、これを参照のこと。きれいでない女の手口というのはこのようなものだ[89]。

＊2　流行中の音楽(一八二一年、ドレスデンでのロッシーニ[90])が及ぼす驚異的な、人知をこえた効果も、こうした神経的な共感によるものであろうと私は考えたい。音楽が流行おくれになると、そのせいで質が悪くなるわけでもないのに、とたんに若い娘たちの率直な心に効果を及ぼさなくなる。思うに、この音楽が娘たちのお気に召したのは、それが若者を熱狂させていたからという理由もあるのだろう。

セヴィニエ夫人は娘にこう言っている(一六七二年五月六日、書簡二〇二)。「リュリが王室つき楽団全体で最後の尽力をしました。あの美しい《ミゼレーレ》(主よ憐れみたまえ)がさらに豊かなものになったのです。《リベラ・メ》(主よわれを救いたまえ)のくだりではだれの目にも涙があふれました[91]。」

われわれは、こうした音楽の効果の真実性を疑うこともできなければ、セヴィニエ夫人と才気や繊細さを競うこともできない。夫人を魅了したリュリの音楽を前に、現代の観客は逃げ出すだろう。当時、そうした音楽が促していた結晶作用も、今日では不可能である。

美が性格の表現であること、言いかえれば精神的習慣の表現であり、したがっていっさいの情熱と無縁であることを思い起こそう。[92] ところで、われわれに必要なのは情熱なのである。美はわれわれに、ある女についての可能性しか示さないのであって、それも彼女が冷静な状態のときの可能性だけだ。それに対し、あばたのある恋人のまなざしは一個の魅惑的な現実なのであり、あらゆる仮定的な可能性を潰えさせる。

# 第十九章　美の例外についての続き

才気豊かで優しいが、内気で用心深い女、社交界に出た日の翌日、うっかり口にしたことや、人に見抜かれたかもしれないことを、気弱さから何度も思い返すような女は、男の器量の悪さにもすぐに慣れてしまうし、器量の悪さがその男を愛する障害となることもほとんどない。

同様の原理により、熱愛されているのに男につらくあたる女の美しさの程度も、男にとってはどうでもよい。そこではもう美の結晶作用がほとんど起こっていないからである。男の傷を癒してやろうとする友人が、あの女はきれいじゃないねと言えば、男はそのとおりだとほぼ認めてしまうので、友人のほうはしめしめ、うまくいった、と思う。

今晩、友人の善良なトラブ大尉[93]が、むかしミラボー[94]に会ったときの感想を私に語ってくれた。

この偉人を見て、外見に嫌悪を抱いた人、つまり醜いと思った人はいない。人を縮み上がらせるような彼の弁舌に引き入れられ、顔の美しい部分だけに注目し、そこだけを見ることに喜びを感じたのだ。彼の顔立ちにいわゆる美しい部分（彫刻のような美しさ、絵画のような美しさ）はほとんどなかったので、別の範疇の美しさ、[*1] すなわち表情の美しさにだけ目をとめたのだ。

＊1　時の人であることの利点はそこにある。人は、すでにわかっている顔の欠点については、もはや想像力に訴えかけないので気にとめず、次の三つの観念からなる美のいずれかに着目する。

一、庶民のあいだでは、富の観念。

二、社交界においては、物質的または精神的な優雅さの観念。

三、宮廷においては、女性に気に入られたいという観念。

ほぼいずれの場所においても、人はこの三つを合わせた観念に注目する。富の観念と結びついた幸福は、優雅さの観念から生じる快楽の洗練と結びつき、そのすべてが恋愛にあてはめられる。いずれにせよ、想像力は目新しさにひかれるのだ。そのようなわけで、人はひどく醜い男とつきあっても、その醜さ[†]に無頓着でいられるようになり、しまいにはその男の醜さが美となる。一七八八年のウィーンで、売れっ子の踊り子ヴィガノ夫人[95]が妊娠していたのを見て、やがてご婦人たちがヴィガノ風におなかに小さな詰め物をするようになった。同じ理屈の裏返しで、時代遅れの流行ほどいやなものはない。変化によってのみ生きながらえる流行と、ある政体の産物であり、ある風土を支配している永続的な美とを混同することこそ、悪趣味というものだ。流行の様式で建てられた建物も、十年たてば時代遅れの様式になる。だが流行が忘れ去られた二百年後には、それほど気に障ることもなかろう。恋する男が着飾ろうとするのはばかげている。恋人に会ったときには、身なりを気にするよりほかにやることがあるはずだ。人は恋人をながめはするが観察はしない、とルソーも言っている。もし観察するとしたら、それは趣味恋愛であって、もはや情熱恋愛ではないということだ。恋人の女が美しさに輝いている様子を見るのは、ほとんど不快なことに近い。恋人がきれいにしているのを見てもなんの足しにもならず、むしろ恋人には優しく、憂い深くあってほしいのだ。恋愛において美しい装いが効果を生むのは、ふだん父親の家で厳しく見張られているため、見た目の印象で恋に落ちやすい若い娘にとってぐらいのものだ。

Lが一八二〇年九月十五日に言った言葉。[96]

† 『グラモンの回想録』の小ジェルマン。[97]

人は絵画的に見て醜いものにはいっさいに目をつぶるが、同時に、たとえばミラボーのふさふさとした毛髪の美しさのような、まずまずの細部にうっとりと見入るのだ。彼に角が生えていたとしても、それを美しいと思ったことだろう。[*2]

＊2　髪のつやや豊かさ、髪型などをほめる。そうした理由か、感情の連鎖によって（先述のあばたについてのくだりを参照）恋をしている女は恋人の欠点に慣れる。実際、ロシアのC皇女は、鼻を失ってしまった男に慣れ親しんだ。男がこの不幸に絶望して自殺をはかろうと

した際の勇気と、弾をこめたピストルのイメージ、そして男の甚大な不幸に対する同情の念が、この人はきっと治るし、もう治り始めているという思いとあいまって、その奇跡をおこしたのだ。けが人は、自らの不幸を思うそぶりを見せてはならない。

ベルリン、一八〇七年。[98]

毎晩出演するきれいな踊り子の姿は、オペラ座の桟敷を埋めつくす、すれっからしの想像力を欠いた男たちの注目をいやがおうにもひきつける。踊り子は優雅で大胆な、独特の動きによって肉体的恋愛をかきたて、そのような男たちに唯一可能なものとして残された結晶作用を引き起こす。そういうわけで、道で会っても男が――とりわけ、すれっからしの男などは――見向きもしないような醜い女でも、しょっちゅう舞台で見かけるうちに、高級な囲われ女になる。劇場は女たちをひきたてる台座である、とジョフロワ[99]は言った。踊り子が名を知られ、すれた女になればなるほど価値は増す。そこから次のような舞台裏の格言が生まれた。「身をまかせる男が見つからない女でも、買い手はつく。[100]」こういう娘たちは恋人の男から情熱の一部を借り受け、意地の張り合いから恋に陥りやすい。

ある女優の顔立ちに気に障るところがまったくなく、毎晩二時間にわたって彼女が舞台の上で高貴そのものの感情を表現しているところを眺め、それ以外の姿を知らない場合、その顔に高潔さや愛想のよさの感情を結びつけずにおくのは難しい。ようやくその女優の家に迎え入れられたときも、その顔立ちを見ると甚だ快い感情が想起されるため、彼女をとりまく現実の全体が、時に高貴さを欠くことはあっても、たちまちロマネスクで感動的な色合いに染められる。

「ごく若いとき、あのつまらないフランス悲劇に熱中して、[*3]幸運にもオリヴィエ嬢[101]と夜食をとることになったとき、私の心はいつでも尊敬の念で満たされ、女王に語りかけているような気がしたものです。実際彼女のそばにいると、自分の恋しているのが女王なのか、ただのきれいな娘なのか、まったくわからなくなるのでした。」

＊3　私の友人、故ボトマー男爵[102]の不適切な文章の写し。フェラモーズがララ・ルーク姫の気をひいたのも同じ手管によってだ[103]。この魅力的な詩を参照のこと。

# 第二十章

情熱恋愛に陥りそうにない男とは、おそらく美のもたらす効果を最も強烈に感じる男だろう。少なくともそれが、こうした男が女から受けとる最も強い印象なのだ。

遠くから愛する女の白いサテンの帽子を認めて胸の高鳴りを感じたことのある男は、(104)絶世の美女が近づいてくるのを見ても自分が冷静でいられることにひどく驚く。他の男たちが夢中になるのを見て心苦しく思うことすらあるかもしれない。

並外れた美女というのは、次の日にはもうさほど驚きを与えない。これは大いに不幸なことで、結晶作用に水をさす。彼女らの長所は誰の目にも明らかだし、勲章がわりになるので、彼女たちの恋人のリストには王族とか百万長者とか、愚か者のほうが多く載っているにちがいない。[*1]

＊1　著者が王族でも百万長者でもないことが、これでよくおわかりだろう。この手の機知は読者から拝借した。

# 第二十一章　最初の出会いについて

想像力に富む女は感じやすく、警戒心が強い。[*1] どんなに純真な女であってもそうだ。それと気づかぬうちに疑い深くなっていることもある。人生においてあんなに多くの失望を味わってきたのだから！　だから男を紹介されたとき、予想どおりだったり型どおりだったりすると、想像力はたじろぎ、結晶作用の起こる可能性は遠のく。逆に最初の出会いがロマネスクであればこそ、恋は勝ち誇る。

＊1　ラマムーアの花嫁、アシュトン嬢[105]。充実した人生を送った男は、記憶の中におびただしい数の恋の実例を見出すので、そこから選び出す苦労だけしかない。だがいざ書くとなると、どの実例をもとに書いたらよいかわからない。自分が生きてきた特定の社会の逸話は一般には知られていないし、そうした逸話を必要なニュアンスを添えて語るには、膨大な量のページ数が必要だからだ。一般に知られている小説を引用するのはそのためだが、私は読者に自分の見解を示すにあたり、真実を示すためよりも、たいていの場合、絵画的（ピトレスク）な効果を上げるために計算して書かれた空疎なフィクションに根拠を求めることはない。

これほど単純なこともない。人間は驚くと、とほうもないことをくどくどと考えるが、それ自体がすでに結晶作用に必要な脳の働きの半分を占めるからだ。

セラフィナの恋の始まりを引用しよう(『ジル・ブラース』第二巻、一四二ページ)[106]。ドン・フェルナンドが、異端審問所の手先に追われて逃げていたときのことを語っている。「深い暗がりに沈む小道を何本か過ぎて、雨が滝のように降り続く中を、私はある客間の傍らに至り、その扉が開いているのに気づきました。そこに入り、その豪華なさまを認めたときの驚きたるや……客間の一方の側に扉が見え、半開きになっていたので、細く開けてみると、部屋がいくつか続いていて、一番奥の部屋だけに灯りがついているのが見えました。どうしよう、とそのとき私は思いました……。好奇心に抗うことはできませんでした。先に進み、部屋をいくつか通り過ぎ、灯りのついている部屋に――灯りというのは大理石のテーブルの上の、金めっきの銀製の燭台で燃えているろうそくのことですが――たどり着きました……。ところがやがて、暑さのためにカーテンが半ば開けてあるベッドの上に目をやると、あるものが見えて私の視線はくぎづけになりました。それは若い女で、今しがた聞こえた雷鳴をものともせず、深く眠りこんでいるのでした……。私は女に近づきました……。はっとしました……。彼女を眺める喜びに酔いしれていると、女が目を覚ましました。

真夜中に、部屋に見知らぬ男がいるのを見たときの彼女の驚きがいかばかりだったか、想像してみてください。私を見ると震え出し、叫び声をあげました……私はなだめようとしました。ひざをついて、こう言いました。「奥様、こわがることはありません……」彼女は侍女を呼びました……。この若い侍女が来てくれたことで少々大胆になった彼女は、私にむかって毅然たる調子で、どなたですか、などと問いかけました。」

簡単に忘れることができない最初の出会いとはこのようなものだ。逆に現代の風俗において、若い娘に将来の夫を紹介するときの型にはまった、感傷的といえるほどのやり方ほど、ばかばかしいものもまたとあるまい。この合法的売春は、羞恥心を傷つけさえする。

「本日、一七九〇年二月十七日の午後(と、シャンフォールは言っている。第四巻、一五五ページ)[107]、私はりっぱな評判をお持ちの方々の、いわゆる一族の慶事に顔を出し、若くて美しく、才気に富み貞節なマリーユ嬢が、病気がちで醜悪で、粗野で愚鈍だが裕福な老人R氏の伴侶となる恩恵に浴した幸運を、その場のお歴々に祝福されるのを見た。しかもマリーユ嬢は結婚契約書に署名したこの日、R氏に会うのは三度目だった。

この破廉恥な時代を特徴づけるものがあるとすれば、それはこうした話で得意がり喜ぶことのばかばかしさであり、その同じお歴々が将来、恋するあわれな若い女が犯す小さな過ちに対してたっぷりと軽蔑を浴びせかけるときの、とりすました残酷さである。」

あらゆる儀式は本質的に目的を定められ、規定されており、そこではしかるべくふるまうことを求められるので、想像力は麻痺させられる。だが儀式の目的に反した、滑稽な事柄にかぎっては、想像力は目覚めたままでいる。ちょっとした冗談が驚異的な効果をもたらすのはこのためだ。未来の夫に正式に紹介されているあいだ、あわれな娘は内気さと羞恥心に苦しめられ、自分の演じている役割のことしか考えられない。これもまた想像力の息の根をとめる確実な方法だ。

二年前から恋焦がれている男に思わず身をまかせるよりも、教会でラテン語数語を唱えたあと、二度しか会ったことのない男と床をともにするほうが、よほど慎みに欠けることだ。だが、私は非常識なもの言いをしているようだ。

現代の結婚にともなう悪徳や不幸の多くの源泉となっているのは、教〔皇制〕である[108]。それは結婚前の娘の自由を奪い、その後彼女たちが結婚を誤ったとき、というよりは周囲に誤った選択をさせられたときに離婚する可能性をも奪う。よき家庭の国、ドイツを見たまえ。かの地では愛すべき公女（サ〔ガン〕公爵夫人[109]）が良心にしたがって、四度目の結婚をしたところだ。しかもその祝宴に、今でもよい関係を結んでいるかつての夫三人を招くことも怠らなかった。これは極端な例だが、ひと組の離婚によって夫の数々の横暴を罰すれば、何千もの不幸な家庭の発生を防ぐことができる。[110] 愉快なのは、ローマが最も離婚の多い地域のひとつだということだ。

恋は初対面のとき、なにかしら尊敬すべきところと哀れむべきところの両方を示している顔つきの男を好むものだ。

# 第二十二章　熱中することについて

ひどく繊細な精神の持ち主は好奇心や偏見にとらわれやすい。それはとくに情熱の源をなす神聖な火が消えてしまった人に顕著であり、きわめて不吉な兆候のひとつである。世の中に出たばかりの学生に特有の熱中のしかたもある。この人生の両極においては、感受性は多すぎたり少なすぎたりして、物事の及ぼす効果を素朴に、正確に感じ取ったり、それが引き起こす印象を真の意味で味わったりすることができない。こうした熱烈な魂の持ち主は発作的に熱を上げたり、言わば無駄に恋をしたりして、対象が近づくのを待つことなく飛びついてしまう。

彼らは、相手がその性質に応じて及ぼす印象を受け取る前に、相手が遠くにいてまだ姿が目に入らないうちに、彼ら自身がその汲みつくされることのない源泉を内に抱えている、あの想像上の魅力で相手を覆ってしまう。そのあとで相手に近づき眺めるが、あるがままに眺めるのではなく、自分で作り上げたとおりに眺め、実はそうした対象の外観をまとった自分自身を楽しんでいるだけなのに、その対象じたいを楽しんでいると思いこむ。ところがある日、いっさいを自分でまかなうのにうんざりし、愛する相手がボールを投げ返してくれないのに気づく。熱は冷め、自尊心が味わった挫折ゆえに、今まで買いかぶっていた相手に対して不当なふるまいをするようになる。

# 第二十三章　ひとめぼれについて

この滑稽な言葉は変えるべきだろう。[111] だが事実としては存在する。私はベルリンの伊達男たちを絶望させている、優しく高貴なヴィルヘルミーネ[112]が、恋を軽蔑し、恋の狂気を嘲るのを見た。莫大な財産は自然と示し合わせて、若さと才知、美貌、ありとあらゆる幸福で輝いている彼女に、その資質のすべてを開花させる機会を与え、まさにそれにふさわしい人間にだけ与えられる完璧な幸福のまれな実例を、世に示しているように思われた。彼女は二十三歳で、宮廷ですでに長いこと、最高の家柄の男たちの賞賛をはねつけていた。彼女の控えめながら揺るぎない美徳は模範と仰がれ、それ以来、貴公子たちも彼女に好かれるのをあきらめ、友情しか求めなくなった。ある晩、彼女はフェルディナント公の舞踏会に出かけ、ある青年大尉と十分間踊る。

「この瞬間から」と、その後彼女は女友達に書いた。[*1]「あのかたは私の心の主、私の主人となりました。もしヘルマンの顔を見る幸福に加え、生活の他の部分のことを考える余地が残っていたとしたら、私は恐怖に襲われていたでしょう。彼が私に少しでも注意を向けてくれているかどうかを見ることしか、私の頭にはありませんでした。

今日私が自身の過ちに対して唯一見出すことのできる慰めは、強大な力が私から自分自身と理性を奪ったのだと自分に思いこませることです。あのかたの姿を見ただけで、私の全存在がどれほど混乱し、かき乱されたかは、どのような言葉を用いても、事実に近い形で描き出すことはできません。私がどれほどすばやく、激しく、あのかたにひきつけられたかを思うと、思わず赤面します。あのかたがようやく話しかけてくれたとして、その最初の言葉が「私を愛していますか」だったとしたら、実際、私には「はい」と答えずにおく気力はなかったでしょう。恋がこれほど唐突で、予測できない効果を及ぼすとは、考えもしませんでした。一瞬、毒にあてられたと思ったほどです。

＊1　ボトマーの『回想録』からの逐語訳[113]。

いとしいお友達、残念ながらあなたも世間の人たちも、私がヘルマンに恋してしまったことはご存知でしょう。そうなのです、十五分もたつとあのかたは私にとってあまりに大切な存在になってしまったので、あとはそれ以上の存在にはなりようがありませんでした。あのかたの欠点はすべて見えていましたが、私を愛してさえくれればいいと思い、全部許したのです。

あの方と踊ってからほどなくして、王様がお発ちになりました。近衛軍の部隊にいたヘルマンも、あとに従わざるをえませんでした。あのかたとともに、私にとってはすべてのものが自然界から消えてしまったのです。あの方に会えなくなってから、私がどれほど深い憂愁に閉ざされたか、お伝えするのはむだというものでしょう。それと同じくらい、ひとりで自分に向き合いたいという欲求が強くありました。

ようやくその場を離れることができました。鍵を二重にかけて部屋に閉じこもるとすぐに、私は自分の恋心にあらがおうとしました。自分では成功したと思ったのです。ああ、その晩とそれに続く数日間、自分が貞淑な娘だと思うことでえられる喜びのために、私はどれほどの犠牲をはらったことでしょう。」

読者が今お読みになったのは、近頃話題となった出来事の正確な記録である。というのもそれからひと月、ふた月もたつと、気の毒なヴィルヘルミーネはずいぶんと不幸せになっていて、はた目にも心中を察せられるほどになっていたからだ。あれほど若い彼女にかくも悲惨な最期をとげさせるに至った――自分で毒を仰いだか、恋人に飲まされたかだ――長きにわたる不幸の連鎖の始まりは、以上のようであった。われわれがこの若い大尉のうちに認めたのは、ダンスがうまいことだけだった。彼はひどく陽気で、それ以上に自信家で、人のよさそうな様子をして、娼婦たちと暮らしていた。ただ、家柄はかろうじて貴族といえる程度で、ひどく貧しく、宮廷にも顔を出さなかった。

ひとめぼれをするには警戒心があってはならないだけでなく、警戒することに飽きていなければならない。そして勇気がいわば人生の偶然に挑むことを待ち焦がれていなければならない。女の心は知らず知らずのうちに恋愛ぬきの人生に飽き、他の女たちの実例に心ならずも説得されてしまう。人生のあらゆる懸念を乗りこえた末に、女は自尊心のもたらす幸福のわびしさに不満を抱くようになり、いつの間にか理想の恋人の型をつくりあげる。ある日、女はその型に似た男に出会う。その男がもたらす心の動揺によって、結晶作用は自らの標的を見抜き、長いこと夢見ていたものを永遠に、運命の主人に捧げてしまう。[*2]

＊2　この文章のうちのいくつかはクレビヨンの第三巻からとった。[114]

こうした不幸に陥りやすい女は魂の高貴さから、情熱恋愛以外の恋愛ができない。戯れの恋ができるくらいに身を落とせば救われるだろうが。

ひとめぼれは、女が公教要理で美徳と呼ばれるものにひそかに飽き、完璧な生活を守る単調さに倦んでいることから生じるので、社交界でたちの悪い連中と呼ばれる男を相手に起こることが多いと考えられる。カトー[115]風の厳格さがいまだかつてひとめぼれを引き起こしたことがあるかどうか、非常に疑問だ。

ひとめぼれがまれにしかないのは、そのように恋の始まる前から恋している女がほんの少しでも自分の立場を認識すると、ひとめぼれが起こらなくなるからだ。

不幸によって用心深くなった女には、このような精神的な革命は起こりにくい。

前もって、別の女たちの口から、いずれひとめぼれの対象となる男についてのほめ言葉を聞くことほど、ひとめぼれを起こりやすくするものはない。

恋愛事件のきっかけでもっとも喜劇的なもののひとつは、にせのひとめぼれである。退屈はしているが感受性の鈍いある女が、生涯の恋をした、とひと晩かけて思いこむ。想像の中で追い求めてきたあの偉大な心の動きを、とうとう見つけたといって得意になる。だが翌日になると、どこに隠れたらよいのか、そしてなにより前の日にはほれこんでいたあのくだらない男をどう避けたらよいのか、もはやわからない。

才気ある男はこうしたひとめぼれの見きわめかた、つまりそのうまい利用法を知っている。

肉体的恋愛にもひとめぼれはある。われわれは昨日、乗りあわせた馬車の中で、ベルリン一の浮気な美女が急に顔を赤らめるのを見た。美男のフィンドルフ中尉が通ったのである。彼女は物思いに沈み、不安気になった。その晩、彼女が観劇の際に私に打ち明けたところによると、彼女は狂ったように夢中になり、まだ話しかけたこともないフィンドルフのことしか考えられないのだそうである。彼女は私に言った。「その気になれば、人をやってあの方を連れてきてもらうところです。」その美しい顔は、かぎりなく激しい情熱のしるしを見せていた。翌日になってもまだそれは続いた。だが三日後にフィンドルフがへまをやったので、もう彼のことなど頭になくなった。一月たつとがまんならなくなった。

# 第二十四章　未知の国への旅

北国生まれの大部分の方々には、この章をとばして読むようおすすめする。ここでお目にかけるのはイタリアやスペイン以外の土地では育たず、じゅうぶんな高さまで伸びることができない木、オレンジの木にかかわるいくつかの現象を論じた、難解な論文である。それ以外の土地でわかってもらおうとするなら、事実の数をもっと減らすべきだったかもしれない。

私が、万人に喜んでもらえるような本を書こうと一瞬でも考えたら、まちがいなくそうしていただろう。だが天は私に文学的才能を与えなかったので、私は科学につきものの愛想（あいそ）のなさをたっぷりと盛りこみ、ただしその厳密さも守って、はからずもオレンジの木の祖国での長きにわたる滞在を通じ、自分が証人として見聞きすることになった事実の一部を描くことだけを考えた。フリードリッヒ大王[116]や、オレンジの木が地面に生えているところを見たことのない北方の別の傑人なら、以下に述べる事実を私にむかって否定しただろうし、しかも誠意からそうしただろう。私は誠意というものを十分に尊重するし、そうする理由もわかる。

だがこうした率直な告白も傲慢ととられかねないので、以下のような考察を書き加えておく。

われわれは各々、自分にとって真実と思われることを気ままに書き、他人の言を否定する。われわれの本の中には、それと同じ数の宝くじの券が含まれている。実際、本にはそれくらいの価値しかないのだ。後世の人々が、ある本は忘れ去り、ある本は刷りなおして、当たりくじを決めるのだ。それまでは、だれもができるかぎり自分にとって正しいと思われることを書いているのだから、だれも他人のことをからかう権利はない。ただし、おもしろい風刺が行われるときは別で、その場合にはいつでも風刺してよい。とりわけ、クーリエ氏がデル・フーリア氏にむけて書いたときのようにやるならば[117]。

こうして前置きをしたあと、私は果敢に事実の検証にとりかかるが、こうした事実がパリで観察されることはまれであったと思う。だがおそらくどの都市よりも優れたパリでも、ソレント[118]のようにオレンジの木が地面に生えているところは見られない。だがそのソレントで、リジオ・ヴィスコンティは次のような事実を観察し、書きとめたのだ[119]。

ソレントはタッソの故郷であり、ナポリ湾に面した、海に臨む丘の中腹にあって、本家のナポリよりもさらに絵画的（ピトレスク）な位置にあるが、ここでは『ミロワール』紙[120]は読まれていない。

その晩に恋人に会うときは、至福のときを待ちかねるあまり、それまでの時間がことごとく耐えがたく感じられるものだ。

熱に冒され、いくつもの仕事にとりかかっては投げ出してしまう。しょっちゅう時計を眺め、十分間時計を見ずに過ごせたと気づいて大喜びする。あれほど待ちこがれた時刻がとうとうやってきて、相手の家の戸口に立ってノックしようというとき、相手が留守ならむしろほっとしてしまいそうだ。留守を嘆くのは、しばらく考えたあとである。要するに、相手に会えるという期待は不快な心理的効果をもたらす。

善良な人々が、恋は道理に合わないと言うのは、こうしたことを指していう。

それというのも、恋の甘い夢想においては一歩進むごとに幸福が生まれるのに、想像力はそこから無理やり引きはがされ、厳しい現実へと引き戻されるからだ。

心優しい男は十分承知していることだが、恋人と顔を合わせたとたんに始まる闘いにおいては、どんなささいな怠慢も、どんなわずかな不注意や臆病風も、想像力の夢想をその後長いこと毒する敗北によって罰せられる。そして恋の情熱の中に逃げこんだところで、情熱の埒外(らちがい)にある自尊心にとっては、この敗北は屈辱的だ。男は思う。気がきかなかった、臆病だった、と。だが愛する女性に対して勇気が出るのは、恋がもっと冷め

たときだけだ。(121)

わずかに残る注意力を、やっとのことで結晶作用の夢想から引き出してみたところで、愛する女にむかって最初に話しかけるときには、意味をなさない言葉や、自分が感じていることとは逆の意味の言葉が山ほど口をついて出てしまう。あるいはいっそう痛ましいことに、自分の気持ちを誇張して、相手の目に滑稽に映ってしまう。自分でも、自分のしゃべることに十分に注意をはらっていないと漠然と感じているので、無意識に反応してしゃべりかたに凝ったり、大げさにしゃべったりする。だが、沈黙が気まずくて黙っていることもできない。その間、よけいに相手のことを考えられなくなるからだ。だから自分の感じていないことを、いかにも感じているようにたくさんしゃべる。あとでくり返してみたら、さぞかしばつが悪いことだろう。そうしてより恋人に寄り添うために、あえて彼女の存在を避けたりする。恋を知った最初のころは、自分にこのような妙なところがあるのを知って、自分が恋をしていないように思えたものだ。

臆病になるのはもっともだと思うし、新米の兵士が恐怖から逃れようとして、がむしゃらに戦火の中に飛びこむわけもわかる。(122)二年来、黙りこまないようにと自分が口に出した数々の失言を思い、私は絶望する。

こうしたことが女たちの目に、情熱恋愛と戯れの恋との違い、心優しい男と散文的な*1

男との違いを強く印象づけるはずだ。

＊1　これはレオノールの言葉である。[123]

こうした決定的な瞬間には、一方が損をするだけ、もう一方が得をする。散文的な男は、ふだん足りない分をちょうど補うだけの熱意を受けとるが、いっぽう心優しい男のほうは、気の毒にも感情過多で気が狂わんばかりになり、しかもその狂気を隠そうとする。心優しい男は激情をおさえるのに必死で、優位にたつために必要な冷静さなど持ち合わせず、散文的な人間ならば大きく駒を進めたであろう訪問でも、もめて帰ってきてしまう。優しく誇り高い男は、自身の恋心に大いにかかわる事柄となると、とたんに愛する女のそばで雄弁さを失う。うまくいかないかもしれないという不安があまりに強いのだ。それとは逆に、俗な男は成功の確率を正確に予測する。敗北の苦しみを予感して立ち止まることもせず、自分を俗物たらしめている資質を鼻にかけ、心優しい男がどれほど才知を傾けても、きわめて単純な、うまくいくとわかりきっていることすら自然に口に出せないのをばかにする。心優しい男は、力ずくで奪いとることなどできるはずもないので、愛している女の同情以外は何もえられないだろうとあきらめざるをえない。もし相手が本当に感受性の強い女なら、男はいつの場合にも、無理に愛を語ろうとしたことを後悔するはずなのだ。男は恥じ入るような、冷ややかな様子に見える。もしほかの明らかなしるしによって恋心が外にあらわれていなければ、偽善者のようにも見えるかもしれない。人生のあらゆる瞬間に自分の感じたことを生き生きとこと細かに言葉にしようとするのは、苦役を自分に課すようなもので、そんなことをするのは小説でも読んだせいだろう。自然にまかせていれば、そのような苦行をやろうとは思わないはずだ。十五分前に感じていたことを話そうとしたり、一般的でおもしろい話をするよりは、その瞬間に感じたことを率直に、詳しく表現すればよい。ところがそうはならない。いくら無理をしても、かえってうまくいかず、しゃべる内容には実感が欠けているし、記憶も自由に操れないので、そのときはうまくいったと思っても、実はひどく恥ずかしい、滑稽なことを言っている。

　一時間にわたって思い乱れたあと、身を切られる思いで想像力の魔法の園を抜け出し、恋人がそばにいることを純粋に楽しもうとしても、たいてい別れの時間が迫っている。

　これはみな常軌を逸した話に思われるかもしれない。だが私はもっとひどい例を見た。私の友人の一人がある女を熱愛していたのだが、その女はなにかデリカシーに欠ける行いに傷つけられたと言い張って――詳細は私にも打ち明けてもらえなかったが――突如、月に二度しか会いにきてはいけないと、友人に申し渡したのだ[124]。こうして訪問の機会が間遠になり、強く待ち望まれるようになると、友人は狂気の発作を起こすようになり、それを外に表さないために、サルヴィアーティ[125]はあらゆる気力をふりしぼらなくてはならなかった。

着いた当初から、訪問の終わりのことがあまりに強く頭にあるので、喜びを感じることができない。ぺらぺらとしゃべっていても、自分の言っていることを聞いてはいない。考えていることの逆を言うのもしょっちゅうだ。筋道をたてて話そうとするものの、ふとわれに返って、自分の言葉に耳を傾けようものなら、その滑稽さに中断せざるをえなくなる。自分に非常な努力を課しているので、冷淡な様子になる。恋はあまりに激しいと身を隠してしまう。

彼女と離れていたときには、想像力はかぎりなく魅惑的な対話を思い描いてうっとりしていた。甘く、心にしみ入るような陶酔を味わっていた。そうして男は十日か十二日のあいだ、彼女に話しかける大胆さが自分にあると思いこむ。だが幸福な一日となるはずの日の前夜、熱病がおこり、恐ろしい瞬間が近づくにつれて悪化する。

サロンに入ろうという瞬間、男は信じられないようなへまを言ったりしたりせぬように沈黙を守り、せめてあとで顔だけでも思い出せるように恋人のことを眺めていようという決意にしがみつかなければならない。彼女の前に出たとたん、目が酔ったようになる。偏執狂のように奇怪なふるまいをしそうだと感じる。まるで心がふたつあって、一方は行動に誘い、もう一方はその行動をとがめるかのようだ。へまをしないように心して見張っていれば、一瞬冷静さが戻り、訪問が終わることと、また二週間彼女と別れていなければならない不幸とを忘れられるのではないかと、漠然と感じる。

その場になにやらつまらない男がいて、陳腐な話をしたとする。説明のつかない狂気にかられた恋人は、まるで貴重な時間をすすんでむだにするかのように、それにじっと耳を傾ける。あれほどすばらしいものになると思いこんでいた時間が火矢のごとく過ぎ去ってしまい、そうしている間にも、自分が恋人にとってどれほど縁遠い人間になってしまったかを細かい状況を通じて思い知り、言いようのないつらさを感じるのである。彼女を訪ねてくるつまらない人間たちの間にあって、自分が彼女の過去の数日の生活の事細かな事実を知らない唯一の人間であると知る。ついに彼はその場を去る。彼女にむかって冷ややかにさよならを言いながら、また二週間彼女に会えないことに気づいてぞっとする。彼女に二度と会えなくなっても、彼がこれほど苦しまないのはまちがいない。ポリカストロ公爵の例によく似ているが、それよりずっと悲愴である。公爵はレッチェ(126)在住の、やきもち焼きの夫に愛され監視されていた恋人の顔を十五分見るだけのために、半年ごとに何百里もの道を通っていたのだ。

これを見れば、意志が恋愛に対してなんの支配力ももたないことがよくわかるだろう。

恋人とわが身に腹をたて、男は狂ったように無関心へと突き進んでいくのだ。こうした訪問の唯一の収穫は、結晶作用を起こす宝物が新しくなることだけだ。

サルヴィアーティの生活は二週間ごとの周期に区切られ、各周期は…夫人への訪問を許された晩の色彩を帯びるのだった。たとえば五月二十一日に幸福感で舞い上がっていても、六月二日には頭をピストルで撃ちぬく誘惑に負けるのが怖くて家に帰らなかった、といったぐあいである[127]。

私はその晩、小説家は自殺の瞬間を描くのが非常にへただと知った。「のどがかわいた。このコップの水を一杯飲まなければ」と、サルヴィアーティは私にむかって淡々と言った。私が彼の決意に逆らわず、別れを告げると、彼は泣き出した。

恋する男の言葉につきまとう混乱を見るにつけ、会話の細かい点だけを抜き出して性急に結論を導こうとするのは、賢明でないように思える。彼らの感情が正確に表れるのは、思いがけず発してしまった言葉の中だけであり、それこそが心からの叫びなのだ。さもなければ、発言全体の様相から結論を引き出せる。強く心を動かされた人間は往々にして、自分に感動をもたらした相手の感情を見抜く余裕をもたないということを、忘れてはならない。

# 第二十五章　紹　介

女がある種の細かな事実を繊細で確実な判断力をもってとらえるところを見ると、私はいたく感心する。ところが一瞬のちには、彼女たちがばか者をほめちぎり、退屈な話に涙を流して感動し、月並みな気取りにすぎないものを気骨のあらわれとして大まじめに受けとるのを見る。どうしてここまで愚かになれるのか、理解できない。ここには私の知らないなんらかの一般的法則があるにちがいない。

彼女たちは男のひとつの長所に気をとられ、ひとつの細かな点に引きつけられて、それを強く感じとり、その他の部分はもう目に入らなくなる。この長所を楽しむためにあらゆる神経液[128]が用いられ、それ以外の性質を見るためには残されない。

私は世にも優れた男たちが才気ある女たちに紹介されるところを見た。初対面の効果を左右するのは、きまってほんのわずかな先入観だった。

なじみ深い細かな事実を語るのを許していただけるなら、愛すべきL・B[129]がケーニヒスベルク[130]のシュトルーヴェ夫人[131]に紹介されようとしていたときのことをお話ししよう。

彼女は第一級のご婦人である。「あの男は彼女のお気に召すだろうか」[132]とわれわれは言い合っていた。賭けになった。私はシュトルーヴェ夫人に近づき、大佐は二日続けて同じタイをしているんですよ、二日目は裏返すのです、たて皺がついているのですぐにわかります、と言った。これほど明白な嘘もない。

話を終えようとしていたとき、当の魅力的な男の到着が告げられる。くだらないパリのうぬぼれ男でも、もっと強い印象を与えたにちがいない。だが、シュトルーヴェ夫人は好意を抱いたのである。夫人はまじめな女で、彼らふたりのあいだでは戯れの恋など考えられなかった。

これほど二人の性格がぴったりと合っていた例もないだろう。シュトルーヴェ夫人のロマネスクな性格を他人はとがめたものだが、L・Bの心を動かせるのは、ロマネスクの域までつきつめられた貞淑さしかなかった。それゆえ、彼は彼女のせいで若くして撃ち殺されることになった。

女には愛情の機微や、感じとれないほどの心の変化、自尊心のごくわずかなゆらぎなどを見事に感じとる能力がある。

その点に関して、女はわれわれ男にはない器官をそなえているのだ。彼女たちがけが人を手当てするところを見るがよい。

だがいっぽうで、女は精神の化合物である才知とはなにかを理解していないようだ。私は非常にすぐれた女たちが、ある才人(私ではない)に感心すると同時に、それとほぼ同じ言葉を使って、おそろしくばかな男たちをほめるのを見た。私はそのとき、客が最高に美しいダイヤを人造ダイヤだと思いこみ、本物よりも人造ダイヤのほうが大きいならそちらがいい、と言うのを見ている鑑定家のように落胆したものだ。

私はそこから、女に対してはあらゆることを大胆にやるべきであると結論した。ラサール将軍[133][*1]がしくじった女を相手に、ひげを生やして愛の誓いばかり立てる大尉が成功を収める。男の美点については、きっと女には見えない一面があるのだろう。

＊1　ポズナン[134]、一八〇七年。

私はといえば、いつも生理的法則に立ち戻ることにしている。男の神経液は脳で費やされるが、女の場合は心で費やされる。女のほうが繊細なのはそのためだ。男にはやむをえない大仕事があり、しかもそれは一生を費やしてきた職業における仕事なので慰めとなるが、女には気晴らししか慰めになるものがない。

アッピアーニ[135]は究極の手段としての女の貞淑さしか信用しない男で、私は今晩、この章の内容を彼に披露して意見を交換していたのだが、彼はこう答えた。

「エポニーナ[136]が英雄的な献身をもって地下の洞穴で夫を生活させ、絶望に陥らせないために費やした精神力は、もしふたりがローマで平穏に暮らしていたら、夫の目から愛人を隠すことに費やされただろう。強靱な精神の持ち主には糧が必要なのさ。」

# 第二十六章　羞恥心について

マダガスカルの女はそうとは知らずにフランスの女がいちばん隠したがる部位を露出するが、腕を見せるくらいなら恥ずかしくて死んでしまうだろう。羞恥心の四分の三が後天的に習得したものであることは明らかだ。これはおそらく文明の所産としての法のうち、幸福だけを生み出す唯一の法である。

観察によれば、猛禽類は水を飲むために身を隠す。水の中に頭を浸さなくてはならず、その瞬間は無防備になるからである。タヒチで行われていることに鑑みるに、[*1]私は羞恥心にこれ以外の自然的根拠を認めない。

*1　ブーガンヴィル(137)やクック(138)その他の旅行記を参照すること。いくつかの動物では、めすが体を与える瞬間におすを拒否するように見える。人類に関する最も重要な発見は、比較解剖学に求めるべきである。

恋愛は文明の奇跡である。未開の民族や、ひどく野蛮な民族のあいだでは肉体的恋愛、それも最も下等な恋愛しか見られない。

そして羞恥心は恋愛に想像力の助けを貸す。それは恋愛に生命を与えることである。羞恥心はかなり早い時期に母親から娘たちに、たいへんな熱意をもって教えこまれる。まるで連帯感からとでも言おうか。それというのも、女はこれから自分の愛人となる男の幸福を、前もって気にかけるからである。

臆病で感じやすい女にとって、男の面前でなにか赤面せずにはいられないことをしてしまうほどの責め苦はないだろう。多少なりともプライドのある女なら、きっと千度の死を選ぶだろう。思いを寄せている男にわずかになれなれしい様子をしたことを好意のしるしと受け取られると、一瞬強烈な喜びが訪れるが[*2]、もし相手がとがめる様子を見せたり、単に心から喜ぶふうが見られなかっただけでも、心に恐ろしい疑念がわくはずだ。したがって月並みでない女は、ごく控えめな態度でいるにこしたことはない。賭けは五分五分というわけではないのだ。女はささやかな喜びと、少しばかりよけいに愛想よく見られる利点とひきかえに、苦い後悔の念と恥の感情にさいなまれる危険を冒すのであり、そのために相手の男のことも以前より大事に思えなくなってしまう。陽気に、軽率に、のうのうとすごした一夜が、そうした代償となって高くつく。恋人に対してこの種の過ちを犯してしまったのではないかと恐れているときは、数日間はその姿を見ることも忌わしくなるはずだ。どれほど小さな違反も耐えがたい恥辱をもって罰する習慣の力に、いまさら驚くことがあろうか。

＊2　自分の恋を新たな目で眺めるようになる。

羞恥心の効用は、それが恋愛の母であるということだ。これに対しては異論の余地もあるまい。感情のメカニズムからいえば、これほど単純なこともない。心は欲望するかわりに、ひたすら恥じる。そうして欲望を自らに禁じる。行動を促すのは欲望なのであるが。

感じやすく誇り高い女は――このふたつの資質は原因と結果にあたるので、片方しかないことはめったにないのだが――明らかに例外なく、冷淡さを装う習慣を身につけている。彼女たちに惑わされた男たちは、それを猫かぶりと呼ぶ。

そういった非難がもっともらしく思われるのは、羞恥心においては中庸を保つことが非常に難しいからだ。たいして才気もないのに大いにうぬぼれている女の場合、こと羞恥心に関しては用心してもしすぎることはないと、じきに考えるようになる。イギリス人女性が面とむかってある種の衣服の名を口にされると、侮辱されたように感じるのはそのためだ。イギリス人女性は田舎の別荘にいるとき、夜、夫といっしょにサロンを出るところを見られないよう気をつけるだろう。そしてさらにゆゆしきことに、夫以外の男性の前で少しでも陽気にふるまおうものなら、羞恥心を傷つけることになると信じているのである。[*3] イギリス人は才気ある人たちなのに、あまりに細かな配慮をしているから、家庭内の幸福があれほど倦怠に満ちているのだ。悪いのは彼ら自身だ。なぜあんなに傲慢なのだろう。[*4]

＊3　『コリンヌ』の末尾の、そうした退屈な風俗の見事な描写を見よ。だがスタール夫人はその肖像を美化している。[139]

＊4　聖書および貴族制は、自分の義務がすべてだと思っている人々に対して容赦のない仕返しをする。

そのかわり、プリマス[140]からカディス、[141] セヴィリヤ[142]にふと移ると、スペインでは暑気と恋の熱気が、必要な慎みを少々忘れさせることに気づいた。私は人々が人前で大っぴらに情熱的な抱擁をしているのを見たが、それは感動的に見えるどころか、正反対の感情を私にもたらした。これほど耐えがたいものはない。

羞恥心という名目で女が身につける習慣の力ははかりしれないことを、男はいつか悟ると思っておかなくてはならない。月並みな女は大げさに羞恥心をふりかざして、上流の女と同等になった気でいる。

羞恥心の支配力は絶大なので、心優しい女は言葉よりもむしろ行為によって、恋人に本心をもらしてしまう。

ボローニャ一美しく、裕福で浮気な女が、私にむかって昨夜語ったところによると、ある気取り屋のフランス人が――この男はこの地でフランス国民について、滑稽なイメージをふりまいているのだが――彼女のベッドの下に隠れるというまねをしたのだそうである。男はおそらく一か月前からしつこく言い寄り、何度となく滑稽な告白を重ねたのをむだにすまいと思ったのだ。だがこの偉人は冷静さを失っていた。M夫人が女中を追い払い、床につくまでは待ったのだが、使用人たちが眠りにつくまで待つだけの辛抱強さがなかった。夫人が呼び鈴に飛びつくと、五、六人の下僕たちがののしりながら男に殴りかかり、たっぷり恥をかかせて追い出した。

「もし相手が二時間待っていたらどうでしたか」と私は夫人に聞いた。

「ずいぶんと困ったでしょうね。あの男は、私があなたの命令でここにいたことをだれも疑わないでしょうよ、と言ったでしょうから。」[*5]

＊5　この一部始終は省いたらどうかとすすめる女性がいた。「こんなことをわざわざ私の前でお話しになるなんて、私のことをずいぶん淫らな女だと思っていらっしゃるのね。」

この美女の家を出てから、私は自分の知るかぎりで、最も愛されるにふさわしい女性のもとへ行った。彼女の美貌は感動的だったが、その心遣いの非常に細やかなことは、それ以上に感動的だった。彼女がひとりでいたので、私はM夫人の話をする。それについて議論をするうち、「よろしいこと」と彼女は私に言う。「もしそのような失礼をはたらいた男性が、以前から当の女性の目に好ましい存在として映っていたとすれば、その方のことを許し、いずれ愛するようになるでしょう。」

白状すると、私は人間の心の深淵に投げかけられたこの思いがけぬ啓示の光に、あっけにとられてしまった。沈黙をはさんで、私はこう答えた。

「ですが、男が恋をしていたら、そんなひどい乱暴をする気になるでしょうか。」

女がこの章を書いたとしたら、あいまいな箇所はもっと少なかっただろう。女の自尊心からくる高慢さ、羞恥心およびその行きすぎによる習慣、そしてある種の繊細さ——その大半はもっぱら男にはない感覚連合[143]から生じるもので、[*6]本性に根ざしていないことがしばしばだが——そうしたものはすべて、伝聞にたよって書くことをよしとしなければ、ここには書けない。

＊6　女は着飾るのを好むが、羞恥心はその源泉のひとつである。ある装いをするとき、女は多かれ少なかれ男に期待をさせる。だから年をとってから着飾るのはそぐわないのだ。

地方出の女性がパリで流行を追おうとすると、その期待のさせかたは不器用で、笑われるのがおちだ。地方の女性はパリに着いたら、まずは三十女のように装うことから始めるべきだ。

ある女が哲学的な率直さにとらわれた瞬間、次のような趣旨のことを言った。

「もし私の自由をだれかにささげることになったら、私が好きになる男性は、いつだって私が男のかたに、軽い好意でもなかなか示そうとしなかったのを見て、私の気持ちをよりいっそう大事に思ってくれることでしょう。」

これほど魅力的な女がいま話している男に対して冷淡な様子を見せるのは、この先もおそらく出会うことのない恋人のためを思ってのことなのだ。これこそ、羞恥心の第一の極端なあらわれだ。これは尊重すべきものではある。第二は女の自尊心から生じる。第三の誇張の原因は夫たちの自尊心だ。

私が思うに、このような恋愛への期待はどんなに貞淑な女の夢想にもしばしば現れるし、それももっともだ。天から恋愛にふさわしい魂を受け取っておきながら恋をしないのは、われと他人から大きな幸福の機会を奪うことだ。まるでオレンジの木が罪を犯すのを恐れて花を咲かせようとしないようなものだ。しかも注意してほしいのは、恋愛向きの女は、それ以外の幸福に酔うことはできないということだ。彼女はいわゆる世間の楽しみなるものにも、二度目からは耐えがたいほどの空虚を見る。自分では往々にして芸術や自然の崇高な眺めが好きだと思いこんでいるが、それは彼女に恋を約束し、誇張している――それがもし可能ならだ――だけのことで、それが自ら封印することに決めたあの幸福を語っているということに、やがて気づくのだ。

羞恥心について唯一とがめるべきと思われる点は、うそをつく習慣に結びつくことだ。うそをつかないのが、浮気な女が心優しい女にまさるただひとつの長所だ。浮気な女はあなたにこう言う。「ねえ、私、あなたを好きになったらすぐそう言うわ。そうなればあなた以上に私も満足よ。あなたにはずいぶん敬意を払っていますから。」

恋人に降伏したあと、こう叫んだコンスタンスの非常な満足ぶり。「夫と仲たがいして以来八年間、だれにも身をまかせないで本当によかったわ。」

この理屈は私には実にばかばかしく思われるが、この喜びには新鮮さがあふれていると思う。

ここでぜひとも語らねばならないのは、恋人に捨てられたさるセヴィリャのご婦人の嘆きがどのような性質のものだったかである。読者には、恋愛においてはすべてがしるしであるということを肝に銘じていただき⑭、そしてなかんずく、私の文体を若干大目に見ていただきたい。[*7]

*7　一一六ページの注*5。

男の目から眺めると、羞恥心には九つの特徴が認められるように思う。

一、女はわずかなものを得るのに多くを賭けている。したがって極度に控えめになり、しばしば気取りに陥る。たとえば、最高におもしろいものでも笑わないことなど。だから羞恥心をちょうど必要な分だけもつためには、多くの才知が必要なのである。[*8] それゆえ、女は内輪の集まりではそれほど羞恥の念をもたないことが多い。より正確に言えば、男から聞かされる話に十分なヴェールがかけられていなくともよしとし、話を聞いて陶酔や熱狂がおこるにつれ、徐々に話のヴェールがはぎとられていくのも大目に見る。[*9]

*8　ジュネーヴの社交界、とくに上流家庭における調子を見よ。猫かぶりの風潮を笑いものにして正すのに、宮廷は役に立つ。デュクロがロシュフォール夫人に小話を披露した。「あなたは実際のところ、私たちのことをずいぶんまじめな女だと思っていらっしゃるようね。[145]」この世に本気でない羞恥心ほど退屈なものはない。

*9　「ねえ、フロンサックさん、あなたにお話をはじめていただく前に、シャンパンを何本もいただかなくては。私たちが今している話と、ずいぶん違いますからね。[146]」

大部分の女が男のうちに評価するものが厚かましさをおいてないというのは、羞恥心と、羞恥心によって多くの女性が必然的に強いられている死にたくなるほどの退屈の結果なのだろうか。あるいは彼女たちが、厚かましさを気骨ととりちがえているのだろうか。

二、第二の法則。羞恥心のおかげで、恋人は私のことをいっそう尊敬してくれるようになるだろう。

三、どんなに情熱的な瞬間にも、習慣の力がものを言う。

四、女の羞恥心が恋人にもたらす喜びは、その自尊心を大いにくすぐる。男はそれを通じて、相手が自分のためにどれほどの掟を侵しているかを感じるからである。

五、そして女にはいっそううっとりするような喜びをもたらす。そうした喜びは強力な習慣でも破らせてしまうので、心の中にさらなる動揺を生む。ヴァルモン伯爵[147]が夜中にとある美女の寝室にいたとして、そんなことは彼には毎週あることだが、彼女にとっては二年に一度のことだろう。したがって、珍しさと羞恥の念が女にいっそう激しい喜びを用意するにちがいない[*10]。

＊10　憂鬱質を多血質と比べたときの話である[148]。貞淑な女性——たとえそれが宗教の説く欲得ずくの美徳(天国で百倍になって返ってくるごほうびとひきかえの美徳)の持ち主であってもよいのだが——と、すれっからしの四十歳のならず者とを眺めてみるとよい。『危険な関係』のヴァルモンはまだそこまでは達していないが、トゥールヴェル法院長夫人は小説全体を通じてヴァルモンよりも幸せである。著者はあれほど才気のある人であったが、さらなる才気があれば、このことを彼の傑作の教訓としたことだろう。

六、羞恥心の不都合な点は、たえずうそをつかせることである。
七、度をこした羞恥心と厳格さは、感じやすく臆病な女が恋をする勇気を失わせる。*11
まさにこうした女こそ、恋の喜びを与えたり感じたりするのに向いているのだが。

＊11　憂鬱質の人のこと。これを恋愛質と呼んでもよい。[149] 私は上品で恋愛向きの女が、才気に欠けているために、多血質の散文的な男を選ぶのを見た。一八一〇年、グランド・シャルトルーズ[150]で起きたアルフレッドの物語。

こうした考えほど、育ちの悪い連中と呼ばれる手合いに会ってみたいと私に思わせるものはない。

（ここであわれなヴィスコンティはわけがわからなくなっている。[151]心の動きや情熱に関しては、どんな女も同じであって、情熱の形態が違うだけだ。その違いは、より多くの財産に恵まれていたり、より豊かな教養の持ち主だったり、より高尚な考えをする習慣がついていたり、そしてなによりも運の悪いことに、いらだちやすい自尊心の持ち主だったりすることによって生じる。

王女が聞いて腹をたてる言葉も、アルプスの羊飼いの女の気を悪くすることは断じてない。だが王女も羊飼いの女も、ひとたび怒り出せば同じような情念の動きを見せる。）

（発行者の唯一の注[152]）

八、恋人を何人ももったことのない優しい女性にあっては、羞恥心が自然な態度をとる妨げになる。そのために彼女たちは少し、とがめるべき同様の欠陥を持たない女友達[*12]の言いなりになる危険にさらされている。彼女たちはやみくもに習慣に従うのではなく、個々の事象それぞれに注意を向ける。その繊細な羞恥心ゆえに、彼女らの動作にはどこかしらぎこちないところがあらわれる。自然にふるまおうとするあまり、自然さを欠いているように見える。だがこのぎこちなさはこの世のものならぬ優雅さのたまものだ。

＊12　Mの言葉[153]。

時に彼女たちのうちとけた様子が愛情に似ることがあるが、それはこの天使のような心の持ち主がそうとは知らずにあだっぽく（コケット）ふるまっているからだ。自分の夢想を中断するのがめんどうなのと、相手に話しかける手間や、恋人にむかってなにか耳触りがよく行儀のよい言葉、ただし行儀がいいだけの言葉を見つけて伝える手間を省くために、恋人の腕に優しくよりかかったりする。[*13]

＊13　ヴォル…、グアルナ…[154]。

九、女が作家になると、めったに崇高の域に達することがないのに、女の書いたほんの短い手紙にも魅力がある理由は、女が半分しか率直になろうとしないからである。率直になるということは彼女たちにとって、ショールなしで外に出るようなものだ。いっぽう男にとって、想像力の命ずるがままに、どこに向かっているかもわからずに書くのはごくありふれたことである。

要約

　女をある種の男として、ただし男より心が広く、気まぐれで、とりわけライバルになりそうもないような男と同様に扱うのは、よくある過ちである。人間本性にそなわるあらゆる一般的傾向に逆らって、かくも移り気な存在を支配している二つの新奇で特異な法則があることを、われわれはいとも簡単に忘れてしまう。すなわち、女の自尊心と羞恥心、および羞恥心の生み出す、往々にして不可解な習慣のことである。

# 第二十七章　まなざしについて

これは貞淑な女の媚態の強力な武器だ。人はまなざしによってなんでも伝えられるが、いつでもまなざしを否定できる。なぜなら、まなざしはそのまま繰り返すことができないからである。

このことは私に、ローマのミラボーたるG伯爵のことを思い出させる。[155]この土地の愛すべきちっぽけな政府は、[156]彼に独特な話し方を思いつかせた。すべてを語っているのになにも言っていない言葉を、とぎれとぎれに言うのである。伯爵の言うことはすべて理解でき、誰であれ、好き勝手にその言葉を字句どおり繰り返せるが、それでも伯爵の身が脅かされることはない。ランテ枢機卿[157]は伯爵にむかって、あなたはこの才能を女たちから盗んだのだろうと言ったが、私に言わせれば、きわめて身持ちのよい女たちから盗んだのだ。こうした詐術は男たちの暴政に対する残酷で、ただし正義にかなった反撃なのである。

# 第二十八章　女の自尊心について

女は男から重大事と称する話や大もうけした話、戦争で手柄を立てた話、決闘で人を殺した話、冷酷な復讐または見事な復讐についての話などを、生涯にわたって聞かされる。その中でも気位の高い女たちは、こうした目標を自分では達成することができない以上、自尊心の支えとなるような重要な事柄によって、大いに自尊心をひけらかすことなどできないと感じている。彼女たちは胸の中の鼓動を感じ、その力強く気高い動きは周囲の誰よりも優れているのに、最低の部類の男でも自分たちよりは評価されるのを見るのである。彼女たちは小さなこと、少なくとも感情のうえでしか重要ではなく、第三者には判断のつかないことでしか誇りを示せないことに気づく。自身の評価の低さと誇り高い心との間の嘆かわしい対比に心を痛めた結果、彼女たちは愛情の激しさや、決意を押し通すときのかたくなさによって、自らの自尊心を尊重させようとする。こうした女たちは深い仲になる以前には、恋人の顔を見ると攻撃をしかけられたと思いこむ。彼女たちは想像力をたくましくして恋人のふるまいに腹をたてるが、恋人にしてみれば結局のところ、恋をしているのだから、恋心を示す以外のことはできないのだ。ところが女は自分の選んだ男の恋心をうれしく思うどころか、男に対して虚栄心を誇ってしまう。結局のところ、その感受性がひとつの対象に向けられていないときには優しかった女でも、恋をしたとたん、月並みな浮気女(コケット)のように、虚栄心だけの女になってしまう。

高貴な性格の女は恋人のためなら何度でも生命を捧げる。ところがドアを開けるか閉めるかというような自尊心のからむ口論をきっかけに、恋人と決定的に仲たがいしてしまう。彼女たちにとっては名誉にかかわる問題なのだ。ナポレオンだって、村をひとつ譲り渡さなかったばかりに身を滅ぼしたではないか。

私はこの種の口論が一年以上続くのを見た。ある非常にすぐれた女は、恋人に高邁(こうまい)な誇りの感情を少しでも疑われるはめになるよりはと、幸福をふいにしてしまった。和解は私の女友達の家で、偶然の結果としておこった。そこから四十里(約百六十キロメートル)離れたところにいると思いこんでいた恋人に出くわし、しかも会ったのが相手のほうでもまさか彼女に会うとは思ってもいなかった場所だったために、彼女が一瞬気弱になったのだ。彼女は最初の幸福の衝動を隠しきれなかった。男のほうも彼女以上に感激し、ふたりはお互いの前にほとんどひれ伏さんばかりだった。これほど涙が流されたのを見たことがない。それは思いがけない幸福の光景であった。涙とは究極のほほえみである。

アーガイル公はキャロライン王妃にリッチモンド[158]で拝謁した際に、女の自尊心のたたかいが起こるのを避け、冷静さのよい手本を示した。[*1] 女の性格が高貴であればあるほど、荒れ狂ったときは恐ろしい。

＊1　『ミドロジアンの心臓』第三巻。[159]

暗黒の空が
荒れ狂う嵐を予告するように。
『ドン・ジュアン』[160]

女が日ごろ、恋人の美点に夢中になっていればいるほど、好意が裏切られたように感じる残酷な瞬間によりいっそう、ふだん恋人が他の男より優れていると思いこんでいたことの恨みを晴らそうとするのであろうか。女はその手の男たちと同列に扱われることを恐れているのだ。

退屈な『クラリッサ』を読んでからもうずいぶんになるけれども、クラリッサがむざむざと死に至り、ラヴレースの求婚を受け入れなかったのは、女の自尊心によるものだという気がする。[161]

ラヴレースの過ちは大きかった。だがクラリッサは多少なりとも彼のことを好きだったのだから、恋ゆえの罪を心のどこかで赦せたはずだ。

それとは逆にモニーム[162]のほうは感動的な、女の繊細さの鑑（かがみ）のように思える。この役柄にふさわしい女優が次のせりふを言うのを聞いて、喜びでほおを上気させない人がいるだろうか。

そして私がかつて打ち勝ったあの宿命的な恋を

……………………

陛下は策略を用いて暴き、私にお認めさせになったのです。
打ち明けてしまいました以上、恋を貫かなくてはなりません。
陛下がお忘れになりましても、むだなことでございます。
陛下が私に強いられました、あの恥ずべき告白は
永遠に私の脳裏に焼きつくことでございましょう。
陛下が私の貞節を疑っておられると、いつでも思うことになりましょう。
墓の中のほうが、陛下、まだしもみじめではございません。

かくも私を辱める夫の褥(しとね)に比べれば。
かくもむごいなさり方で妻の優位に立ち
生涯にわたる悲嘆を覚悟させせつつ
道ならぬ恋を暴き赤面させる夫の。

後世の人々がこう言うのが目に浮かぶ。君主制[*2]にもよいところがあったのだ、この種の性格を生み出し、偉大な芸術家たちが描けるようにしたのだから。

*2　憲章も議会もない君主制⑯。

ところが中世の共和国にも、こうした見事な繊細さの例は見つかるのだ。そうなると政体が情念に与える影響についての私の体系は崩れるように思えるが、虚心坦懐にこれをお伝えすることにしよう。

ダンテのひしひしと胸を打つあの詩句のことである。

ああ！　あなたが生者の世界に帰られたおりには
どうぞ私のことも思い出してください。ピーアと申します。
私はシエナに生を受け、マレンマで息絶えました。

私に指輪を与え、娶った男が
その身の上を知っております。

「煉獄篇」第五歌[164]

この女性はかくも控えめに語っているが、実はひそかにデズデモーナ[165]と同じ運命をたどったのであって、たったひとことで、地上に残してきた友人たちに夫の罪を知らせることもできた。

ネッロ・デッラ・ピエトラは、シエナで最も裕福で高貴な一族であるトロメイ家の唯一の跡継ぎ、ピーア嬢をめとった。その美しさはトスカーナ中の賞賛の的となっていたが、それゆえに夫の心に嫉妬が生まれ、根も葉もない中傷やたえずわきおこる疑念が追い打ちをかけ、夫を恐ろしい計画へと駆り立てた。今日、彼の妻が完全に無実であったのかどうかを定めるのは難しいが、ダンテは無実だったとして描いている。

夫は妻を、当時も今日も瘴気(aria cattiva)のもたらす効果によって有名な、ヴォルテッラ[166]のマレンマへ連れて行った。夫は気の毒な妻にむかって、このような危険な場所に妻を追放した理由を決して言おうとはしなかった。夫の自尊心は不平をもらしたり糾弾したりすることをよしとしなかった。夫は妻とふたりきりで、うち捨てられた塔に住んだ。私はその海辺の廃墟をたずねたことがある。夫はそこで、さげすんだような沈黙を決して破ろうとせず、年若い妻の問いにも答えず、その願いも聞き入れなかった。妻の傍らで、瘴気が効果をあらわすまで冷ややかに待った。沼から立ちのぼる蒸気はほどなくして、当時この世で最も美しいとうたわれた、彼女の容貌を衰えさせた。数か月のちに彼女は死んだ。この遠い昔の年代記作家たちの中には、ネッロが妻の最期を早めるために短刀を用いたと伝える者もいる。たしかに彼女はマレンマで、なんらかの恐ろしい死に方をした。だがどのような種類の死に方だったのかは、当時の人々にも謎だった。ネッロ・デッラ・ピエトラは生き延びて、残りの生涯を沈黙のうちに過ごし、口を開くことは決してなかった。

年若いピーアがダンテに語りかけるさまほど、気高く繊細なものはない。あれほど若くして地上に残してきた友人たちに、自分のことを思い出してもらいたいと願っているのだ。とはいえ、自ら名乗り、夫を名指しながらも、彼女は前代未聞の残虐さ、もはや取り返しがつかなくなってしまった残虐さを、少しも嘆こうとはせず、夫が自分の死のいきさつを知っていると告げるだけなのである。

こうした自尊心の執拗な復讐は、南の国々でしかほとんど見受けられないように思う。私はピエモンテ(167)で、はからずもほぼ同じような事例を目撃したのだが、当時は詳しいことは知らなかった。私は密輸を阻止するため、二十五名の竜騎兵とともにセジア川(168)沿いの森に派遣されていた。日が暮れてからその人気（ひとけ）のない寂しげな場所に着き、木々の間から古城の廃墟が見えたので、そこに向かった。驚いたことに城には人が住んでいた。そこには陰気な顔をした土地の貴族がいて、身長六ピエ〔約百八十センチメートル〕の四十男であった。彼は不機嫌な様子で私に部屋をふたつ与えた。私はその部屋で伍長とともに音楽を奏でた。数日後、私たちは主人が女をひとり囲っているのを見つけ、その女のことをふざけてカミーユと呼んでいたが、恐ろしい真実が隠されていようとは思いもしなかった。女は六週間後に死んだ。私はお棺に納められた女の姿を見てみたいというさもしい好奇心を起こし、遺体を預かっていた修道士に金をやると、修道士は真夜中ごろ、聖水をまくという口実で、私を礼拝堂に招き入れた。そこに私が見たのは、死に包まれてもなお美しい、あのすばらしい顔立ちであった。大きな鷲鼻の、高貴で優しい曲線を決して忘れることはないだろう。私はその後、その不吉な場所を離れた。五年後、イタリア王として戴冠する皇帝に同行した私の連隊の分遣隊から、すべてのいきさつを聞かせてもらった。それによれば嫉妬深い夫の…伯爵がある朝、妻のベッドにイギリス製の時計が引っかけてあるのを見つけたが、それは夫妻の住む小さな町の青年のものだった。その日のうちに、夫は妻をセジアの森の中の崩れかけた城に連れて行った。ネッロ・デッラ・ピエトラ同様、夫はひとこともしゃべらなかった。妻が夫になにか懇願すると、夫はつねに身につけていたイギリス製の時計を冷然と黙って妻に示した。夫はそうやって三年近くを妻とともに過ごした。若く美しかった妻は、とうとう絶望して死んだ。夫は時計の持ち主に短刀をひと突きくれてやろうとしたが、し損じて、ジェノヴァに渡って船に乗り、それ以降消息知れずになった。彼の財産は分割された。

女性特有の自尊心をもった女の傍らで、男が優雅に悪口を受け流したりすると、軍隊生活の習慣によればなんでもないことでも、プライドの高い女をいらだたせることになる。女は男を腰抜け扱いし、ただちに侮辱を加える。こうした高慢な性格の女は、他の男に不寛容な男を選んで、嬉々として身をまかせる。私が思うに、これしか手はないのであって、男は往々にして恋人と言い争うのを避けるため、仲間と言い争わなくてはならないことがある。

ロンドンの有名な女優コーネル嬢(169)の家に、ある日突然、彼女が世話になっていた金持ちの大佐が訪ねてくる。感じがよいだけのつまらない恋人といっしょにいるところだった。彼女はひどく動揺して大佐に言った。「何某さんは、売ろうとしている子馬を見にいらしたのよ。」

「私はまったく別の用件でここにいるんですよ」と、このつまらない恋人が傲然と付け加えて言った。彼女はこの男にうんざりし始めていたのだが、この答えを聞いてからは再び、夢中で愛するようになった。[*3]

＊3　コーネル嬢の家から帰るたび、私の頭は賛嘆の念と、あるがままに観察した情熱についての深い考察で満たされる。彼女の召使たちへの指図のしかたがかなり威圧的なのも、横暴さからではなく、明瞭かつ迅速に、自分のなすべきことを見てとるからである。

訪ねていった当初、私に腹をたてていても、最後にはもうそんなことは頭にない。私にむかって、モーティマーに対する愛情のたけを打ち明ける。「私はふたりきりで彼と会うより、人前で会うほうが好きなの。」天才的な女でもこれほど見事にふるまえないだろうと思うのは、彼女が完璧な自然体であろうとし、どんな理論にもしばられることがないからだ。「私は貴族院議員夫人になるよりも、女優でいたほうが幸せです。」私自身の教育のため、女友達として持ち続けるべき偉大な女性である。

こうした女たちは恋人の自尊心を踏みつけにしてまで自分の高慢な性質を発揮しようとはせず、相手の自尊心に共感する。

ローザン公爵(一六六〇年のほう)[170]の性格は知り合った当日、相手の優雅さに欠けるところを許せるなら、こうした女たちにとっては魅力的に映る。上流の女にとっては、ことごとくそう思えるかもしれない。さらなる偉大さは彼女らの手に負えない。なにもかも見通し、細かいことにまったく動じない落ち着いたまなざしを、彼女たちは冷淡だと思うからだ。サン＝クルー[171]の宮廷の女たちが、ナポレオンは冷淡で散文的な性格だと言い張るのを、私は目にしたではないか。[*5] 偉人とは鷲のようなものだ。高く上がれば上がるほど見えなくなり、その偉大さに対する罰として、魂は孤独に陥る。

＊4　小さなことには傲慢と度胸をもって臨むが、同時に熱のこもった配慮も見せる。胆汁質の気質の激烈さ[172]、モナコ夫人に対する彼のふるまい（サン＝シモン、第五巻、三八三ページ[173]）。王がモンテスパン夫人とともに寝台にいたとき、彼がその下にいたという驚くべき話[174]。こうした性格の人間に、細かいことに対する配慮が欠けていたら、女には理解されない。

＊5　「痛ましい事件や恋愛についての話を聞くとき、ミンナ・トロイルのほおにはさっと血の気がさし、その表情やふるまいが、いつもは真剣で落ち着いた、内気な性質を示しているようであっても、実際はその血がどれほど温かく脈打っているかを、十分に示していたのである」（『海賊』第一巻、二三二ページ[175]）。月並みな人間は、ありふれた状況は心を動かすに値しないと考えるミンナ・トロイルのような心の持ち主を、冷淡だと感じる。

女の自尊心から、彼女たちがデリカシーの欠如と呼ぶものが生まれる[176]。私が思うに、これは王たちが大逆罪と呼ぶものに似ていて、そうとは気づかないうちに罪に陥ってしまうだけ、よけいに危険だ。どんなに心優しい恋人でも才気が足りなかったり、さらに悲しいことに、恋愛の最大の魅力である幸福、すなわち、愛する女に対して完全に自然にふるまい、他人の言うことに耳を貸さないという幸福に思い切り身を委ねたりすると、デリカシーに欠けると非難されることがある。

こうしたことは、生まれのよい人たちは考えたこともないだろうし、それを信じるためには実際に感じたことがなければいけない。なぜなら、われわれは男の友人に対しては公正に、率直にふるまう習慣に染まっているからだ。

たえず心にとめておくべきことは、われわれ男が相手にしているのは、実際はそうでなくても性格の強さにおいてわれわれに劣ると思いこんでいるか、より正確には、劣ると考えられていると思いこんでいるかもしれない人間だということだ。

真の女の自尊心は、彼女がかきたてる愛情のエネルギーにおいてこそ発揮されるべきではなかろうか。フランソワ一世の奥方である王妃の侍女には恋人がおり、噂によれば、この恋人は彼女のことをあまり愛してはいなかったそうで、皆でその浮気癖をからかっていた。ほどなくしてこの恋人が病気になり、再び宮廷に姿をあらわしたときには口がきけなくなっていた。二年たったある日、侍女が彼のことをいまだ愛しているのに皆が驚いていると、彼女は恋人にむかって言った。

「お話しなさい。」

すると恋人は口をきいた⑰。

# 第二十九章　女の勇気について

「誇り高き騎士さま、あなた様がどれほど苛烈な戦闘でご自慢の勇気を奮われましても、女が愛情や義務のために苦しむことになったときに見せる勇気には及びません。」

『アイヴァンホー』第三巻、二二〇ページ[178]

私は歴史書の中で次のような文章に出会ったのを覚えている。「男たちはみな正気を失っていた。そのようなとき、女たちはまぎれもなく男の優位に立つ[179]。」

女には勇気の備蓄があるが、彼女の恋人にはない。女は恋人にむかって自尊心を誇り、危険の火が迫ったとき、ふだんしばしば保護者然として力を誇って自分を傷つける男と堅固さを競うことに多くの喜びを見出すので、こうした喜びのエネルギーは、どのような不安をも――このようなとき、男は弱い――やすやすと女に乗り越えさせる。男だって、そのような場合にそうした助けが得られるのなら、なんでも克服できるだろう。恐怖心は危険それ自体に内在するわけではなく、われわれ自身の中にあるからである。

だからといって、女の勇気をけなすつもりはない。私はときおり、どれほど勇敢な男たちよりもすぐれた女たちを見てきた。ただし女には愛する男が必要なのだ。愛する男を通じてしかものを感じなくなるので、個人に直接ふりかかる危険がどれほど恐ろしいものでも、彼女たちにとっては恋人の見ている前でばらをつむ程度の話になる。*1

*1　エリザベスとの会見で敗北を喫した直後に、レスターの名を口にするメアリ・スチュアート(180)。シラー(181)

私は恋をしていない女にも、きわめて冷静で驚くべき、ずぶとい不敵さを認めたことがある。

だが実際、彼女たちがあれほど勇敢なのは、心の傷の辛さを知らないからだと私は思っていた。

精神的な勇気は別種の勇気、すなわち肉体的な勇気よりもはるかに高度なものだが、これについて言えば、自らの恋に抵抗する女のかたくなさは、この世でもっとも驚嘆すべきものである。これほど自然の摂理に反し、苦痛をともなうことに比べれば、それ以外の勇気の証(あかし)など、ことごとく取るに足らぬものだ。おそらく彼女たちはそのような力を、羞恥心ゆえに身につく自己犠牲の習慣から得ているのだろう。

女の不幸はこうした勇気の証が常に秘められ、まず外に漏れてはならないとされていることにある。

　さらに大きな不幸は、その勇気がきまって彼女たちの幸福を損なう形で用いられることだ。クレーヴの奥方は夫には何も明かさず、ヌムール公に身をまかせるべきだったのだ[182]。

　おそらく女はうまく自分の身を守れるという自負に多く支えられており、恋人が虚栄心から自分たちをものにしようとしていると思いこんでいるのだろう。つまらない、情けない考えだ。恋に浮かされ、あれほど滑稽な状況の中に自らすすんで飛びこんでいく男に、虚栄心のことなど考える余地があるものか。それではまるで、悪魔を捕まえたと思いこみ、実際は苦行衣と苦行だけで自尊心を満足させている修道僧のようなものだ[183]。

　思うに、もしクレーヴの奥方が老境に達していたら、その頃には人生について判断を下せるようになり、自尊心の喜びなどはひどく惨めな姿をさらすようになるから、きっと後悔したことだろう。自分もラファイエット夫人のように生きたかったと思ったにちがいない。*2

＊2　この有名な女性がおそらくラ・ロシュフコー氏と共同で小説『クレーヴの奥方』を書いたこと、そしてこのふたりの作家が人生の最後の二十年間を完璧な友情に支えられてともに過ごしたことはよく知られている[184]。これこそまさにイタリア風の恋だ。

私はこのエッセーの百ページ分を読み返したところだ。真の恋、魂全体を支配し、ときに幸福そのもので、ときに絶望的な、とはいえつねに崇高なイメージによって魂を満たす恋、相手以外の存在のいっさいにまったく無関心にさせてしまう恋について、私はひどく貧弱な概念しか示していない。自分にはこれほどよく見えているものを、どうやったら表現できるのかわからない。自分の才能のなさを、これほど痛感したことはない。恋する男のふるまいや性格の素直さ、重々しいまじめさ、いとも正確に、しかも愚直に感情の機微を表すまなざしや、なによりも、繰り返すが、愛する女以外のすべてのものに対するあのいわく言いがたい無関心を、どうすればわかるように伝えられるだろうか。恋する男の発した「いいえ」や「はい」には、ほかでは見あたらず、別の時期のこの男にもまったく見られなかった敬虔な優しさがこもっているのだ。今朝（八月三日）の九時ごろ、私は馬でザンピエリ侯爵の美しい英国式庭園の前を通り過ぎた。庭はボローニャの背後にひかえる、大木の群を頂いた丘の起伏の末端にあり、そこからは世界で最も美しい土地である、あの豊かで青々としたロンバルディアが楽しめる。ザンピエリ家の庭園のローリエの茂みは、私のたどっていたカサレッキオ[185]のレノ滝へと至る道を見下ろす位置にあったのだが、そこに私はデルファンテ伯爵[186]の姿を認めた。伯爵は深い夢想にふけっており、昨夜夜中の二時までいっしょに夜をすごしたにもかかわらず、私にほとんどあいさつも返さなかった。私は滝まで行き、レノ川を越えた。そして、少なくとも三時間はたっていたと思うが、ザンピエリ家の庭園の茂みの下を再び通り過ぎたとき、彼はまだそこにいた。以前とまったく同じ姿勢で、ローリエの茂みから突き出して伸びている大松にもたれかかっていた。読者がこうした細部を単純すぎてなんの証明にもならないと考えはしまいかと案ずる。デルファンテは目に涙をうかべながら私に近寄ってきて、彼がその場にずっといたことを言いふらさないでくれと頼んだ。私は心を打たれた。そこで道をひきかえし、その日の残りの時間をともに田園で過ごそうと彼に提案した。二時間のちには、彼は私にすべてを告白していた。実に美しい魂の持ち主だ。だが彼が私に語った内容に比べれば、読者がたった今読まれたページはどれほど生彩を欠いていることだろう。

それに彼は、自分が愛されていないと思いこんでいる。私はそうは思わない。われわれは前夜、ギージ伯爵夫人宅で過ごしたが、夫人の大理石のように無表情な顔からはなにも読み取れない[187]。ただときおり、さっとほのかに赤みがさすのを彼女はおさえることができず、このうえなく強烈な女の自尊心が激情と座を争っている、この女性の揺れる胸の内を明かす。雪のように白い首すじと、カノーヴァ[188]の彫刻にも匹敵する美しい両肩の人目に触れている部分もまた、赤らむのが見える。彼女は自分の黒い、深い色の瞳を他人の注視からそらすすべを心得ている。女性特有の繊細さゆえに、本心を見抜かれるのを恐れているのだ。だが私は今夜、デルファンテのある発言を彼女がとがめた際、突然全身に赤みが広がるのを見た。この誇り高い魂の持ち主は、恋人が自分にあまりふさわしくない男だと思ったのである。

だが結局のところ、かりにデルファンテの幸福をめぐる私の推測が誤っていたとしても、虚栄心以外の部分では、恋に無関心な私よりも彼のほうが幸せだと思う。私だって見たところかなり幸せな状況におり、実際にそうなのだけれども。

ボローニャ、一八一八年八月三日

# 第三十章　奇怪なもの悲しい光景

女は女特有の自尊心から、愚か者から受けた恨みを才人にむかって晴らし、金銭ずく、力ずくの散文的な男から受けた恨みを高潔な男にぶつけて晴らす。これがけっこうな結果を招いていることは認めざるをえない。

自尊心や世のしきたりを重んじるけちな考えが一部の女を不幸にし、その親類もまた、自尊心から彼女たちを悲惨な立場に追いやってしまう。運命はそうしたあらゆる不幸をはるかに上回る慰めとして、情熱的に愛し愛される幸福を女に用意していたのだが、いつの間にか彼女たちのほうが、自分自身が最初の犠牲者になった、あのばかげた自尊心を敵方から借り受けるようになる。そして結局は自分に残された唯一の幸福を殺し、わが身の不幸と恋人の男の不幸を招くことになる。十もの情事で世間に知られ、しかもひとつ終えてから次の恋というわけでもなかった女友達が、彼女たちにむかってまじめくさった顔で、恋をしたりすると世間体に傷がつくわよ、と言い聞かせる。ところがこの善良な世間ときたら、俗な考え以上のものを思いつくことはなく、彼女たちに対しても毎年のように気前よく愛人を与える。なぜって、それがきまりだから、と世間は言う。こうして人は次のような奇妙な光景に接し、心を痛めることになる。心優しく極度に繊細で、純粋そのものの女が、デリカシーのないふしだらな女の意見にしたがって、自分に残された唯一の大きな幸福を逃す。そして輝くばかりに白いドレスを着て、百年前から盲目であるとだれもが知っている、愚かしい大男の判事の前に出頭する。判事はとどろくような声で彼女にむかって叫ぶ。「この女は黒い服を着ている。[189]」

# 第三十一章　サルヴィアーティの日記の抜粋

「ほかならぬこの娘がわれわれに詩才を与えるのだ」
プロペルティウス　第二巻第一歌(190)

ボローニャ、一八一八年四月二十九日

ぼくは恋ゆえの不幸に絶望し、自分の人生を呪う。なにもする気がおこらない。空は暗く、雨が降り、遅ればせの寒さが、長い冬を経て春にむかって駆け出そうとしていた自然を再び悲しげに見せる。

良識と冷静さをそなえた友人、予備役大佐のスキアセッティが、ぼくのところにやってきて二時間過ごしていった。

「きみは彼女との恋を諦めるべきだ。」

「どうすれば諦められるんだ。ぼくに戦争への情熱を返してくれ。」

「彼女と知り合ったのは、きみにとってたいへんな不幸だよ。」

ぼくは自分でもそう認めかかっている。それほどまでに現在のぼくは打ちひしがれ、気力を失い、憂鬱にとりつかれてしまっている。ぼくたちは二人して、彼女の女友達が彼女にむかってぼくの悪口を言うことで、何を得するところがあったのか、つきとめようとする。[191] 思い当たるのはこのナポリの古い格言だけだ。「恋や若さに見放された女はつまらないことで腹をたてる。」確かなのは、このむごい女がぼくに怒り狂っていることである。彼女の男友達のひとりから聞いた言葉だ。むごい方法で恨みを晴らすこともできるが、あの女の憎悪に対してはいささかも身の守りようがない。スキアセッティが帰って行った。ぼくはこの先どうなるかも知らず、雨のなかを出かけた。知り合った最初のころ、彼女に毎晩会っていたころにぼくが住んでいた住居、そしてこの客間が、ぼくには耐えがたくなった。版画の一枚一枚、家具のひとつひとつが、かつてぼくがその前に立って夢見ていた幸福、そしてぼくが金輪際失ってしまった幸福を思い知らせるのだ。

　ぼくは冷たい雨のなか、通りを駆け回る。そして偶然にも、もしそれを偶然と呼べるならだが、彼女の窓の下を通りかかった。日が暮れかけていて、ぼくは涙をいっぱいためた目で、彼女の部屋の窓を見据えて歩いていた。突然、広場のほうを眺めやるようにカーテンがかすかに開き、すぐにまた閉じられた。ぼくは心臓のあたりに生理的な衝動を感じた。立っていることができず、隣家の玄関の屋根の下に逃げこんだ。数え切れないほどの感情が心にあふれる。あのカーテンの動きは偶然かもしれない。だが、もしあれを開けたのが彼女の手だとしたら！

世の中には二種類の不幸がある。かなわぬ恋の不幸と、死の空白[192](dead blank)による不幸と。

恋をしているとき、ぼくはすぐそばにとてつもない、あらゆる望みを超える幸福が存在するのを感じるのだが、その幸福はただひとつの言葉、ただひとつのほほえみにかかっている。

スキアセッティのように情熱を感じず、悲しい日には、どこにも幸福が見当たらず、ぼくにとってそんなものが存在するのだろうかと疑わしくなり、憂愁に沈む。むしろ激しい情熱などもたず、好奇心と虚栄心を少しだけ持っておくのがよいのだろう。

いま、午前二時だ。六時にカーテンがわずかに動くのが見えた。ぼくは十件訪問をすませ、観劇に行った。だがその晩はどこへ行っても黙りこくり、もの思いにふけって、次の問いについて考えながら過ごした。「あのひとは、怒る理由もほとんどないのにあれほど怒ったけれど――だってぼくだって結局、彼女を怒らせるつもりはなかったのだし、意図しだいで許されないものなど、この世にはないはずだから――そのあと、一瞬でも恋を感じてくれただろうか。」

　蔵書のペトラルカ[193]にここまでの部分を書きこんだサルヴィアーティは、気の毒なことにそれからしばらくして死んでしまった。彼はスキアセッティと私の親しい友人だった[194]。われわれは彼の考えをすべて知っていたし、このエッセーの陰鬱な部分はすべて彼から聞いたものだ。彼は軽率さの塊だった。もっとも、彼があれほど常軌を逸したふるまいをする原因となった女性は、私が出会ったうちで最も興味をひくひとだった。スキアセッティは私に言った。「だが、あの不幸な恋はサルヴィアーティにとってなんの得にもならなかったと思うかい。第一に、サルヴィアーティは想像しうるかぎりでもっとも厳しい金銭的苦境を経験していた。この不幸により、彼にはひどく貧弱な財産しか残らなかった[195]。華々しい青年時代をすごしたあとだったし、まったく別の状況なら怒りのやり場がなかっただろうが、実際は二週間に一度もそのことを思い出さなかった。

　第二に、こうした頭脳の持ち主にとってはこちらのほうがよほど重要だが、この恋愛は彼が受けた最初の本格的な論理学の講義だったのだ。宮廷に仕えたことのある男にしては妙だと思われるかもしれないが、それも彼の並はずれた勇敢さを考えれば説明がつく。たとえば奈落の底に突き落とされた某日[196]、彼は眉ひとつ動かさずに過ごした。そのとき彼はロシア遠征のときと同様、これといって特別な感情を覚えないことに驚いた。

実際彼には、なにかを恐れて二日考え続けるようなことは一度もなかった。だがそうしたのんきさとはうってかわって、恋をした二年前から、彼は始終勇敢であろうと努めてきた。それまでは危険の存在に気づかなかったのだ。」

サルヴィアーティがうかつなふるまいを重ね、相手に善意に解釈してもらえることを信じたために恋人に月に二度しか会えなくなってから、われわれは彼が喜びに酔いしれ、彼女に語りかけて宵を過ごすのを見た。というのも彼は、彼がこよなく愛する、彼女のあの高貴な無邪気さをもって迎えられていたからである。…夫人と自分はともに比類なくすぐれた心をもっており、まなざしひとつでわかりあえるはずだ、と彼は言い張った。自分のことを悪者扱いしかねないブルジョワのみみっちい解釈に、彼女がわずかでも耳を貸すとは、彼には考えられなかった。敵に取り巻かれている恋人を過信した結果、彼は女の家から閉め出されてしまった。[*1]

＊1　「自らが潔白であるという自覚に守られて。」(ダンテ)⑲⑺

私はサルヴィアーティに言った。「…夫人といっしょだと、きみは自分の行動原則を忘れてしまうようだね。偉大な心の持ち主の存在など、究極の手段としてしか信じてはいけないということを。」

彼は答えた。「この世にぼく以上に彼女にふさわしい心の持ち主がいると思うのかい。

たしかにぼくは、ポリニーの岩山の水平線に怒ったレオノールの顔を見てしまうほどの熱のあげようを、実生活でやることなすことすべてがうまくいかないという代償によって支払っている。うまくいかないのは、根気強く取り組む才がないのと、そのときどきに受ける印象が強烈で、つい軽率なまねをしてしまうせいだ。」

わずかに狂気の徴候が見てとれる。

サルヴィアーティにとって、生活は二週間ごとに区切られていて、各周期は最後に彼女に会うのを許されたときの色を帯びるのだった。だが私は何度か、いつもより恋人のもてなしが冷淡ではなかったときに彼が味わう幸福のほうが、もてなしが手厳しかったときに感じる不幸よりも、はるかに強烈さを欠くことに気づいた。[*2] それに…夫人は彼に対してときおり率直でないことがあった。だがこの二つの異論だけは、私は彼に唱えることができなかった。サルヴィアーティは自分の苦悩のうち最も奥深くにある部分については、ごく親しい、人を妬むことなど決してしない友人にすら話さないようにしていたが、それとは別に、彼はレオノールの手厳しいもてなしに、散文的で策略好きの人間が率直で高潔な人間に対しておさめる勝利を重ねて見ていた。そのため彼は美徳に、とりわけ名声に絶望していた。友人たちにむかっては、恋心の行きつく先の、陰気な考えしか話そうとしなかった。ただ、たしかに陰気ではあったが、哲学の見地から見ればなんらかの興味をそそったかもしれない。私はこの風変わりな心の持ち主を興味深く観察した。情熱恋愛はふつう、ドイツ風の少々愚かな人間に認められるものだ。[*3] それに対してサルヴィアーティは、私が知り合ったうちで最も堅固な意志と才知をそなえた男の部類に入っていた。

＊2　恋愛において、うれしい出来事から幸福を得るより、不幸な出来事からより多くの不幸を得てしまうというあの傾向を、私はしばしば認めたように思う。

＊3　ドン・カルロス、[199] サン＝プルー、[200] ラシーヌのイポリート[201]とバジャゼ。[202]

こうして容赦ない扱いを受けた訪問のあとでは、レオノールの手厳しさに自分なりの正当な理由を見つけられたときにしか彼が平静でいられないのを、私は見てとったように思った。彼女が彼に不当につらくあたっていると思っているかぎり、彼は不幸なのだった。恋がここまで虚栄心を捨てられるとは、思いもしなかった。

彼はわれわれにむかって、たえず恋愛をたたえていた。「もし超自然の力がぼくにむかって、この時計のガラス蓋を割りなさい、そうしたらレオノールは三年前にそうであったような、なんでもない女友達になるであろう、と命じたとする。実を言うと、ぼくにはいつだってそれを割る勇気は出ないだろうという気がする。」このような理屈を言うサルヴィアーティはあまりに正気を欠いているように思えたので、さきほどの異論を彼にむかって唱える勇気はなかった。彼は続けた。「中世末期に、ルターの改革が社会を根幹から揺るがし、理性的な基盤の上にたって世界を一新し、再建したのと同じように、高潔な人間も恋愛によって一新され、鍛えなおされるのだ。

そのときになってようやく、人は今までに犯した若気の過ちをすべて脱ぎ捨てる。この変革を体験しなければ、どこかしらぎこちなく、芝居じみたところがいつまでも残るだろう。恋をしてからやっと、ぼくは性格に偉大なところをもてるようになった。ぼくたちが軍事学校で受けた教育はそれほどばかげたものだった。

うまくふるまってはいたが、ぼくはナポレオンの宮廷やモスクワではただの子供だった。義務を果たしてはいても、徹底した自己犠牲と誠実さの産物である、あの英雄的な素朴さは知らなかった。たとえば、ぼくがティトゥス・リウィウス[203]の描くローマ人たちの素朴さを理解したのはここ一年のことにすぎない。以前は彼らのことを、ぼくたちの華々しい連隊長たちと比べて冷淡だと思っていた。彼らがローマのためにしたことを、ぼくは心の中に、レオノールのために見出す。もし幸運にも、彼女のためになにかができるとすれば、ぼくの一番の望みはそれを隠しておくことだ。レグルス[204]やデキウス[205]らの行いは、あらかじめ了解されていたことであり、彼ら自身が驚く理由はなかった。ぼくが恋をする前にちっぽけな人間だったのは、まさにときおり、自分のことを偉大な人間だと考えたくなったからだ。そのためにある程度の努力はしたと思っていて、それに得意になっていたのだ。

それに愛情の観点からいえば、ぼくたちはどれほど恋愛のおかげをこうむっていることだろう。少年期の偶然のめぐりあわせのあと、心は共感に対して閉じてしまう。死や不在によって幼なじみたちから遠ざけられ、冷淡な仲間とともに、物差しを片手に、つねに頭の中で利害や虚栄心にからむ計算をしながら人生をおくるはめになる。少しずつ、心の中の優しく高貴な部分が、耕されることがないために不毛となり、人は三十歳にもならないうちに、あらゆる心地よい、優しい感覚を前に凝り固まってしまう。恋愛はこの荒涼たる砂漠の真ん中に、少年期よりも豊かで、みずみずしい感情の泉をわきあがらせるのだ。それまで抱いていた希望は漠然として、激しく、たえずかき乱されていた[*4]。なにかのために身を捧げることも、変わらぬ深い欲望を抱くこともなかった。心はいつでもうわついて目新しさを求め、前の日に大好きだったものに次の日には見向きもしないのだった。それに対して恋愛の結晶作用ほど瞑想的で、神秘的で、その対象が永遠に変わらないものはない。それまでは快いものだけが心を喜ばせる資格をもっていたが、それも一瞬のことだった。それに対して今では、愛する対象とかかわるものすべてが、どれほどつまらないものであっても深く心を打つのだ。レオノールの住む町から百マイル〔約百六十キロメートル〕離れた大都市に着くなり、ぼくはすっかりおじけづいてしまい、体が震えた。通りの角を曲がるたびに、…夫人の親しい女友達で、ぼくは面識のないアルヴィーザ夫人(206)に出くわすのではないかとおののいた。あらゆるものがぼくにとっては神秘的で神聖な色合いを帯び、ある老学者にむかって話しているときにも、ぼくの心は震えていた。レオノールの女友達の住まいの近くの市門の名が挙げられるのも、ぼくは顔を赤らめずに聞くことができなかった。

＊4　モーダウント・マートン、『海賊』の第一巻(207)。

愛する女のつれない仕打ちまでが尽きせぬ魅力をもつ。これは他の女のそばでどれほどいい気になっているときにも見出せないものだ。それと同様に、コレッジオ(208)の絵画の大きな影の部分は、他の画家の絵でのように、あまりきれいではないが明るい部分を引き立たせ、人物を浮かび上がらせるのに必要な転移部（パッサージュ）をなすのとは異なり、それ自体で優美な魅力をそなえており、甘い夢想へと誘いこむ。＊5

＊5　コレッジオの名を出したので、フィレンツェの美術館の回廊にある天使の顔の粗描には、幸福な愛のまなざしが、そしてパルマの、イエスに冠を授けられる聖母(209)の絵では、愛ゆえの伏し目が描かれていることを記しておこう。

そう、人生のもっとも美しい部分の半分は、情熱的に恋をしたことのない人間には隠されているのだ。」

サルヴィアーティは賢明なスキアセッティに対抗するため、弁論術の限りをつくす必要があった。スキアセッティはいつも彼にむかってこう言っていた。「幸福になりたいのなら精神的苦痛のない生活に甘んじて、毎日、ほんの少しの幸福で事足れりとすることだ。大恋愛は籤(くじ)のようなものだから手を出すな。」

「それならきみの好奇心とやらをぼくに分けてくれ」とサルヴィアーティは答えた。

賢明なる大佐の意見にしたがうことができればどんなにいいかと、彼が願った日も、かなりあっただろうと思う。彼は少しだけ闘い、うまくいったと思いこんだ。だが、この決意は彼の気力をはるかに超えていた。とはいえ、彼の気力は並はずれたものだったのだが。

道を歩いていて、遠くから…夫人の帽子にわずかに似た白いサテンの帽子を見つけると、彼の心臓の鼓動は止まりそうになり[210]、壁によりかからねばならないのだった。だがどんなに悲しいときでも、彼女に会うという幸福はあらゆる不幸や理屈の及ぼす影響にまさって、つねに数時間の陶酔を彼にもたらすのだった。[*6] それに、この高潔でかぎりない二年間の情熱を経て彼が死んだとき、[*7] 彼の性格はいくつもの高貴な習慣を身につけており、少なくともこの点においては、彼が自分を正しく判断していたことは確かだ。もし彼が生きのび、多少なりとも状況に助けられていたら、きっと名をなしたことだろう。ただし素朴にすぎるせいもあって、彼の真価はこの世の人の目にはとまることがなかったかもしれない。

ああ、あわれな者よ！
いかほどの愛情、いかほどの欲望が
かの者を痛ましき路（みち）へと導いたことか！

髪は黄金、美しく高貴な面立ちの上にも
傷跡が片側の眉を横切っていた。㉑①

＊6　どれほどの悲しみが訪れようとも
あの女（ひと）を一目見る喜びに
かえられるはずはない。
『ロミオとジュリエット』[212]

＊7　亡くなる数日前、サルヴィアーティは小さな抒情詩（オード）をつくった。この詩のよいところは、

彼がかつてわれわれに語っていた感情を正確に表現していることだ。

最後の日

アナクレオン風に

エルヴィーラへ

ミルテの木をひたしながら
小川の流れるこの場所をごらん
ここにわたしの憩う
墓石をたてるのだ

恋する雀や
高貴な夜啼き鳥が
このミルトの木陰に
翼を休ませにくるだろう

おいで、愛しいエルヴィーラ
わたしのこの墓においで

そして音をたてぬわたしの竪琴に
きみの白い胸をあてててくれ

この褐色の石のうえに
雉鳩(きじばと)たちがやってきて
わたしの竪琴のまわりに
巣をつくるだろう

そして毎年のように
不実なきみがわたしを傷つける日には
私は天上からきみの上に
雷(いかずち)を落とすだろう

聴いてくれ、死にゆく者の
最後の声を聴いてほしい
この萎れた花を
ぼくはきみに贈る

それがどれほど大事なものか
きみは存分に知るだろう
きみがわたしのものとなった日に
わたしはこれをきみの胸から盗んだのだ

かつては愛情の証でも
いまでは苦しみの証である
この萎れた花を
わたしはきみの胸に返しにきた

そしてもしきみの心が非情でないなら
胸に刻みこんでおいてほしい
その花がどのように奪われ
どのようにきみのもとに返されたのかを

S・ラダエル(213)

# 第三十二章　親密な仲になることについて

恋愛の与えうる最大の幸福は、愛する女性の手を最初に握ることである。それに対して遊びの恋の幸福ははるかに現実的で、冗談のたねになりやすい。情熱恋愛において親密な仲になることは、完璧な幸福というよりは、そこに至るための最後の一歩である。

だが、幸福が記憶を残さないのであれば、どうやってそれを描けばよいのだろう㉔。

モーティマーは不安におびえつつ長い旅から戻ってきた。彼はジェニーを心から愛していたが、彼女は彼の手紙に返事をよこさなかったのである。ロンドンに着くと、彼は馬に乗って別荘に彼女を迎えに行った。着いたとき、彼女は庭を散歩していた。胸を高鳴らせながらそちらに駆け寄る。顔を合わせると、彼女は手をのばし、とまどいながら彼を迎える。彼は自分が愛されていると思った。いっしょに庭の散歩道を歩いていたとき、ジェニーの服がとげのあるアカシアの木の茂みにひっかかった。その後、モーティマーの思いはとげられたが、ジェニーは不実だった。私は彼にむかって、ジェニーは一度だってきみのことを愛しはしなかったと主張した。彼は愛の証として、ジェニーが大陸から戻ってきた彼をどう迎えてくれたかを挙げたが、細かなことはいっさい話せなかった。ところがアカシアの茂みを見たとたん、見た目にも明らかに身を震わせる。実際、これが人生でもっとも幸福だった時期について彼がとどめている、唯一の明瞭な記憶なのだった。[*1]

＊1　『ハイドン伝』、二二八ページ㉑⑤。

感じやすく率直で、かつて騎士だった男が、今晩私に（荒天のもと、ガルダ湖㉑⑥にうかぶ小舟の上で）[*2]自らの恋物語を明かす。ここで私は読者にむかってそれを打ち明けることはしないが、そこからこう結論できるように思う。すなわち、恋人たちにとっての親密な時期は五月のあの美しい日々のようなもので、もっとも美しい花々にとってもも微妙な、命取りになりかねない時期で、どれほど楽しい希望も一瞬にしてしおれさせかねない時期なのである。

……………………………………………………………………[*3]

＊2　一八一一年九月二十日㉑⑦。

＊3　「最初の口論で、イヴェルネッタ夫人はあわれなバリアックをお払い箱にした。バリアックは本気で恋していたので、このように暇を出されて絶望した。だが彼の友人で、われわ

れがその生涯を書いているギヨーム・バラオン[218]が大いに救いの手を差しのべ、非常にうまくとりはからって、非情なイヴェルネッタの心を鎮めた。和解は成立したが、仲直りの状況があまりに魅力的だったので、バリアックはバラオンに、恋人から最初に愛情のしるしを受け取ったときですら、この官能的な仲直りの瞬間ほど甘美ではなかったと断言した。この話を聞いてバラオンは陶然となり、友人が彼に描いてみせたその快楽を自ら味わってみたいと思った、云々。」

『トルバドゥールの生涯』ニヴェルネ[219]、第一巻三二ページ。

自然さ、、、はほめてもほめすぎることはない。これはウェルテル風の恋愛[220]並みに、どこに行くのかわからないような深刻な事柄においても許される、唯一の媚態である。それと同時に、美徳の持ち主にとっては幸運な偶然といえるが、最良の戦術でもある。心から感動した男は自分でも気づかぬうちに魅力的なことを言う。自分の知らない言葉をしゃべっているのである。

少しでも気取る男に災いあれ！　そういう男が全才知を傾けて恋をしても、取り柄の四分の三をむだにしてしまうのである。一瞬でも気取りに陥ると、一分後には無味乾燥な瞬間がやってくる。

思うに、恋愛の技術というのはその時々の陶酔の度合いに応じた内容を正確にしゃべること、言いかえれば、自分の魂の声を聴くことに尽きる。これを、それほどたやすいことと思ってはいけない。真剣に恋している男は、恋人からうれしくなるようなことを言われると、しゃべる気力も失うのだ。

男はそうして、言葉によって引き出せたかもしれない行動をふいにする。[*4] だがまずいタイミングで甘ったるい言葉を吐くよりは、黙っていたほうがいい。十秒前には適切であったことが、今ではまったくそうでなくなり、調子を乱す。私がこの規則に違反するたびに、[*5] 三分前に頭に浮かんだことで、自分ではしゃれていると思っていたことを口に出すたびに、レオノールはきまって私のことを打ちのめしたものだ。そのあと、私は彼女の家を出ながらこう考えた。彼女は正しい、ああしたことが繊細な女性の気をひどく損ねるのだ、感情面の無作法というものだ。彼女たちは無粋な雄弁家と同じで、気弱さや冷淡さならばある程度まで許容するだろう。恋人の欺瞞（ぎまん）ほど、彼女たちがこの世で恐れるものはないから、どれほどささいな、罪のないごまかしであっても、瞬時にして彼女たちの幸福を奪い、不信に陥れてしまう。

＊4　決定的なのはこの種の内気さで、才知ある男の情熱恋愛の証拠である。

＊5　繰り返しておくが、著者がときおり「私」という表現を使うのは、このエッセーの形式に多様性をもたせようという意図あってのことである。読者にむかって自分の感情を語ろう

などというつもりは毛頭ない。著者が他人において観察した結果を、少しでも単調にならないようにしてお伝えしようとしているのだ。[221]

まじめな女は激しさや予想外のことを嫌う。だがそれこそが情熱の特徴なのだ。激しさは羞恥心を脅やかすだけではなく、女を身構えさせる。

嫉妬や不満のようななんらかの感情によって、男の心に冷静さが生じると、概して恋に好都合なあの陶酔を生みやすい話を始められるようになる。最初の二、三の導入文のあとで、心が教えるままにしゃべる機会を逃さなければ、恋人に激しい喜びを与えられるだろう。男が往々にして犯す間違いは、自分でしゃれている、気がきいている、感動的だと思うことを言えるようになりたいと願うことにある。そうではなく、世の堅苦しさから心を解き放ち、心がその瞬間に感じていることを率直に表現できる親密さと、自然さとに至るべきなのだ。もし男にそのような勇気があれば、ただちにある種の仲直りによって報いられるだろう。

愛する人に喜びを与えると、このようにすばやく思いがけない形で見返りがあるからこそ、恋の情熱はそれ以外の情熱よりもはるかに優れているのだ。

完璧な自然さが生じると、二人の幸福が溶け合うようになる。[*6] 共感や、われわれの本性に根ざすその他もろもろの法則ゆえに、これこそまさに、この世に存在しうる最大の幸福といえる。

＊6　幸福がまったく同じ行動のうちに宿る。

恋愛の幸福の必須条件である自然さという言葉の意味を定めるのは、けっして容易なことではない[222]。

人は通常の行動様式から逸れないものを自然さと呼ぶ。愛する人に嘘をついてはならないのはもちろん、真実の純粋な性格を美化したり、ゆがめたりしてはならないことは言うまでもない。なぜなら美化してしまうと、美化することに注意が向けられ、ピアノの鍵盤を弾くように、相手の目にあらわれる感情に素直に反応できなくなるからだ。女はやがて、なにかしら冷ややかなものを感じてそのことを悟り、今度は自分が媚態に走る。男が自分よりもはるかに才知の劣った女を愛することができないひそかな理由は、ここにあるのではなかろうか。男は、そのような女のそばでは自分を偽ってもとがめられないし、習慣上は偽っているほうが便利なので、自然さを欠いた態度に徹する。だが、そのときから恋はもう恋ではなく、よくある取り引きにすぎなくなる。唯一の違いは、恋愛においては金銭のかわりに快楽や虚栄心、またはそのふたつの混じったものを得ることだ。ところが、こちらが芝居を演じてもとがめない女に対して、軽蔑のようなものを感じずにいるのは難しい。だからその点に関してもう少しましな出会いがありしだい、女を捨ててしまうことになる。習慣や愛の誓いに引き止められることもありうるが、私は心の性向について言っているのであって、その自然な傾向とは、最大の快楽にむかって飛んでいくことだ。

　この自然さという言葉に戻ると、自然であるということと習慣にのっとることとは別物だ。これらの言葉を同じ意味にとるなら、明らかに、感受性がある人ほど自然でいるのは難しいということになる。なぜなら、個人のありかたや行動のしかたに習慣が及ぼす影響はそれほど大きくはなく、人間はむしろ個々の状況のほうに左右されるからだ。冷淡な人間の生活のページはことごとく同じで、今日つかんでみても、昨日つかんでみても、いつも同じ木製の手なのである[223]。

　感受性の強い男は心を動かされると、行動を導いてくれる習慣の痕跡を、もはや自分の中には見出せなくなる。自分でも見分けのつかなくなった道をどうたどればよいというのか。

　男は恋人にむかって言う言葉のひとつひとつに、とてつもない重みがかかっているのを感じ、ひとことで自分の運命が決まるような気がする。だからこそうまくしゃべろうとせずにはいられないし、少なくとも、自分ではうまくしゃべっていると思ってしまう。そうなったとたん、純真さとはおさらばだ。だから、ゆめゆめ純真さをてらったりしてはならない。これは自分をいっさい省みない人間の資質なのだ。人はなりたいものになれても、自分が何者かはわかっている。

われわれはここで、きわめて繊細な心の持ち主だけが恋愛において到達できる、自然さの最高の段階にたどりついたように思う。

情熱的な男は嵐の中の唯一のよすがとして、何においても決して真実を曲げず、自分の心を正確に読みとるという誓いを、しっかり守るよりない。会話がはずみ、しかもたびたびとぎれるようなら、すばらしい自然な瞬間の訪れも期待できるが、そうでなければ恋の狂熱がもう少し弱まった時でないと、完全に自然にはなれないだろう。

愛する女性のそばにいるとき、動作の中に自然さはほとんど残っていないのに、自然さの習慣は筋肉のきわめて奥深くに刻みこまれている。レオノールに腕を貸すたび、私はつねに倒れそうな気がして、ちゃんと歩くことを心がけていた。せいぜいできることは、わざと気取らないことだ。そのためには、自然さの欠如こそ最大の欠点であり、ただちに最大の不幸のもとになりかねないということを、肝に銘じておくだけでよい。愛する女の心はもはやあなたの心の声を聴かなくなり、あなたのほうも率直さに率直さで応える、あの神経性の、無意識の動作を失ってしまう。それは相手の胸を打つ手段を――誘惑する手段とすら言ってもよいが――すべて失うことだ。もちろん、恋愛にふさわしい女はあの木蔦（きづた）の美しい銘、からまねば枯れる、の中に自らの宿命を見るかもしれないということを、私は否定しようというものではない。これは自然の法則なのだ。だが女の幸福にとって、愛する男を幸福にしてあげることは、いつでも決定的な一歩である。思うに、分別ある女は、自分の身を守りきれなくなったときでなければ、恋人にすべてを与えることはしないはずだ。そして男の誠実さについてわずかな疑いを抱くと、ただちにいくばくかの力を取り戻す。少なくとも、陥落をもう一日遅らせるのに必要な力くらいは、じゅうぶんに取り戻してしまう。[＊7]

＊7　「ところが彼はこの過酷な思い出について、ある種のほろ苦い甘さをもって書いているようだ。だからこの人の生涯において、これほど私の心に染むものはないだろうという気がする。」ペトラルカ、マンサール版。(224)

こうしたことをすべて趣味恋愛にあてはめるだけで、滑稽きわまりない事態になることとは、付け加える必要もあるまい。

# 第三十三章

つねに鎮めるべき小さな疑惑があること、これこそ絶え間ない渇望を生み、幸福な恋愛の生命を形作るものだ。つねに不安が去らないために、恋の喜びは退屈を誘うことがない。こうした恋の幸福のもつ特徴は、極度のまじめさである。

# 第三十四章　恋を打ち明けることについて

人が親しい友人にむかって情熱恋愛をしていると打ち明けたくなるときの思い上がりほど、すぐさま報いを受けるものはない。その友人は、もし相手の言うことが本当であれば、相手が自分よりも千倍大きな喜びを味わっており、自分の喜びなど見下すだろうとわかっているからだ。

女同士ではさらにぐあいが悪い。彼女たちの人生の運は男の情熱をかきたてることにかかっており、普通は打ち明けられた側の女性のほうも、恋人の目の前で愛想よくふるまった経験があるはずだからである。

一方、この恋の熱病にむしばまれている人間のほうも、絶えず心にとりつく恐ろしい疑念について、友人の前でゆっくり考えたいというさしせまった精神的欲求に悩まされる。それというのもこの恐ろしい情熱においては、想像した事柄はつねに存在するからだ。

サルヴィアーティは一八一七年にこう書いている。「サルヴィアーティの性格の大きな欠点は――この点でナポレオンの性格の対極をなすのだが――恋の情熱について議論していて、なにか気持ちのうえで証明されることがあっても、その原理を確固たる事実と見なして先に進む決心がつかないことだ。心ならずも、彼にとっては不幸なことだが、それをたえず問い直してしまう。」それというのも野心に関しては、勇気を奮うことはたやすいからだ。結晶作用のうちでも、なにかを手に入れようという欲望にがんじがらめにされていない作用は、勇気を高めることに向けられる。それに対して恋愛では、結晶作用は勇気を奮わなければならない当の相手に、全面的に奉仕してしまう。

女は信用ならない女友達をもつことがあるが、退屈しきった女友達をもつこともある。三十五歳の公女[*1]が退屈して、なにかをしたいという欲求、なにかをしかけたいという欲求等々にとりつかれている。恋人の煮え切らなさに不満を覚えつつ、さりとて別の恋をしかけるあてもなく、ありあまった活力をどう処理すればよいかもわからず、気晴らしといってはときおり不機嫌を爆発させる以外にない。そのような女なら、真の恋愛をぶちこわすことにひまつぶしの種を、すなわち楽しみや人生の目的を見出すことはじゅうぶんにありうる。しかもその真の恋愛は、失敬なことに別の女に向けられているのだ。もっとも自分の恋人は、ちゃんと傍らで寝ている。

＊1　ヴェネツィア、一八一九年。[225]

それは憎しみが幸福をもたらす唯一のケースだ。ひまつぶしと仕事を与えてくれるからである。

最初のうちはなにかをしているという喜びが、また、そのたくらみに世間が気づいた時点から、成功してやろうという自負が、この仕事に魅力を添えるようになる。女友達に対する嫉妬は、女友達の恋人に対する憎しみという仮面をかぶる。そうでなければ、会ったこともない男を猛烈に憎むことなどできっこない。女は自分がねたんでいることを認めようとしない。というのも、まずは自分がすぐれていることを確認する必要があるからで、それに彼女のまわりには、彼女の女友達をもの笑いにすることでかろうじて取り巻きの地位を保っているおべっか使いたちがいるからである。

恋を打ち明けられた不実な女は、とてつもなく陰険な行為に及んでおきながら、ひとえに大事な友情を失いたくないという思いに突き動かされていると思いこんでいるかもしれない。退屈した女は、恋と、恋のもたらす死ぬほどの苦しみにさいなまれている女の心の中では、友情ですらすたれてしまうのだとひとりごちる。恋愛が相手では、友情は打ち明け話によってしかもちこたえられないのだと。だがねたんでいる人間にとって、そのような打ち明け話ほど耐えがたいものがあろうか。

女性のあいだで唯一すんなりと受け入れられるのは、次のような率直な論法に支えられた告白だ。

「ねえあなた、私たちの専制君主たる殿方がはやらせた偏見のせいで、こんなばかげた容赦のない闘いがおきているのだから、今日のところは私を助けてちょうだいね。明日は私が助ける番になるかもしれないのだから。」[*2]

＊2　デピネ夫人の『回想録』[227]、ジェリオット。[226]

プラハ、クラーゲンフルト、モラヴィア地方全域などでは、女たちは才知に満ちあふれ、男たちはたいへんな狩猟家である。女どうしの友情はざらにある。この地方の快適な時期は冬だ。田舎の大領主たちのところでは二週間から二十日間にわたり、たてつづけに狩猟がもよおされる。最高の才人のひとりがある日、私にむかってこう言った。「カール五世[228]は正当な権限でイタリア中を治めていたのだから、イタリア人が反旗を翻そうとしてもむだだったのですよ。」この実直な男の妻はレスピナス嬢の書簡を読んでいた。[229]

ズノイモ、一八一六年。[230]

……………………………………………

それより前の時期の例外としては、幼少期に友情が生まれ、以来、それがいかなる嫉妬によっても損なわれない場合がある。

情熱恋愛の告白が肯定的に受けとめられるのは、恋に恋している男子学生たちのあいだか、好奇心旺盛で、だれかに恋したくてたまらない若い娘、そしておそらくすでに本能に突き動かされている娘のあいだだけで、その本能は娘たちに、恋愛こそが人生の重大事であり、いつ始めても早すぎることはない、と教えるのだ。[*3]

＊3　重要な問題である。生後八か月から十か月くらいで始まる教育に加え、少しの本能がかかわっているように思える。

三歳の女の子でも色事にかかわるつとめをりっぱにこなせるのは、だれもが見てのとおりである。

趣味恋愛は他人に打ち明けることによって燃えあがるが、情熱恋愛は冷める。

打ち明け話は危険なだけでなく、困難を伴う。情熱恋愛においては、言葉で表現できないものでも（言葉はこうした微妙な趣をとらえるにはあまりに大ざっぱにできているので）たしかに存在はしているのだが、非常に微妙な事柄だけに、観察しても見誤りやすい。

それにひどく興奮している観察者というのは、うまく観察ができない。だから偶然に対しても不当な扱いをする。

おそらくもっとも賢明なのは、自分自身を打ち明け相手にすることだ。今晩、偽名を使い、ただし特徴的な細部は網羅して、恋人の女としたばかりの会話と、あなたの心を悩ませている難題とを書きとめてみるとよい。一週間後、もしそれが情熱恋愛であれば、あなたは別人になっているだろうし、その際には自分で書いた診断書を見て、いい助言が得られるだろう。(231)

男たちが二名以上集まり、ねたみが生じそうになると、ただちに礼儀作法が顔を出し、肉体的恋愛のことだけを口にするよう強いる。男だけの夕食会の幕切れを見るがよい。皆が口ずさむバッフォのソネ(232)は、かぎりない喜びをもたらす。[*4] だれもが隣人のほめ言葉や熱狂を文字どおりに受け取るからだが、それも往々にして、陽気で礼儀をわきまえた人間に見られたいというだけにすぎない。ペトラルカ(233)の魅力あふれる優しい詩やフランス風の抒情短詩(マドリガル)は場違いだろう。

＊4　ヴェネツィア方言はホラティウス(234)やプロペルティウス、(235)ラ・フォンテーヌ(236)ほか、あらゆる詩人たちをはるかにしのぐ生彩をもって、肉体的恋愛を描き出す。ヴェネツィアのブラッティ氏(237)は目下、われらが痛ましきヨーロッパにおける最高の風刺詩人だ。彼がとりわけ優れているのは主人公たちのグロテスクな身体の描写で、そのためにしょっちゅう投獄される。『象の物語』、『人間』、『ストレーフィの物語』を見よ。

# 第三十五章　嫉妬について

恋をしている男は、議員席に押しこまれ、議会の討論に注意深く耳を傾けているときでも、敵の砲火にさらされながら、見張り部隊の引き継ぎのために馬を速駆けさせているときでも、新たな対象に目をひかれ、記憶を刺激されるたびに、恋人の女について抱いているイメージに新たな美点を付け加えたり、恋人にいっそう愛されるための新たな方法——最初はすばらしい方法に思えるものだ——を見つけたりする。

想像力の一歩一歩が歓喜の瞬間によって報いられる。そのような状態が魅力的なのは驚くにあたらない。

嫉妬が生まれる瞬間にも同様の習慣は残っているが、そこから生じる効果は正反対だ。あなたの恋する女、だがおそらく別の男に恋している女の冠に加えられる美点のひとつひとつが、この世のものとも思われない喜びをもたらすはずが、逆にあなたの心臓に短刀を突きつける。ある声があなたにこう叫ぶ。「これほどまでに魅力的な喜びを味わうのは、おまえのライバルなのだ。」[*1]

＊1　これこそ恋の狂気である。あなたが相手に認めるその長所は、ライバルにとっては長所ではないのだ。

そしてあなたの心を打つ事柄も、先のような効果は生まず、かつてのように愛されるための新たな手段を教えてくれることもなく、ライバルの新たな美点をあなたに見せつけるだけだ。

庭園を馬に乗って駆け抜ける美しい女に出会ったとする。[＊2] そしてライバルの男は、五十分間に十マイル〔約十六キロメートル〕先まで彼女を乗せていける、りっぱな馬を複数持っていることで知られている、と仮定する。

＊2　モンタニョーラ、一八一九年四月十五日。[238]

このような状況ではたやすく激情が生まれる。恋愛においては「所有することはなんでもなく、楽しむことがすべてだ」[239]ということを、もはや忘れてしまう。ライバルの幸福を誇張し、そうした幸福ゆえのライバルの増長ぶりを誇張し、苦悩の極みに、すなわち、いまだに残る希望の火にむしばまれた、究極の不幸に達する。

唯一の療法はおそらく、ライバルの幸福を間近で眺めることだろう。ライバルがあの女——道を歩いていて、その女の帽子によく似た帽子を遠くから見つけるたびに[240]心臓の鼓動が止まりそうになる、あの女——のいる客間で、穏やかに眠りこけている姿を、しょっちゅう眺めることだ。

ライバルを起こしたいのなら、嫉妬を見せればそれで十分である。おそらくあなたは親切にもライバルに対し、あなたより彼を選んだ女の価値を教えてやることになるだろうし、彼のほうもそのおかげで彼女を愛するようになるだろう。

ライバルに対しては、中庸というものはない。できるだけこだわらない様子でいっしょに冗談を言うか、脅すか、そのどちらかしかない。

嫉妬はあらゆる不幸のなかで最大のものなので、命の危険をさらすことさえも快い気晴らしに思えるだろう。そうすれば夢想がことごとく毒されることもないし、(先に示したメカニズムにより)陰鬱な考えに襲われたとき、時にはそのライバルを殺すところを想像することも可能だからだ。

敵には決して援軍を送ってはならないという原則にしたがい、ライバルには恋心を隠すべきで、あくまで虚栄心のためだとか、できるだけ恋愛から遠い口実を持ち出して、こっそりと、このうえなく慇懃(いんぎん)に、ごく穏やかに、さりげなくこう言えばよい。

「ねえきみ、どうしてみんながぼくにあんな小娘をあてがおうとするのかわからないよ。しかもご親切にぼくが恋していると思いこんでいるんだからね。もしお望みなら、喜んできみにあの娘をゆずるところだ。ぼくが不幸にして、わざわざ滑稽な役回りを演じることにならなければの話だがね。半年たったら、好きなだけ奪えばいい。だが今日のところは、世間がどういうわけかこの種のことを名誉の問題に結びつけたがるものだから、非常に残念だがこう言わざるをえない。もし万が一、きみが自分の番がくるのを正しく待てないようなら、ぼくかきみのどちらかが死ぬことになるよ、と。」

ライバルはおそらく情熱を欠いた、たぶんとても慎重な男だろうから、いったんあなたが本気だと思えば、まともな口実が少しでも見つかりしだい、いそいそとあなたに問題の女を譲るだろう。だからこそ宣言は陽気に行い、手続きのいっさいをごく秘密裏に進めなくてはならないのだ。

嫉妬の苦しみがあれほど激しいものになるのは、苦痛に耐えるのに虚栄心が助けにならないからだ(24)。ところで私がお話しした方法にしたがえば、あなたの虚栄心には糧が与えられる。魅力的な男という点では自分を軽蔑せざるをえなくなっても、自分を勇敢な男と考えることはできるのだ。

ものごとを悲劇的にとらえたくない向きは、ここを出て、四十里〔約百六十キロメートル〕行ったところで踊り子をひとり囲うとよい。彼女の魅力が、通りすがりのあなたを立ち止まらせたように見せることだ。

ライバルが少しでも俗な男であれば、あなたのことを恋の痛手から立ち直ったと思うだろう。

たいていの場合、最良の方法は眉をひそめることなく、ライバルが自ら愚かなまねをして、愛する人のそばで自分をすり減らしていくのを待つことである。少女のころから少しずつ培った大情熱でもないかぎり、才女は長いこと俗っぽい男を愛したりはしないものだからだ。[*3] 女と親密な仲になったあとに嫉妬がおこった場合には、なおのことうわべは無関心を装い、本気で浮気をする必要がある。というのも、女がまだ未練を残している恋人に腹をたてたとき、多くの場合には恋人の男に嫉妬されている男のほうを慕うようになり、しかも遊びが現実になってしまうからだ。[*4]

＊3　スカロンの短編小説『タラントの公妃』[242]。
＊4　セルバンテスの短編小説『愚かなもの好き』[243]のように。

少々細かい点にまで立ち入ったのは、こうした嫉妬の瞬間には、人は往々にして理性を失うからである。そのようなとき、以前から書きとめておいたアドバイスは役に立つし、肝心なのは平静を装うことであるから、哲学的な文章からその調子を学んでおくのがよい。

敵があなたに対して支配力をもつのは、あなたが注ぐ愛情によってのみ価値をなすものをあなたから取り上げたり、期待させたりする限りにおいてなので、もしあなたが無関心を装ってそう信じこませることができれば、とたんに敵は武器を取り上げられてしまう。
なにか行動を起こさなくてはいけないというのでもなく、慰めを見つけて楽しみたいと思えば、『オセロー』を読めばいくらか気が晴れるだろう。見た目にどれほど決定的なことでも、疑念をさしはさみたい気持ちになる。あなたは次のような言葉に目をとめてうっとりすることだろう。

空気のように軽いものでも
嫉妬する者には聖書の言葉に匹敵する
確固たる証拠になる。
『オセロー』第三幕。[244]

私は美しい海の眺めが慰めになることを知った。[245]
ひっそりと輝きを放ちながら昇った朝日は、陸のほうに目をやったときに城から見える、荒涼とした山塊の眺めに快い効果を与えていた。その反対側にある見事な海原は、無数の波打つ銀の波にうねり、恐ろしくも甘美な威厳を漂わせながら、水平線の果てまで広がっていた。激しく動揺しているときでも、人の心はこのような静かで崇高な光景に共鳴し、その堂々たる作用に感化されて、名誉と美徳に満ちた行為が生まれるのである。

（『ラマムーアの花嫁』第一巻一九三ページ）[246]

サルヴィアーティは次のように書いている。

「一八一八年七月二十日

自分でもばかげている気がするのだが、ぼくはしばしば、野心家やよき市民が戦いの最中に武器倉庫の番をする役にまわされたとき、あるいはまったく別の、危険も戦闘もない持ち場をあてられたときの気持ちを、人生全体にあてはめてみる。そのとき四十歳になっていれば、恋する年頃を深い情熱も知らずにすごしてしまったことを残念に思うだろう。愚かにも人生を本当の意味で生きることなく過ごしてしまったことに遅まきながら気づき、苦々しく、屈辱的ないらだちを味わうことだろう。

ぼくは昨日、愛する女と、彼女に大事にされていると彼女がぼくに思わせたがっているライバルとともに、三時間過ごした。たしかに、彼女の美しい眼が男に注がれているのを見たときにはつらい瞬間を味わったし、彼女の家を出るとき、心は極度の不幸と希望とのあいだを、激しく揺れ動いていた。だが、そこにはなんという目新しさ、活発な思考、すばやい推論があったことだろう。ライバルの明らかな幸福にもかかわらず、ぼくの愛情が彼にまさっていると考えたときの、ぼくの誇らしさと喜びはいかばかりだったか。ぼくはこう思っていたのだ。ぼくが恋のために喜んで、いやむしろ嬉々として払うわずかな犠牲にも、この男の頬はさもしい恐怖の念で青ざめることだろう。たとえば帽子に手をつっこみ、ひとつは「彼女に愛される」、もうひとつは「今すぐ死ぬ」と書かれた二枚のくじの一方を引くことだ。しかもそれはぼくにとってはすっかりなじみの感情なので、愛想よく会話に加わる妨げにはならない。

もしこんなことを二年前に人から聞かされたとしたら、きっとばかにしていただろう。」

一八〇六年にミズーリ川の水源に赴いた、ルイス・クラーク両隊長の旅行記の二一五ページには次のように書いてある。[247]

「アリカラ族は貧しいが、善良で寛容だ。われわれは彼らの住む三つの村でかなり長いこと生活をした。女たちはわれわれが今まで出会ったどの部族の女よりも美しい。しかも恋人をじらさないような心づかいをよくする。われわれは、所変われば品変わるということを理解するためには世界をかけめぐれば十分であるという、あの真理の新たな例を見つけた。アリカラ族のあいだでは、女が夫あるいは兄弟の許可なく男に身をまかせることは侮辱のたねになる。ところがその同じ兄弟や夫が、友人に対してこうしたささやかな形で礼を尽くすことにはたいへん満足する。

われわれの部下のひとりに黒人がいて、このような肌の色の人間を初めて見た住民たちのあいだで大評判になった。やがてこの男は女たちのお気に入りとなり、夫たちは嫉妬するどころか、大いにこの男に家に来てもらいたがった。愉快なことに、あれほど狭くるしい小屋の中では、すべてがまる見えなのだ。[*5]」

＊5　フィラデルフィア[248]に、野生状態の人間の研究のための資料を集めることだけを目的としたアカデミーをつくるべきだ。こうした興味深い部族が絶滅してしまわないうちに。

そうしたアカデミーが存在することは知っているが、見たところ、ヨーロッパのアカデミーと釣り合う程度の規則にのっとってつくられているようだ。（一八二一年のパリの科学アカデミーにおける、デンデラの黄道帯[249]についての論文や議論。）マサチューセッツ[250]のアカデミーだったと思うが、ここでは用心深く、未開人の宗教についての報告を聖職者である会員のひとり（ジャーヴィス氏）に任せている。この司祭は全力をあげて、ヴォルネー[251]という名の不信心なフランス人を論駁しようとしている。司祭によれば、未開人たちは神について、このうえなく正確で高貴な観念をもっている、云々。この尊敬すべきアカデミー会員がイギリスに住んでいれば、こうした報告書によって三百ルイから四百ルイの高給(preferment)と、その州の全貴族の庇護を保障されたことだろう。だが、アメリカではどうだろう。それに、このアカデミーの滑稽さは、自由なはずのアメリカ人が、馬車の扉に見事な紋章を描くことに非常な価値をおいていることを思い出させる。だが馬車塗りの職人に教養が欠けているために、家紋にしょっちゅう誤りがあるのが悩みの種だ。(252)

# 第三十六章　嫉妬についての続き

浮気を疑われる女性についていえば——

彼女があなたのもとを去ったのは、あなたが結晶作用に水をさしたからで、おそらく彼女の心の中で、あなたの存在は習慣の力によって支えられているにすぎない。

彼女があなたのもとを去ったのは、あなたに安心しすぎているからだ。あなたが不安を消してしまったので、幸福な恋愛につきものの小さな疑念はもう生まれない。相手の気をもませてやるといい。とりわけ、愛を誓うようなばかなまねはしないことだ。

彼女のそばで長くすごすうちに、おそらくあなたはその町や社交界で、彼女がねたみ、もっとも恐れているのはだれかをつきとめることだろう。その女に言い寄るといい。ただしこれ見よがしに言い寄るのではなく、隠すように努め、しかも本気でやることだ。彼女の憎しみに燃えた眼がすべてを見、感じるにまかせるがよい。数か月の間はあらゆる女に深い嫌悪を感じるだろうから[*1]、こうしたことも容易になるにちがいない。あなたの置かれた状況では、恋している様子を見せたとたんにすべてが台無しになるということを肝に銘じるがよい。愛する女性とはあまり顔を合わせず、大勢でシャンパンでも飲んでいることだ。

＊1　ダイヤモンドで覆われた枝を葉の落ちたあとの枝と比べてみると、その対比によって思い出がより強烈になる。

恋人の愛情を判断する際に、次のことを覚えていてもらいたい。

一、恋愛の根底、つまりかつて親密な関係になる決め手となった部分に、肉体の快楽が入りこんでいればいるほど、その恋愛は移り気、とりわけ浮気に転じやすい。これはとくに十六歳のころの、若さからくる情熱によって結晶作用が増幅された恋にあてはまる。

二、愛し合う二人の恋が同じ性質のものであることはほとんどない。[＊2] 情熱恋愛はいくつかの段階を踏み、一方がもう一方をよけいに愛しているという状態を交互に繰り返す。情熱恋愛が単なる遊びの恋や虚栄恋愛によって報いられることもしばしばだが、どちらかというと恋に酔うのは女のほうである。二人のうちのいっぽうが感じている恋の種類にかかわらず、いっぽうが嫉妬を感じたとたん、もういっぽうに情熱恋愛の条件を満たすよう要求する。虚栄心がいっぽうの恋人のうちに、愛情深い人間の欲求にそっくりな欲求を生じさせるからである。

＊2　例として、あのイギリスの貴婦人（リゴニア夫人）に対するアルフィエーリの恋を引いておこう。夫人は自分の下僕とも愛人関係を結び、愉快なことにペネロープと署名していた。『自伝』第二部[253]。

だが結局、趣味恋愛をしている者にとって、相手の情熱恋愛ほどうんざりさせるものはない[254]。

才知ある男が女性に言い寄るときには、往々にして相手にこれが恋だと思わせ、感動させるにとどまることが多い。女は自分にそのような喜びを与えてくれる才人を歓迎する。すると男は希望を抱く。

あるときその女は、最初の男が描き出して見せたようなことを感じさせてくれる別の男と出会う。

男の嫉妬が女の心に及ぼす影響がどのようなものか、私にはわからない。恋人がうんざりさせる男で、その恋人に妬まれた男がそれよりも好感のもてる人間であった場合、恋人の嫉妬は女に、憎しみにまで至る激しい嫌悪感をもよおさせるはずだ。なぜって、女はこちらが焼きもちを焼きたくなるような男性にしか嫉妬してもらいたくないのですから、とクーランジュ夫人[255]は言った。

もし女が焼きもちやきの男を愛していて、男の嫉妬に根拠がないなら、その嫉妬は元来御しがたく見定めがたい女の自尊心を傷つけるかもしれない。嫉妬は、男に自分の力を見せつける新たな手段として、気位の高い女に好まれるかもしれない。

嫉妬は、愛の証拠を見せる新たな方法として喜ばれることがある。だが極度に繊細な女の羞恥心を傷つけることもある。

嫉妬は、恋する男の雄々しさを示すものとして好まれるかもしれない。「女は剣を愛する」[256]とも言うから。ただし女が好むのは雄々しさのほうであって、テュレンヌ[257]風の勇気ではないことに留意されたい。こちらは冷淡な心とも十分に結びつくものだから。

結晶作用の原則のもたらす結論のひとつに、女が仮に自分のだました男にまだなにかを期待するのであれば、恋人にむかって決して「はい、しました」と言ってはならないということがある。

われわれを魅了する相手について、自分で作り上げた完璧なイメージを楽しみ続ける喜びはかくも大きい。だからあの致命的な「はい、しました」という言葉を聞くまでは、

命を捨てるくらいなら、はるか遠くまで探しにいくだろう
生きて苦しむために、都合のよい口実を

アンドレ・シェニエ[258]

フランスではソメリ嬢の逸話が知られている。恋人に浮気の現場をおさえられたのに、大胆にもしらを切り、相手が責め立てるとこう言った。

「あら、よくわかったわ。あなた、私のことをもう愛していらっしゃらないのね。私の言うことより、ご自分でご覧になったことを信じるなんて。」[259]

自分を裏切った恋人の女と仲直りすることは、たえずよみがえろうとする結晶作用を短刀で必死に断ち切るということだ。恋は死ななければならないのだ。そしてあなたの心は断末魔の苦しみのあらゆる段階を味わい、張り裂けんばかりになるだろう。それはこの恋の情熱と生との最も不幸な結びつきのひとつであるから、恋人とは一介の友人としてしか仲直りしないという勇気をもつべきである。

# 第三十七章　ロクサーヌ[260]

女の嫉妬についていえば、女は疑り深く、われわれ男よりはるかに危険を冒しており、恋愛のために多くを犠牲にし、気晴らしの手段もはるかに乏しく、なんといっても恋人の行動を確かめる手段もずっと少ない。女は嫉妬を感じると卑しい人間になった気がする。男を追いかけているように見え、恋人に笑われているのではないか、とりわけ、自分の愛情の衝動をからかわれているのではないかと思いこむ。残酷な衝動にかられることもあるはずだが、女はライバルを合法的に殺すこともできない[261]。

したがって女において嫉妬は、男にとってよりもはるかに忌わしい——そんなものがありうるならだが——悪であるはずだ。人間の心が張り裂けることなく耐えられる範囲での、無力な怒りと自己嫌悪[*1]の最たるものだ。

＊1　この自己嫌悪は自殺の最大の原因のひとつだ。自分の名誉を回復するために命を絶つのだ。

私の知る限り、これほど過酷な病に対する治療法としては、嫉妬をひきおこした者と嫉妬を感じた者が死ぬよりない。フランス的な嫉妬は、『運命論者ジャック』のポムレ夫人の話(262)の中に見ることができる。

ラ・ロシュフコーはこう言っている。「人は嫉妬していることを恥じて認めたがらないが、過去に嫉妬したことがあるとか、これから嫉妬することがあるかもしれないということは誇る。」*2 あわれな女たちには、自分がこの残酷な責め苦を味わったと打ち明ける勇気すらない。それほどまでに、嫉妬は彼女たちを滑稽に見せてしまうのだ。これほどの痛みをともなう傷口が、完全にふさがることはありえないだろう。

*2　考察四九五(263)。いちいち指摘することはしなかったが、読者は本書に、これ以外にも著名な作家による箴言があるのにお気づきだろう。
私が書こうとしているのは歴史だが、こうした箴言は事実を示している。

冷徹な理性が想像力の火の前に身をさらし、こうした打ち勝つ気配が少しでもあるなら、私は嫉妬に苦しむあわれな女たちにむかってこう言いたい。「男の浮気とあなたがたの浮気との間には大きな違いがあります。あなたがたにおいては、この行為は一部が直接的行為ですが、一部はしるしです。われわれが軍事学校で受けた教育の結果、これは男にとってはなんのしるしでもありません。ところが女性においては逆に、羞恥心の影響で、浮気はあらゆる献身のしるしのうちでもっとも決定的なしるしとなるのです(264)。

悪い習慣が男に、浮気を必須のものであるかのように思わせます。少年期を通じてずっと、中学校で上級生と呼ばれる輩の例にならい、われわれ男はありったけの虚栄心と、自分の才能のあらゆる証とを、この種の成功の数のうちに賭けてきました。あなたがたの受けた教育は逆の方向に作用します。」

しるしとしての行為の重要度について言うと、私が怒りにかられてテーブルを隣人の足元にひっくり返したら、相手にひどいことをすることにはなるが、なんとかうまくおさめることはできる。だが、私が相手に平手打ちをするようなまねをしたら、ただではすまされない。

両性における不貞行為の意味の差は明らかなので、情熱的な女は男の浮気を許すことができる。だが男には不可能だ。

情熱恋愛と意地からくる恋愛とを区別するのに決定的な実験がある。女の場合、男の浮気がきっかけで情熱恋愛はほぼ息絶えるのに、意地からくる恋愛のほうはいっそうあおられる。

プライドの高い女は自尊心から嫉妬を隠す。長い宵を押し黙って冷たく、愛する男とともに過ごすとき、内心では恋人を失うのではないかと恐れ、自分が相手の目に愛想のない女に映っているだろうと思っている。これはこの世で最大の責め苦にちがいないし、恋愛の不幸の尽きせぬ源泉のひとつだろう。われわれが大いに敬意を払うべき、この種の女たちを癒すには、男の側が一風変わった強硬手段に出る必要がある。とりわけ事態がよくわかってないようなふりを装うことだ。たとえば、その日のうちに恋人と大旅行に出るようなことだ。

# 第三十八章　自尊心を傷つけられることについて[*1]

＊1　この単語(pique)をこの意味で用いるのはあまりフランス語的でないことはわかっているが[265]、言いかえるべき言葉が見つからないのだ。イタリア語ではpuntiglio、英語ではpiqueという。

意地とは虚栄心からくる感情の動きである。すなわちライバルに負けたくない、だからこのライバル自身を自分の長所の審判者とする、ということだ。ライバルの心に強い印象を与えたい。そのような理由で、人は理性の範囲をはるかに逸脱してしまうのだ。ときに人は、自身の行きすぎを正当化するために、このライバルが図々しくも自分に一杯食わそうとしているとまで考えることがある。

意地は名誉心の病であるから、君主制下においてよく起こるものであり、たとえばアメリカ合衆国のように、行動をその有用性によって評価する習慣が支配しているような国では、ずっとまれにしか見られないはずだ。

だれでもそうだが、とりわけフランス人は、だまされたと思われることをひどく嫌う。

だが意地の感情は、フランスの古い君主政体的性格につきものの軽薄さゆえに、[*2] 遊びの恋や趣味恋愛以外の場では、大きな災禍をもたらさずにすんだ。意地の感情が際立って卑劣な行為を生むのは、気候が人間の性格をより暗くしている君主制下に限られていた(ポルトガル、ピエモンテ)。

*2　一七七八年頃のフランスの大貴族の四分の三は、貴族を特別扱いせずに法律が執行されるような国にいたら、前科者になっていたかもしれない。

フランスの田舎者は、社交界でりっぱな紳士として尊敬されるためにはこうすべきだ、という滑稽な規範をつくりあげ、次いで待ち伏せをし、思い切った行動に出る者がいないかどうかを監視することに生涯を費やす。そうなると自然さを失い、いつでもむかっ腹をたて、こうした妙な習慣のせいで、彼らの恋愛にも滑稽さがつきまとうようになる。これは妬みに次いで、小さな町での滞在をきわめて耐えがたくするものだ。また、どこかの町の絵画的(ピトレスク)な地理を愛でる際にも、踏まえておくべき事実だろう。どれほど鷹揚で高貴な感情も、文明の産物につきもののきわめて低俗な要素に触れて、麻痺してしまう。しかもこうしたブルジョワたちは大都市の堕落のことばかり口にし、これ以上ないほどいやな人間になる。[*3]

*3　彼らは妬みから互いを取り締まるので、恋愛に関するかぎり、地方には恋愛がより少な

く、放蕩が多い。イタリアはもっと幸福である。

意地の感情は情熱恋愛には存在しない。それは「もしいたぶられるがままになっていたら、恋人は私のことを見下して、もう愛してくれなくなるかもしれない」という女の自尊心、もしくは猛烈な嫉妬心となって表れる。

嫉妬は、自分の恐れる相手の死を望む。それとは逆に、意地になった男はライバルが生きのび、何より自分の勝利の証人となってくれることを望む。

意地になった男は、ライバルが勝負を降りてしまうのを見たら悲しむだろう。こういう男は不遜にも、心の底で「もしこの勝負にこだわり続けていれば、きっとあいつに勝てただろう」と思っている可能性があるからだ。

意地になっているときには、はっきりとした目標にとらわれているわけではなく、勝つことだけが問題なのだ。オペラ座の踊り子たちの恋を見ていればよくわかる。ライバルの娘を追い払うと、窓から身投げしかねないほどの大恋愛と称していたものが、たちまちやんでしまう。

情熱恋愛とは逆に、意地による恋は一瞬のうちに消える。競争相手がきっぱりと勝負を降りたと認めるだけでよいのだ。だが私はこの箴言を持ち出すことをためらっている。実例をひとつしか持ち合わせておらず、しかもその例には疑いの余地があるからだ。以下が事実だ。読者に判断を委ねよう。ドニャ・ディアナは二十三歳の娘で、セヴィリャで最も金持ちで誇り高いブルジョワ男の娘である。おそらく美人といえるのだろうが、あばたのある美女で、才気はすばらしく、それ以上にプライドが高いと思われている。彼女はある若い士官を、少なくとも見たところは熱愛していたが、家族は交際を望まなかった。士官はモリージョ[266]とともにアメリカへ発ち、ふたりはたえず文通していた。ある日、ドニャ・ディアナの母親の家で、ある粗忽者が大勢の客を前に、この愛すべき若者の死を告げる。すべての視線が彼女に注がれるが、彼女は次のような言葉しか口にしなかった。「あんなにお若いのに、気の毒だこと。」

われわれはちょうどその日に、老マシンジャー[267]の戯曲のひとつで、悲劇的な結末に終わるが、女主人公が恋人の死をやはり表面上は冷静に受け止める戯曲を読んだところだった。私は母親がその傲慢さと憎しみの感情に似合わず、身震いするのを見た。いっぽう父親は喜びを隠すために出て行った。このような中、呆気にとられて愚かな話し手に目くばせをする見物客たちに囲まれ、ドニャ・ディアナはひとり平静を保ち、何事もなかったかのように会話を続けた。恐れをなした母親は女中に娘を監視させたが、その様子にはなんら変わったところはなかった。

二年後、ある美青年が彼女に求婚する。今回もまた、求婚者が貴族ではないという同じ理由から、ドニャ・ディアナの両親はこの結婚に激しく反対する。きっと結婚するわ、と娘は宣言する。娘と父親のあいだには、自尊心を傷つけられたことによる意地の張り合いが生じた。青年は出入りを禁止される。ドニャ・ディアナは田舎にも、教会にもほとんど連れて行ってもらえなくなった。両親が入念に、彼女が恋人と会う機会を奪っていたのだ。青年のほうは変装をし、間(ま)をおいてひそかに彼女と会っていた。娘はますます意固地になり、華々しい結婚相手も拒み、貴族の称号や、フェルナンド七世(268)の宮廷におけるりっぱな地位もはねつけた。町中がこの恋人たちの不運と、英雄的な誠実さとを噂した。ついにドニャ・ディアナの成人が近づくと、彼女は父親にむかって、これからは自分の思うとおりにする権利を行使すると告げた。いよいよ追いつめられた家族は、結婚の協議を始めた。両家の公式の顔合わせで、話が半ば決まりかけたとき、六年間も変わらぬ愛を貫いた青年がドニャ・ディアナとの結婚を拒絶した。*4

＊4　毎年、このように卑劣なやり方で棄てられる女の例がいくつもあるので、私は堅気の女性の警戒心を大目に見ることにする。——ミラボー、『ソフィーへの手紙(269)』。専制政治の行われている国では、世論は力をもたない。高官(パシャ)の友情だけが実質的な力をもつ。

十五分のちには、もう変わった様子は見られなかった。彼女は立ち直っていたのである。恋していたのは、意地からだったのだろうか。あるいは悲しむ姿を世間の目にさらすことをよしとしない、偉大な魂の持ち主だったのだろうか。

しばしばあることだが、情熱恋愛では相手の女の自尊心を傷つけることによってしか、幸福に到達できない。そのとき男は、見かけのうえでは望みうるものすべてを手に入れることになるから、不満をもらそうものなら、あきれたやつだ、頭がおかしいのではないか、と思われるだろう。男は自分の不幸を告白することができない。にもかかわらずその不幸にたえず触れ、確かめているのである。その不幸の証は言うなれば、男の自尊心をくすぐり、男にこのうえもなく魅惑的な幻想を抱かせる状況とからみ合っている。この種の不幸はきまって、まるで恋する男に挑むかのように、もっとも甘美な瞬間にその醜面をもたげる。そして男に、自分が腕に抱きしめている、愛らしくはあるが冷淡な女に愛される幸福のすべてを想像させると同時に、その幸福はけっして彼のものにはならないという事実を告げているかのようである。これはおそらく嫉妬の次にむごい不幸であろう。

もうひとつ思い出すのは、ある都会[*5]で、穏やかで優しい男が、この種の憤怒にかられて恋人を殺してしまったことである。女は妹への面当てで男に近づいただけだった。ある晩男は、自ら手配しておいたすてきな小舟で、二人きりで海に漕ぎ出そうと女を誘った。沖に出て、男がばねに手を触れると、小舟はふたつに割れ、それっきり姿を消した。

＊5　リヴォルノ、一八一九年。[270]

私は、六十歳になる男がロンドンの劇場でもっとも気まぐれで、無分別で、愛らしく、風変わりな女優、コーネル嬢[271]を囲うところを目撃した。

「それであなたは、あの人があなたに対して貞節を守っていると言うのですか」と、人が彼にたずねた。

「ちっとも。ただ、いずれ愛してくれるようになるでしょう。しかも夢中になって。」

実際、彼女はまるまる一年間彼にほれこみ、しばしば理性を失うほどだった。その後の三か月間も、彼に不満の余地を与えなかった。彼は女優と女優の娘の間で、多くの点からみて破廉恥といえるような意地の張り合いをさせていたのである。

意地の感情は趣味恋愛の命運を握り、そこで勝ち誇る。これは趣味恋愛と情熱恋愛とを区別するための、最良の実験となる。入隊したばかりの若者にむかって言われる古くからの戦争の格言に、二人姉妹のいる家庭の宿泊券を手に入れたとき、どちらか一方に好かれたいと思えば、もう一方を口説くべし、というのがある。スペインの大概の惚れっぽい娘に愛されたいなら、家の女主人に対してはなんの下心もないことを誠実かつ謙虚に示せば十分、ともいう。この有益な格言は、愛すべきラサール将軍[272]から聞いた。ただし情熱恋愛をしかけるときにはもっとも危険なやり方である。

自尊心の刺激による意地の張り合いは、恋愛結婚の場合には、もっとも幸福な結婚の絆をつくる。多くの夫は結婚後二か月で愛人をこしらえることによって、妻の愛情を長年にわたって手に入れる。[*6] ひとりの男のことしか考えない習慣をつけさせておけば、家族の絆がそれをゆるぎないものにしてくれる。

＊6　『風変わりな男の告白』を見よ(オーピー夫人[273]の短編)。

ルイ十五世の時代の宮廷で、貴婦人(ショワズール夫人)が夫[274]を熱愛したのは、[*7] 夫が妹のグラモン公爵夫人[275]に強い関心を抱いているように見えたからである。

＊7　デファン夫人の『書簡集』、ローザンの『回想録[276]』。

われわれがどれほど邪険にしている女でも、他の男が好きになったというそぶりを見せられたとたん、われわれは安らぎを奪われ、心の中には恋の情熱にしか見えない感情が生じる。

イタリア人の勇気は怒りの発作、ドイツ人の勇気は恍惚の瞬間、スペイン人の勇気は自尊心のあらわれである。仮に、ある国民のもとで勇気がしばしば各部隊の兵士間、各分団の連隊間の、自尊心ゆえの意地の感情であるなら、敗走時にはまったく支点がなくなるので、そのような国民の軍隊の敗走を押しとどめるすべはないだろう[277]。そうした見栄っ張りの敗走兵にとっては、危険を予知し、その対策を講じるなど、愚の骨頂に思えるからだ。

もっとも愛すべきフランスの哲学者のひとりが言う。[*8]「北アメリカの未開人たちのことを書いたなにがしかの旅行記を開いたことがあればわかることだが、戦争捕虜が通常たどる運命とは、生きたまま焼かれ、食べられるだけではなく、その前に燃えさかる火刑台のそばの柱にくくりつけられ、そのまま何時間も、人間の憎悪が考え出せるかぎりの残忍で手のこんだ方法で拷問されることである。こうしたおぞましい場面については、そこに立ち会った者たちの残忍な喜びよう、とりわけ女子供の熱狂ぶりと、冷酷さを競って喜ぶ彼らの残虐な楽しみを目撃した旅行者たちの証言を、ぜひ読むべきだ。捕虜の英雄的な意志の強さと、ゆるぎない冷静さについて書き添えてある部分も見ていただきたい。捕虜はまったく痛がる様子を見せないだけでなく、死刑執行人に対して不遜きわまりない自尊心、辛辣をきわめた皮肉、これ以上ないほど侮辱的な嘲りをもって立ち向かい、挑発する。自らの手柄をうたい、見物人の身内や友人のうちで自分が手にかけた者の名を並べ立て、彼らに加えた拷問をつぶさに描き出す。まわりの人間を臆病者、小心者、拷問のしかたも知らない奴だとののしり、ついにはずたずたになり、憤怒に酔いしれた敵たちに生きたまままむさぼり食われる自分をその目で見ながら、最後のひと声、最後の罵声を、生命とともに吐き出すのだ。[*9]こうしたことはすべて文明国の人間には信じがたいだろうし、わが国の恐れを知らぬ擲弾兵（てきだんへい）の大尉たちにはつくり話に思われるだろうし、後世の人々にはいずれ真偽を疑われることになるだろう。」

＊8　ヴォルネー『アメリカ合衆国事情』四九一ページから四九六ページ。[278]

＊9　このような光景に慣れていて、自分もまたその主人公になるかもしれないと感じる人間は、魂の偉大さにだけ目を向けるはずだ。そうすればこうした光景も、非積極的な快楽のうちでもっとも個人的な、最高の快楽となるだろう。

　こうした生理現象は捕虜の特殊な精神状態によるものであって、それは捕虜と全死刑執行人の間に、自尊心の闘いを生じさせる。どちらが先に音をあげるかの、虚栄心の賭けである。

　わが国の誠実な軍医たちがしばしば観察したところによれば、ある種の手術の間、精神や感覚が平穏な状態にあるときならば大声を出すと思われるけが人も、何らかの方法で心の準備ができていると、逆に冷静さと魂の偉大さだけを見せる。彼らの名誉心を刺激してやることが大切だ。はじめは手加減しつつ、次にじりじりと異論を唱えながら、きみたちは叫ばずに手術に耐えられるはずがないと主張してやるべきなのだ。

# 第三十九章　いさかいのたえない恋について

これには二種類ある。
一、いさかいを起こすほうが恋している場合。
二、いさかいを起こすほうが恋していない場合。
恋人の双方が評価する長所について、どちらか一方がはるかに優れている場合、もう一方の恋は息絶える運命にある。遅かれ早かれ、軽蔑されているのではないかという懸念が、結晶作用を突然止めてしまうからである。

凡庸な人間にとって、優れた精神の持ち主ほどいやなものはない。われわれの時代においては、それこそが憎しみの源泉になる。そこから激しい憎しみが生じないとすれば、ひとえにその原理によって仕分けられる人間が、いっしょに暮らさずにすんでいるからだ。だが、恋愛においてはすべてが自然で、とりわけ優れた人間の優越性が世間的配慮によって隠されることがないのだから、どうなるだろう。

情熱が生き続けるためには、知力の劣った側が優れた相手に邪険にする必要がある。

さもないと、優れたほうが窓を閉めただけで、劣ったほうは侮辱されたと思いこんでしまう。

　優れた人間のほうは相手に幻想を抱く。だから、その愛情には危険が伴わない。それどころか恋人の弱点はほぼすべて、われわれに相手のことをいっそう愛しく思わせる。

　長続きの点で、能力が同等の人々の相思相愛の情熱恋愛のすぐ次にくるのは、いさかいのたえない恋のうち、いさかいを起こすほうが恋していない場合である。ベリー公爵夫人をめぐる数々の逸話に、その実例を見ることができる（デュクロの『回想録』[279]）。

　こうした恋は、人生の散文的で自己中心的な面に基づく冷淡な習慣の性質を帯びていて、しかも墓場まで続く伴侶のようなものだから、情熱恋愛そのものよりも長く続く可能性がある。だがこれはもう恋ではなく、恋に触発された習慣というべきで、恋の記憶と肉体的快楽しか引き継いでいない。こうした習慣は必然的に、あまり高貴とはいえない精神の持ち主を前提としている。毎日のように小さなもめごとが生じ、「あのかたに叱られるかしら」という問いが想像力を悩ます。それでいて情熱恋愛と同じように、毎日のようになにかしら新たな愛情の証拠を必要とする。ド〔ゥドト〕夫人とサン＝ランベールの逸話を見るがよい[*1]。

*1　デピネ夫人、あるいはマルモンテルの『回想録』だったと思う[280]。

自尊心のほうがこうした関心のあり方の習慣化を拒むこともありうる。その場合は嵐のような数か月ののちに、自尊心が恋愛を殺す。だがこの高貴な情熱は、息絶える前に長いこと抵抗する。幸せな恋愛につきものの小さないさかいは、相手に邪険にされてもまだ思いを残している者に、長きにわたって錯覚をおこさせる。何度かの情のこもった仲直りも、この過渡期をより忍びやすいものにするかもしれない。ひそかに悲しいことや、不運なことがあったのだろうという口実をもうけて、女は深く愛した男を許してしまう。そしてついにはけんかをふっかけられることに慣れてしまうのだ。実際、情熱恋愛や賭け、権力の掌握以外に、[*2]このいさかいの恋と同じくらい、毎日のように激しく興味をひくものがほかにあるだろうか。いさかいを起こす男が死んだりすると、生き残った犠牲者のほうが慰めようのないほど悲しみにくれる光景が見られる。こうした原理があまたのブルジョワ式結婚の絆をなしている。叱られているほうも気づくと一日中、自分の最愛の相手についてしゃべっている。

＊2　一部の偽善的な大臣たちがなんと言おうと、権力は快楽の最たるものである。これに勝るのは恋愛だけだと私には思えるが、恋愛という幸福な病は、大臣職のように手に入れようとして手に入るようなものではない。

いさかいのたえない恋に見えるがそうでないものもある。私はある才女の手紙から、本書の第三十三章を借用した。

「つねに鎮めるべき小さな疑惑があること、これこそ情熱恋愛の絶え間ない渇望を生むものだ……。つねに激しい不安が去らないために、恋の喜びは退屈を誘うことがない。」

がさつだったり育ちが悪かったり、本質的に凶暴な人たちにおいては、こうした鎮めるべき小さな疑惑やかすかな不安は、いさかいとなってあらわれる。

入念な教育の成果である過敏な感受性をもたない恋人の場合は、この種の恋愛にいっそう多くの活気と、それゆえの魅力を感じることだろう。だが、いかに繊細な女でも、相手が先に彼自身の情熱の犠牲となって怒り狂う姿を見たら、相手をいっそう好きにならずにいられない。おそらくモーティマー卿[281]が恋人についてもっともなつかしく思い出すのは、顔に投げつけられた燭台のことだろう。実際、もし自尊心がそのような刺激を許容し、受けいれるなら、幸福な人々の大敵である倦怠にとっては大敵となるのは確かだ。

フランスの生んだ唯一の歴史家、サン＝シモンはこう言っている（第五巻、四三ページ[282]）。

「いくたびも浮気を重ねたあと、ベリー公爵夫人はエディ家の末子、ビロン夫人の姉の息子のリオンに本気で恋をした。リオンは美男でも才人でもなく、太って背が低く、頬が丸々として青ざめていて、吹き出物がたくさんあり、膿瘍（のうよう）のように見えた。きれいな歯をしていたが、かりそめの恋や浮気ならともかく、たちまちのうちに燃え上がり、いつまでも続くような恋心をかきたてることがあろうとは、自分では考えたこともなかった。財産はまるでなく、彼に劣らず貧しい兄弟姉妹がたくさんいた。ベリー公爵夫人の衣装係のポンス夫人とその夫がリオンの親戚で、同郷だったため、竜騎兵中尉をしていたこの青年を呼び寄せ、いっぱしの人間にしてやろうとした。やってくるとすぐに公爵夫人に見初められ、リュクサンブール宮の主となった。

リオンはローザン氏(283)の甥の息子で、氏はほくそえんでいた。いたく喜び、リオンの姿を見て、マドモワゼル(284)の時代の自分がリュクサンブール宮によみがえったような気がしていた。氏はリオンに助言を与え、リオンのほうもおとなしく、生来礼儀正しく慇懃（いんぎん）で、善良でまじめな青年だったので、それに従った。だがまもなく、信じがたいほど気まぐれな公爵夫人を虜（とりこ）にせずにはおかない自分の魅力のすばらしさに気づいた。その力を彼女以外の人にむかって奮うことはしなかったので、みなから愛されたが、公爵夫人のことは、かつてローザン氏がマドモワゼルを扱ったのと同じように扱った。やがてリオンは極上のレース、豪華な衣装で着飾り、銀や留め金、宝石を身につけるようになった。

異性をひきつけ、公爵夫人に嫉妬させたり、自らが嫉妬してみせたりして楽しんだ。泣かせることもしばしばだった。少しずつ、どれほどつまらないことであっても、彼女が自分の許可なくしてはなにもできないようにしていった。あるときはオペラ座に向かうため、出かける支度のできていた夫人を押しとどめた。またあるときは、むりやりそこに行かせた。彼女が嫌ったり、嫉妬したりしていたご婦人がたにいい顔をさせ、逆に彼女が気に入り、彼が嫉妬していた殿方にすげなくするようにしむけた。装いにいたるまで、公爵夫人には少しの自由もなかった。リオンは夫人の支度がすっかり整ったときに、髪をほどかせたり服を替えさせたりして楽しんだ。しかもそうしたことが度重なり、ときに公の場で行われたので、毎晩、翌日の装いや用向きについて、彼の指図を受けることが夫人の習慣になった。ところが翌日になるとすべて変えてしまうので、夫人はひどく泣いた。ついに夫人は、腹心の召使を介して彼に伺いをたてるまでになった。というのも、彼は到着とほぼ同時にリュクサンブール宮に住みこんだからである。そして身づくろいの間、何度も伝言が交わされ、どのリボンをつけたらよいか、そしてドレスは、ほかのアクセサリーは、という伺いがたてられた。だがほぼきまって、彼は彼女の身につけたがらないものをつけさせるのだった。どれほどつまらないことでも、夫人が彼の許可なしに勝手にすると、彼は彼女のことを下女扱いしたので、何日も涙にくれることがよくあった。

あれほど尊大で、並外れた傲慢さを誇示し、行使することの好きだった公爵夫人が、リオンやならず者たちといっしょに、ひそかに食事をするまでに身を落としたのだった。それまでは正しい血筋の王族でもなければ、夫人と会食することはかなわなかった。イエズス会士のリグレは、幼いときから夫人を知り、教育してきた人物で、この内輪の食事会に招きいれられたが、彼がそれを恥じることも、公爵夫人がそれを気にかけることもなかった。ムシー夫人がこの奇妙な内情のいっさいを打ち明けられる役になっていた[285]。彼女とリオンが会食の出席者を集め、日を選んでいた。ふたりを仲直りさせていたのは彼女で、こうした生活ぶりはリュクサンブール宮では公然のものとなっていた。そこではみながリオンに声をかけ、彼のほうでも敬意をはらいつつ、みなとうまく暮らすことを心がけていた。ただし公爵夫人に対してだけは公然と、うやうやしく接することを拒むのだった。みなの前で彼女にむかってぶしつけな答え方をするものだから、その場にいる者は目をふせ、公爵夫人は顔を赤らめた。だがそのために、夫人の彼に対する熱の上げようが変わることはなかった。」

公爵夫人にとって、リオンは退屈しのぎの最良の薬だったわけだ。

ある有名な女性[286]が、当時はまだ名声に包まれ、自由に対する罪を犯していなかったボナパルト将軍にむかって、唐突にこう言った。

「将軍さま、女はあなたの妻になるか、妹になるかのどちらかしかないのですね。」

英雄はこのお世辞を理解しなかったので、相手の女はこれにひどい罵詈雑言をもって報いた。この種の女は恋人にさげすまれることを好む。冷酷な男でないと愛せないのだ。

# 第三十九章の二　恋の治療法

古代においては、レフカス(287)の飛び降りは美しいイメージだった。実際、恋の治療法はほとんどないといってよい。危険が生じて、保身への配慮に強く注意を引き戻される必要があるだけではなく、*1 それよりはるかに難しいことではあるが、興味をそそり、なおかつうまくやれば避けられるという種類の危険がなくてはならない。それでようやく、保身を心がける習慣が生まれるのだ。そのようなものとしてはドン・ジュアンの経験した十六日間の嵐*2や、モール人の巣窟(そうくつ)におけるコシュレ氏の難破事故(288)くらいしか、せいぜい見当たらない。さもなければ危険にはすぐに慣れてしまうもので、敵軍から二十歩の距離で馬にのって歩哨(ほしょう)をつとめているときにも、いっそうの魅惑を感じながら、再び恋人のことを思い始めてしまう。

＊1　クライド川でヘンリー・モートンが遭遇した危険。『墓守老人』第四巻、二二四ページ(289)。

＊2　過大評価されているバイロン卿(290)の。

たえずくりかえして言ってきたことだが、心から恋している男は、想像する内容のすべてに喜び、また身を震わせるものだから、自然の中で彼に恋人のことを語りかけてこないものは、なにひとつとしてない。ところで、喜んだり身を震わせたりするのは実に興味深い仕事なので、それに比べれば他の用向きなどすべて色あせて見える。

友人が病人を癒そうと思うなら、まずはきまって恋人の女のほうのかたをもつべきなのに、才知よりも熱意がまさる友人は、ことごとく逆のことをする。

その場合、われわれが先に結晶作用[*3]と名づけたあの魅力的な幻想の総体に、滑稽なほど劣った手勢で闘いを挑むことになる。

＊3　ひとえに手短にすますために、この新語を使うことをお許しいただきたい。

恋を癒そうとする友人は次のようなことを視野に入れておかなくてはならない。つまり、信じられないような不条理なことがおきても、恋する男にとってはそれに耐えるか、自分を人生につなぎとめているものすべてを断念するかのいずれかしかない以上、男はそれに耐えるであろうということ、そして愛する女性が目にも明らかな悪徳を抱えていても、どれほどひどい不貞をはたらいても、知力のかぎりをつくして、それらを打ち消してかかるだろうということだ。このように、情熱恋愛においては少しの時間があれば、すべてが許されてしまう。

思慮深く、冷静な性格の持ち主の場合、恋する男がそうした悪徳を受け入れるためには、数か月深く恋したあとにやっと気づいたというのでなくてはならない。[*4]

＊4　デュクロ『…伯爵の告白』(292)のドルナル夫人とセリニー。(291)六三ページの＊5を見よ。ボローニャにおけるアブダラ将軍の死。

恋を癒そうとする友人が、恋する男の気を無神経に、大っぴらにまぎらわせようとするなどもってのほかで、本人の恋と相手の女について、うんざりするほど語り聞かせてやるべきだし、同時に行く先々で、小さな出来事が山ほど降りかかるようにしてやるべきである。ひとりきりになる旅行の場合は治療薬とはならないし、[*5]対比ほど、愛する人のことを優しく思い出させるものもない。ロマーニャ地方(293)の奥地の小さな家で寂しく惨めに暮らしている気の毒な恋人のことを、私が最も深く愛したのは、パリの華やかなサロンのただ中で、もっとも魅力的とたたえられた女たちのそばにいるときだった。[*6]

＊5　私はほぼ毎日泣いていた(六月十日の貴重な言葉(294))。

＊6　サルヴィアーティ。

追放された私は、華やかなサロンのみごとな振り子時計を見つめ、恋人の女がいつも雨のなかを歩いて女友達に会いに出かける時間がくるのをうかがっていた。彼女のことを忘れようとしながら、私は対比が、かつて彼女と出会った場所にまで行って得られる思い出に比べ、強烈さこそ劣るものの、はるかに妙なる思い出の源となることを悟った。

恋人の不在が功を奏するためには、癒そうとする友人がいつも付き添い、恋する男にむかって、恋愛の経緯についてできるかぎり反省させ、しかもその反省が冗長だったり、的外れだったりするせいで、退屈に感じられるように仕向けなければならない。すると今の自分の状況が紋切り型のように思われてくる。たとえば、おいしいワインを飲みながら陽気に夕食をとったあとでは、優しく感傷的な気分になるようなものだ、というふうに。

傍らで幸福を味わった女を忘れることがこれほど難しいのは、想像力が倦(う)むことなく想起させ、美化する、ある種の瞬間があるからだ。

私は自尊心という、残酷だがきわめて有効な治療法については何も言わないことにする。優しい心の持ち主には向いていないためだ。

シェイクスピアの『ロミオ』の初めの数場は、一幅のみごとな絵をなしている。「彼女は愛さないと誓ったのだ」と悲しげにつぶやく男と、「どれほどの悲しみが訪れようとも」と幸福に酔いしれて叫ぶ男のあいだには、はるかな隔たりがある。[295]

# 第三十九章の三

「あの娘の情熱は、炎の糧を失ったランプのように燃え尽きてしまうことでしょう。」
（『ラマムーア』第二巻、一一六ページ）[296]

恋を癒そうとする友人は、たとえば恩知らずなどという言葉を出して、まずい理屈を説くのは極力控えるべきだ。改めて勝利と新たな喜びを与えると、結晶作用を復活させてしまうことになる。

恋愛に恩知らずなどあるはずはない。恋愛は必ず現在の喜びによって報われ、そのうえ一見してこれほど大きな犠牲はないと思われるものでも報われる。恋愛では、率直でないこと以外の過ちがあるとは思われない。相手に心の状態を正確にはっきりと示すべきなのである。

恋を癒そうとする友人が少しでも恋愛を真っ向から攻撃すると、恋する男[297]はこう答える。

「恋をするということは、たとえそれで愛する人の怒りを買うことがあっても、きみたちに合わせて商人風のもの言いをするなら、宝くじを引くようなもので、その当たりくじは、無関心や個人的利害の世界に住むきみたちが、ぼくに与えてくれそうなものすべてを合わせたよりもはるかに大きい。相手がやさしく迎えてくれるから幸福だと思うためには、虚栄心が多く必要だし、しかもいちばんくだらない虚栄心が必要だ。各自が自分の世界でそうやってふるまうことを、ぼくはちっともとがめない。だがレオノールのそばで、ぼくはすべてが神聖で、優しく、高邁（こうまい）に感じられる世界を見出した。きみたちの世界のかぎりなく崇高で、信じがたいほどの美徳も、ぼくらの会話の中ではありふれた、日常的な美徳にしか思えなかった。せめてそのような女性のそばで人生をおくるという幸福を、ぼくに夢見させてほしい。中傷がもとで破滅したぼくに[298]、もう希望がないことは十分承知しているが、せめてあの人のために復讐を控えるのだ。」

　恋はそのはじまりのときでなければ、ほぼ止めることはできない。ただちにその場を離れさせることや、カーレンベルク伯爵夫人[299]の場合のように、社交界でむりやり気晴らしをさせること以外にも、あなたの恋を癒そうとする友人が使えるちょっとした策略がいくつかある。たとえば偶然を装って、あなたの愛する女が、争いのたねにはならない無難な事柄について、あなたには見せることのなかった礼儀と尊敬に満ちた配慮をライバルに示すところを、ふとあなたの目にとまるようにする。恋愛においてはすべてがしるしとなるので、どんな小さなことでも足りる。たとえばいっしょに桟敷に上がっていくとき、彼女があなたに腕をかさないこと。こうしたくだらないことでも、結晶作用を形づくる判断のひとつひとつに屈辱を結びつける情熱的な心の持ち主には悲劇的に受け止められるので、恋愛の源泉を毒し、恋を殺してしまいかねない。

友人にたいして失礼なふるまいをする女に確かめようのない、おかしな肉体的欠陥があると言いふらすこともできるだろう。だが、もし恋人の男自身がその中傷の真偽を確かめることができた場合、仮に本当だとわかったとしても、想像力によって中傷に耐えられるようになるので、しばらくするとなんでもなくなってしまう。想像力に対抗しうるのは、想像力だけだ。アンリ三世[300]はかの有名なモンパンシエ公爵夫人[301]を中傷したとき、そのことをよくわかっていたのだ。

したがって若い娘が恋愛に陥らないようにするには、とりわけその想像力を見張ってやらなくてはならない。精神に俗なところが少なく、気高く高潔な心を持っているほど、つまりはわれわれ男の尊敬にふさわしい女であればあるほど、娘の冒す危険は大きくなる。

若い娘にとってつねに危険なのは、同じ男性のことをくりかえし、しかも深い喜びをもって思い出すことである。思い出の絆が感謝や称賛の念、あるいは好奇心によっていっそう強められることがあれば、娘はほぼ確実に崖っぷちに立っているといえる。ふだんの生活が退屈であればあるほど、感謝、称賛、好奇心という名の毒の効き目は増す。そうなると直ちに急いで強力な気晴らしをする必要がある。

そのようなわけで、恋の薬が自然なやり方で処方されていれば、最初の段階では少々荒っぽく、ぞんざいに接するのが、才女の尊敬を得るための、ほぼ確実な方法なのである。

# 第二巻

# 第四十章

あらゆる恋愛と想像力は、個人において次の六つの気質の色を帯びる。①

多血質、またはフランス人、またはフランクイユ氏②(デピネ夫人の『回想録』)。

胆汁質、またはスペイン人、またはローザン(サン=シモンの『回想録』のペギラン③)

憂鬱質、またはドイツ人、またはシラーのドン・カルロス。④

粘液質、またはオランダ人。

神経質、またはヴォルテール。

運動質、またはクロトーネのミロン。*1⑤

*1　カバニスの『……心身関係論』を参照のこと。⑥

もし気質の影響が野心、吝嗇(りんしょく)、友情等々の中にも感じられるとすれば、必然的に生理的な要素の混じる恋愛においてはどうなるだろうか。

あらゆる恋愛は、われわれの書きとめた次の四種類の恋愛と関連づけられると仮定しよう。

情熱恋愛、またはジュリ・デタンジュ[7]。

趣味恋愛、または戯れの恋。

肉体的恋愛

虚栄恋愛(平民の男にとって、公爵夫人はいつでも三十歳にしか見えない。[8])

この四種類の恋愛を、先の六つの気質[9]が想像力に及ぼす習慣に応じて、六種類の型にふりわける必要がある。ティベリウスにはヘンリー八世[10]のような狂気じみた想像力はなかった。

次に、そうしてできたすべての組み合わせを、政府や国民性から生じる習慣の差に応じてふりわけてみよう。

一、コンスタンティノープルに見られるような、アジア的専制政治。

二、ルイ十四世式の絶対王政。

三、憲章の仮面をかぶった貴族制、またはイギリスのように、国民が金持ちのためにつくった政府。そこではすべてが聖書の道徳に従っている。

四、アメリカ合衆国のような、連邦制の共和国、またはすべての人のための政府。

五、立憲君主制、あるいは……[11]。

六、スペイン、ポルトガル、フランスのような、革命状態にある国。こうした国情はすべての人に激しい情熱を与えるので、素行は自然になり、ばかげたことや型にはまった美徳、愚かしいしきたりが廃止され[*2]、若者はまじめになり、虚栄恋愛を軽蔑し、遊びの恋を軽んじるようになる。

＊2　ロラン大臣の留め金のない靴[12]。「ああ、これですべておしまいです」とデュムリエ[13]が答える。国王の臨席する審議で、議長は脚を組んでいる。

この状態は長く続き、ひとつの世代の習慣を形づくるかもしれない。フランスでは、それは一七八八年に始まり、一八〇二年に中断され、一八一五年に再び始まり、いつ終わるとも知れない[14]。

こうした恋愛の一般的考察のあとで、年齢の相違という要素がきて、最後に個人的特性がくる。

たとえばこう言えるだろう。「私はドレスデンのヴォルフシュタイン伯爵のうちに、虚栄恋愛、憂鬱質、君主制的習慣、年齢三十歳、そして……もろもろの個人的特性をみた。」

こうしたものの見方はむだを省き、恋の審判者の頭を冷静にする。これはきわめて重要だが、かなり難しいことだ。

ところで生理学において、人が自分自身について、比較解剖学によってしかほぼ何も知りえないのと同様に、われわれは情念のうち、虚栄心やその他もろもろの錯覚の原因のせいで、自分の心の中で起こっていることについては、他人のうちに見つけた弱点を通じてしかわからない。もしこのエッセーが有益な効果を生むとすれば、それはこの種の比較作業を精神にむかって促すことにあるだろう。その端緒とするため、私はさまざまな国民における恋愛の性格の一般的特徴を、いくらか描き出してみることにする。

私がしばしばイタリアに話を戻すことになっても大目に見てほしい。ヨーロッパの風俗の現状をみると、それこそ私の描いている植物が自由に育つ唯一の国なのだ⑮。フランスでは虚栄心が、ドイツではとんでもなく滑稽な、いわゆる哲学が、イギリスでは臆病で苦しみ多く、執念深い自尊心がこの植物をねじ曲げ、窒息させ、おかしな方向に向かわせている[*3]。

＊3　読者はこの論文が、リジオ・ヴィスコンティが旅行中に、目の前で繰り広げられる逸話をながめつつ書きとめた断片で構成されていることを、十分おわかりになっただろう。彼の生涯にわたる日記では、こうした逸話がすべて洗いざらい語られている。おそらく本書にも入れたほうがよかったのかもしれないが、読者にはあまりふさわしくないと受けとられただろう。もっとも古いメモには「ベルリン、一八〇七年」という日付が入っており、もっとも

新しいメモは一八一九年六月、死の数日前のものである。[16] 礼を失しないよう、いくつかの日付は故意に変えた。だが、私が改変を加えたのはそこまでだ。文体を作り変える権利が自分にあるとは思えなかった。この本は実にいろいろな場所で書かれたけれども、同様に、さまざまな場所で読まれることを願っている。

# 第四十一章　恋愛に見る諸国民――フランスについて

私は愛情を捨て去り、一介の冷徹な哲学者であろうとする。

虚栄心と肉体的欲望しかもたない愛想のよいフランスの男に教育されたせいで、フランスの女はスペインやイタリアの女よりも活発さや活力に欠け、恐れられることも、とりわけ愛されることも少なく、権限をもたない。

女のもつ権限は、もっぱら恋人を罰するとき、相手をどの程度不幸な目にあわせられるかにかかっている。ところで男の側に虚栄心しかないとき、あらゆる女は有用ではあるが不可欠ではない。男の自尊心をそそる成功とは征服することであって、保持することではない。男に肉体的な欲望しかない場合には娼婦を見つければよく、そのためにフランスの娼婦は魅力的だが、スペインの娼婦はひどくいただけないのだ。フランスの娼婦は大勢の男たちに身持ちのよい女と同じくらいの幸福、すなわち愛のない幸福を与えることができるし、フランスの男が自分の恋人より大事にするものがつねにひとつあるとすれば、それは虚栄心だ。

パリの若者は恋人のことを、とりわけ虚栄心の喜びを与えてくれるある種の奴隷だと思っている。相手の女がこの支配的な情熱の命ずるところに逆らう場合には、男は女を棄て、友人たちにむかって、どれほど尊大な態度で、気の利いたやり口で恋人を棄てたかを吹聴し、いっそうの満足を覚える。

自分の国をよく知っていたあるフランス人（メーヤン）[17]がこう言った。「フランスでは、大情熱は偉人と同じくらいまれだ。」

フランスの男にとって、棄てられて絶望している恋人の役回りを町じゅうに知られることがいかにあってはならないか、いくら言っても言い足りない。ヴェネツィアやボローニャでなら、これほどありふれたこともない。

パリで恋愛を見つけるためには、教育を受ける機会がなく、虚栄心をもたず、真に生活の必要にせまられて闘っているために、より活力を多く残している階級まで降りていかねばならない。

大きな欲望を抱きながらも満たされていない状態を人に見せることは、自分を劣って見せることで、最下層の人間でないかぎり、フランスでは考えられない。ありとあらゆる悪い冗談に身をさらすことになるからだ。それゆえ、若者は自分自身の心を恐れるあまり、娼婦を大げさにほめあげる。自分が劣っているところを見せることへの過剰な、卑しい懸念が、地方人の会話の原理をなしている。最近でもベリー公の暗殺[18]を聞いて、「知っていましたよ」と答えた輩がいたではないか。[*1]

＊1　事実である。好奇心旺盛なのに、知らせを聞いて気を悪くする連中が何人もいる。知らせをもたらす人間より劣って見られるのを恐れるのだ。

中世では、危険の存在が心を鍛えた。私が思い違いをしていなければ、そこに十六世紀の人間が驚異的に優れていた第二の理由がある。[19]われわれの時代における独創性は、珍しく、滑稽で危険で、往々にして鼻持ちならないもののように思われているが、当時はありふれた、うそ偽りのないものだった。コルシカ[*2]やスペイン、イタリアのように、危険がいまだにひんぱんに鉄拳をふるう国では、まだ偉人の生まれる可能性がある。年のうちの三か月間、焼けつくような暑さが胆汁を刺激するこうした国々で、欠けているのは原動力の方向づけだけだ。パリには原動力そのものがないのではないかと私は案じている。[*3]

＊2　レアリエ・デュマ[20]の『回想録』。コルシカの人口は十八万人で、フランスの大半の県の人口の半分にも満たないだろうが、近年、サリチェッティ[21]、ポッツォ・ディ・ボルゴ[22]、セバスティアーニ将軍[23]、チェルヴォーニ[24]、アバトゥッチ[25]、リュシヤン[26]およびナポレオン・ボナパルト、アレーナ[27]といった人材を生んだ。九十万人の人口を抱えるノール県は、とうていこの

ような偉人のリストを持ってはいない。それというのもコルシカでは、だれでも家の外に出ると、銃弾を浴びかねないからである。それにコルシカ人は、真のキリスト教徒として服従するよりも、自分の身を守り、とりわけ復讐しようとする。こうしてナポレオン風の人間がつくられる。近侍や侍従のひしめく宮殿とでは天と地との差があり、ましてや殿下への敬意について、十二歳の殿下自身に説いて聞かせなければならないフェヌロン[28]とは大きく異なる。この偉大な作家の作品を参照のこと。

＊3　パリで平穏に暮らすには、無数の小さなことに気を配らなければならない。ところがここに非常に強力な異論がある。パリで恋愛によって自殺する女の数は、イタリアの全都市を合わせたよりも多いのである。こうした事実に、私はひどく当惑をおぼえる。目下のところどう答えるべきかわからないが、私の見解は変わらない。察するに、文明化の極端に進んだ生活があまりに退屈なので、今のフランス人にとって死はたいしたものには思われないのかもしれないし、虚栄心ゆえの不幸に耐えかねて頭を撃ちぬくのかもしれない。

わが国の多くの若者は、モンミラーユ[29]やブローニュ[30]ではあれほど勇敢なのに、恋することを恐れている。二十歳にもなるときれいだと思った娘の姿を見るだけで逃げ出してしまうが、それも本当に小心さからなのである。小説の中で、恋人はこうふるまうべしと書かれていたのを読んだのを思い出して、凍りついてしまう。こういう冷ややかな心の持ち主には、情熱の嵐が海の波のうねりを呼び、船の帆をはらませ、荒波を乗り越える力を与えるのだということが理解できない。

恋愛は甘い花である。ただし恐ろしい断崖のふちまで行って摘んでくる勇気が必要である。恋をすると、人に滑稽に思われるかもしれないということのほかに、愛する者に去られたときの絶望がたえずちらつき、そうなると残りの人生には死の空白[31]しか残らない。

文明の完成とは十九世紀のあらゆる繊細な快楽と、より頻繁な危険の存在を合わせたものにあたるだろう。[*4] 私生活の楽しみは、しょっちゅう危険にさらされることで無限に増幅されるべきだろう。そうなるまでの間[32]、われわれは、最良の教師が完璧な方法にのっとって最新の学問を教えているパリの教育機関が、洒落者（ダンディ）や、ネクタイの正しい結び方やブローニュの森で優雅に決闘することしか知らないおめでたい輩を送り出すのを見て、唖然とすることだろう。ところが外国軍がやってきて祖国の地をけがす。そのときフランスでつくられるのは道路だが[33]、スペインではゲリラである[34]。

＊4　私はルイ十四世時代の風俗を賛美する。男たちはたえず三日のうちにマルリ城[35]のサロンからスネフ[36]やラミイ[37]の戦場へと移動していたのである。妻、母親、愛人たちは、つねに不安におののいていた。セヴィニエ夫人[38]の手紙を見るとよい。危険の存在は言語の中に――（文学の尊厳という掟のおかげで）唯一われわれに残された、その時代の似姿である言語の中に

――今日ではもはや生み出すべくもないような精力と率直さを残している。私は男であるから、イデオロギーの書であるこの本の中では、セヴィニエ夫人の書きものに散見するような事柄は省かざるをえない。だがラメト氏も妻の愛人を殺した。[39] もしウォルター・スコット[40]のような作家がルイ十四世時代の小説を書いたら、われわれは驚嘆するだろう。

もし私が息子に出世をしてほしい、才覚によってのし上がっていく、精力的で抜け目ない男になってもらいたいと思うなら、ローマで育てさせるだろう。ただしひと目見たところでは、そこでも衒学者が愚にもつかないことばかり教えているように映るけれども。

# 第四十二章　続・フランスについて

もう少しフランスの悪口を言うのを許していただきたい。読者は、私の風刺がおとがめを受けずにすんでしまうのではと心配しないでよろしい。もしこのエッセーを読む人がいれば、呪詛は百倍になって跳ね返ってくるだろうから。国民の名誉が目を光らせている。

フランスはこの本の構成の中で大きな位置を占める。なぜならパリは、優れた会話と文学によってヨーロッパのサロンなのであり、これからもずっとそうあり続けるだろうからだ。

ロンドンやウィーンの朝の恋文は、その四分の三がフランス語で書かれ、しかもフランス語のほのめかしや引用であふれている。[*1] どういうフランス語かわかったものではないが。

＊1　イギリスのごく謹厳な作家たちは、フランス語を使うことによって闊達な調子を出せると思っているが、その多くは、イギリスの文法の中でしかフランス語と見なされないような

代物だ。『エディンバラ・レヴュー』[41]の編集者たちを見たまえ。プロイセンの前国王の愛人、リヒテナウ伯爵夫人の『回想録』[42]を見たまえ。

大情熱という点からいえば、フランスは次の二つの理由によって独創性を奪われているように思う。

一、真の名誉心、あるいはバイヤール[43]のようになって社交界でたたえられ、日々虚栄心を満足させたいという欲望。

二、愚かな名誉心、あるいはパリの社交界のお歴々のようになりたいという欲望。サロンに入るときのこつ、ライバルによそよそしくするこつ、恋人と仲たがいするこつ、などなど。

愚かな名誉心のほうは、それ自体愚かな人間にも理解しやすいのと、毎日の、ひいては毎時の行動にあてはめられるという理由で、真の名誉心に比べ、虚栄心の喜びにとってははるかに役に立つ。真の名誉心はなくても、愚かな名誉心はある人たちが世間で大いにもてはやされているのを見かけるが、その逆はありえない。

上流階級の調子とは、

一、どれほど重要なことでもことごとく皮肉な調子で扱うこと。これほど自然なことはない。かつては真の上流階級に属する人間は、なにごとにも深く心を動かされなかった。

そのような暇はなかったのである。田園での滞在がそれを変えた。そもそもフランス人にとって、なにかに感心しているところ、つまり劣った存在に見られることじたい、本性に反した状態なのだ。[*2] 自分が感心する対象より劣っているというだけならまだしも、隣人がその対象をばかにしようものなら、隣人よりも劣っているということになるからだ。

＊2　一七七五年ごろにヒューム[44]を、一七八四年にフランクリン[45]をほめたたえた流行も、その反証にはならない。

ドイツ、イタリア、スペインでは逆に、賞賛は真摯さと幸福に満ちている。ここではほめる人間は自分の感動を誇りに思い、反論する人間をあわれむ。からかう人間を、とは言わないでおこう。唯一滑稽なのは幸福への道を逃すことで、ある種の生き方をまねすることではないとされる国々において、からかうという役どころはありえないからだ。南仏では不信の念と、強烈な快楽を味わっている最中に邪魔をされるのではないかという恐怖感が、奢侈（しゃし）や華美に対する生まれながらのあこがれを生じさせる。マドリッドやナポリの宮廷を見るがよい。カディス[46]の宗教儀式(funzione)を見るがよい。それは熱狂にまで達する。[*3]

＊3　センプル氏の『スペイン旅行』。彼は真実を描いている。遠方で聞いたトラファルガー

の戦いのもようの描写があり㊼、印象に残る。
二、フランス人はひとりで時を過ごさねばならなくなると、自分がもっとも不幸で、もっとも滑稽な人間であると思いこむ。だが、孤独ぬきの恋愛などありうるだろうか。
三、情熱的な人間は自分のことしか考えず、尊敬されたい人間は他人のことしか考えない。しかも一七八九年以前のフランスでは、たとえば法曹界のようなある[＊4]団体に属し、その団体の構成員によって守られていなければ、個人の安全は保障されなかったのである。したがって隣人の考え方は自らの幸福の一部をなす、不可欠な要素であった。それはパリよりも宮廷においていっそうあてはまった。

＊4　一七八三年一月の『グリムの文芸通信㊽』。
「新劇場のこけら落としの日、王弟殿下護衛隊長N伯爵は桟敷に自分の席がなくなっているのに腹をたて、場もわきまえず、ある誠実な検事から席を奪おうとした。この検事はペルノ先生といったが、頑として動こうとしない。「これは私の席だ。」「私のですよ。」「貴様はだれだ。」「六フラン氏といいまして……」（席の値段のこと）語調がさらに荒くなり、ののしり合い、小突きあいになる。N伯爵はぶしつけにもこの法律家を泥棒呼ばわりし、しまいには勤務中の軍曹に命じて身柄を確保し、警護隊に連行させた。ペルノ先生は毅然として連行され、そこを出るとすぐに警察に訴え出た。光栄にも彼が属している恐るべき団体は、断じ

て告訴を取り下げさせようとしなかった。この事件は議会で審議されたところである。N氏はすべての訴訟費用の負担と、検事に謝罪し、二千エキュ[49]〔約一千万円〕の損害賠償を支払うこと、ただしこれについては相手の同意を得てコンシエルジュリ[50]のあわれな囚人たちに用立てることも可能である、以上のことを命じられた。さらに当伯爵に対して、王命を口実にして劇の上演を妨げてはならないという厳命が下された、などなど。この事件は大きな反響を呼んだ。大きな利害がかかわっていたからである。法曹団全体が、自分たちの同業者に加えられた侮辱により、辱められたと思った、などなど。N氏は事件のほとぼりを冷ますため、名声を求めてサン・ロックの野営部隊に移った。これ以上の選択はなかった、と噂されている。力ずくで陣地を奪取することにかけては、彼の才能を疑う者はいなかったのだから。」相手がペルノ先生ではなく、無名の哲学者だったらどうなっていただろう。だから決闘が役に立つ。

（グリム、第三部、第二巻、一〇二ページ）

その先の四〇九ページの、『フィガロ』見物のために目隠しつきの桟敷席を都合してほしいという友人の願いを断る、ボーマルシェ[51]のごく筋の通った手紙も参照のこと。しばらくの間、この返事はある公爵にあてたものだと思われていて、かなり騒がれ、ひどい仕返しが待っているぞと噂されていた。だが手紙のあて先はデュパティ裁判長[52]であるとボーマルシェが明かすと、これをあざ笑う声しかなかった。一七八五年と一八二二年の隔たりはいかに大きいことか。こうした感情を、われわれはもう理解できない。それなのに、この時代の人たちを感動させたのと同じ悲劇が、われわれにとってもよいはずだというのだ[53]。

こうした習慣がいかに大情熱を生まれ〔にくく〕するかは、たやすく理解できる。この習慣は実際には日に日に力を失ってきているが、まだ一世紀のあいだはフランス人の間に残るだろう。

窓から身を投げ、それでも敷石に達するときには優雅なポーズをとろうとする男の姿が目に見えるようだ。

情熱的な人間は自分自身に似ていて、他人とは似ていない。それがフランスではあらゆる滑稽さの源になる。そのうえ、他人の機嫌もそこねる。それでいっそう笑いものになる。

# 第四十三章　イタリアについて

イタリアの幸福は瞬間の思いつきに従うことだ。これはある程度までドイツ、イギリスでも共有されている幸福である。

さらにイタリアは、中世の共和国の美徳であった有用性が、[*1] 名誉心、あるいは国王向けに仕様を変えた美徳によって地位を奪われなかった国である。[*2] 真の名誉心は愚かな名誉心への道を開く。愚かな名誉心は、隣人が自分の幸福をどう思うだろうと考える習慣をつける。だが目に見えない幸福の感情は虚栄の対象にはなりえない。[*3] こうしたことすべてを証拠だてるように、フランスは世界でもっとも恋愛結婚の少ない国である。[*4]

＊1　G・ペッキオは、ある美しいイギリス娘にあてた熱烈な調子の手紙の中で、自由な体制のスペインについて——この国は中世そのままだが、復興された中世のほうではなく、つねに生きている中世だ——書いている。(54) 六〇ページ。「スペイン人の目指すものは栄誉ではなく、独立でした。スペイン人がもし名誉のためだけに戦っていたなら、戦争はトゥデラの戦い(55)で終わっていたでしょう。名誉とは奇妙な性質のものです。いったん傷つけられると、い

っさいの効力を失ってしまうのですから……。前線のスペイン軍もまた、名誉についての先入観に浸りきっていたので（現代のヨーロッパ風になっていたということでしょう）、いったん負けると名誉もなにもかも失ったと思いこんで潰走したのです、などなど」。

＊2　一六二〇年の人間はひどく卑屈な態度で、たえず「わが主たる王」と口に出すのを誇りとする（ノアイユ[56]やトルシー[57]、およびルイ十四世時代のすべての大使たちの『回想録』を参照のこと）。理由はごく単純だ。この言い回しによって、臣下の間で自分が占めている地位を主張しているのである。国王から賜るこうした地位は、臣下たちの注目と尊敬を集める点において、古代ローマの時代、トラジメーノ湖での戦い[58]ぶりや公共広場での演説のもようを見た市民たちの評判を通じて得られた地位に等しい。絶対君主制は虚栄心と、その前進堡（ほう）である礼儀作法を破壊することで揺るがすことができる。シェイクスピアかラシーヌかという論争は、ルイ十四世か憲章かという論争のひとつの形にすぎない[59]。

＊3　幸福の感情は無自覚的な行動によってしかはかれない。

＊4　オニール嬢、クーツ夫人[60]など、イギリスの女優の大半は、舞台を降りて裕福な結婚をした。

それ以外のイタリアの長所としては、あらゆる形の美に敏感にさせてくれるすばらしい空の下に、かぎりない余暇があることがある。極端ではあるが理にかなった不信の念が孤独を増し、親密なつきあいの魅力を倍加する。小説を読まず、読書もほとんどしないため、そのときどきのひらめきにより多く従うようになる。音楽への情熱が、心の中に恋愛にとてもよく似た心の動きを生じさせる。

一七七〇年ごろのフランスには、不信の念はなかった。それどころか、公の場で生活し、死ぬことがよいしきたりとされていたのである。リュクサンブール公爵夫人(61)が百人の友人と親しくしていたことからわかるように、本来の意味での親密なつきあいや友情も存在しなかった。

イタリアでは情熱をもつことはそれほど珍しい特権ではないから、滑稽なことでもないし、サロンでは恋愛についての一般的格言がおおっぴらに引かれるのを耳にする。[*5] 人々はこの病の症状や期間を知っており、強い関心を寄せる。恋人にふられた男に対してはこう言う。「半年間は絶望するでしょうが、そのあとはだれそれのように治ってしまいますよ。」

＊5　賢明なジラール神父(62)は、大人の女の火遊びは許されるが、本気で恋をすると笑いものになる、とパリで一七四〇年に書いた。

イタリアでは、一般の人々の判断は情熱に仕えるごく控え目な従僕にすぎない。ここでは真の快楽が、よそでは社交界によって握られている権力をふるっている。きわめて単純なことだ。虚栄心をもつひまなどなく、君主からは忘れられたいと願っている人々に、社交界はほぼ何の喜びも与えないので、わずかな権威しか持たないからだ。退屈した輩が情熱的な人間をとがめることはあるが、そういう輩は軽蔑されている。アルプスの南側では、社交界は監獄をもたない専制君主のようなものだ。

パリでは、公の重要な問題については名誉心が剣を手にして、あるいは可能なら気の利いた言葉を用いて、その入口をすべて警護せよと命ずるので、皮肉の中に逃げこむほうがよほど都合がよい。若者の中には別の解決策をとった者もいて、J＝J・ルソーやスタール夫人の流派に加わっている。皮肉が月並みな手段になり下がってしまったので、感情をもつ必要が生じたのだ。今の時代にプゼ(63)のような作家がいたら、ダルランクール氏(64)のように書くことだろう。しかも一七八九年以降の出来事は、有用なもの、あるいは個人の感情を守るために、名誉心や世論の支配と闘ってきた。議会の光景は、冗談もひっくるめてすべてを議論するようにと教えている。国民はまじめになり、遊びの恋は勢いを失った。

私はフランス人として、ある国の富をなすのは少数の大富豪ではなく、多数の並の資産家である、と言っておかねばならない。どこの国でも情熱はまれで、フランスでは遊びの恋のほうにいっそうの優雅さと繊細さが存在し、それゆえにより多くの幸福をもたらす。世界随一のこの偉大な国民は、[*6]恋愛についても知性と同じような状況にある。一八二二年に、わが国にはたしかにムア[65]、ウォルター・スコット、クラッブ[66]、バイロン、モンティ[67]、ペッリコ[68]はいないが、教養も愛想もある、今の時代の傑出した知性の水準に達している才人なら、イギリスやイタリアよりも数多くいる。一八二二年に、わが国の下院の議論がイギリス議会の議論よりもたいそう優れているのはそのためだ。またそのせいでイギリスの自由主義者がフランスに来て、時代錯誤な意見の数々を言うのを聞いて、われわれは仰天するのである。

＊6　その証拠としては妬みを挙げるだけでじゅうぶんだろう。一八二一年の『エディンバラ・レヴュー[69]』、ドイツとイタリアの文芸新聞、アルフィエーリの「獅子をまねる猿[70]」を見よ。

ローマのある芸術家がパリについて書いた。「私はここがぞっとするほど嫌いだ。おそらく気のむくままに恋をする暇がないからだと思う。ここでは感受性は作られるそばから一滴ずつ使い果たされていき、少なくとも私には、その源泉を枯渇させているように思われる[71]。ローマでは毎日の出来事にあまり興味がもてず、外の生活が休眠状態にあるせいで、感受性が蓄積されて情熱をつくる。」

# 第四十四章　ローマ

今朝私が目撃したように、自前の馬車を持っている身持ちのよい女が、ただの知り合いの女のところにやってきて感情を吐露するという光景には、ローマでしかお目にかかれない。[*1]

＊1　一八一九年九月三十日。[72]

「ああ、あなた、ファビオ・ヴィテレスキなんかを好きになっちゃいけませんよ。追いはぎに恋したほうがまだましよ。優しく節度のある様子をしておいて、短刀で心臓をひと突きして、胸の奥深く刺しこみながら、愛想よくほほえんで「きみ、痛いかい？」なんて言いかねない人なんだから。」そしてこれが、意見をちょうだいしていた婦人の娘で、とても利発な十五歳の美少女の面前で起こったのである。

もし北方出身の男が、不幸にも最初の段階で南方特有のこうした自然な愛想のよさに気を悪くすることがなければ、一年も滞在すると、他国の女たちはみな耐えがたくなる。こうした気性は上品さも、興味をひく目新しさもいっさいないおかげで、偉大な性質が素朴な発展をみた結果だ。

最初の三日間こそ、フランスの女はかわいらしい気品をそなえた、[*2]感じのよい魅力的な存在に映るが、四日目には退屈に思えてしまう。この致命的な日には、こうした気品もすべて前もって研究され、覚えこまれたものであり、いつでも、だれに対しても変わらずにふりまかれるものであることがわかってしまうのだ。

＊2　著者は不運にもパリで生まれなかったのみならず、ほとんど暮らしたこともない（発行者の注）(73)。

逆にドイツの女は気取りがなく、夢中で想像力に身をゆだねるように見えるが、その自然らしさの奥に、しばしば不毛さと味気なさと、子供向けの騎士道物語ふうの優しさしか見せるべきものがないことがわかる。アルマヴィヴァ伯爵のせりふはドイツでできたように思える。「ある日男は、幸福を求めて行った先に、うんざりするような現実を見て驚くのだ(74)。」

ローマで外国人が忘れてはならないのは、すべてが自然な国においては退屈なことはないかわりに、ほかと比べると、悪は徹底して悪であるということだ。男だけに話を限ってみても、[*3]ここの社交界には、よそでは影をひそめている一種の怪物が出現する。情熱的で目が利き、しかも卑劣な男たちだ。こうした輩（やから）が折悪しく、なんらかの肩書をもつ女のとりまきになり、たとえばぞっこんほれこんでしまった場合、女が自分よりもライバルのほうを選ぶのを目にして辛酸を嘗めることになる。すると彼らはこの幸運な恋人の妨害を始めるのだ。彼らはどんなことでも見逃しはしないし、なにものも彼らの手を逃れられないことを、だれもがわかっている。それなのに彼らは名誉の感情に逆らい、女とその恋人、そして自分自身に対する嫌がらせをやめない。だがだれひとりとして彼らを責める者はない。彼らは自分が楽しいと思うことをしているからだ。ある晩、女の恋人が堪忍袋の緒を切らし、男の尻にひと蹴りお見舞いする。翌日、男は女の恋人にむかってひたすら詫びるが、あいもかわらず平然と、女と恋人、そして自分自身に対する嫌がらせを続ける。こうした卑劣な男たちが、日々どれほどの不幸を忍ばなくてはならないかを考えると身震いがするが、彼らが毒殺犯になるには、おそらくあとほんの少し卑劣さが足りない。

＊3　ああ！　今日という時代は芸術をなんと粗末に扱うことか。
いまや若者は早くから贈り物を求めるのに慣れてしまった。
（ティブッルス(75)　第一巻第四歌）

百万長者のおしゃれな青年が、一日にたったの三十スー〔約千五百円〕でぜいたくに大劇場の踊り子を囲い、町中の知るところとなるのも、イタリアでしか起こらないことだ。＊4

…兄弟は狩猟と乗馬に明け暮れる美男子だが、ある外国人に嫉妬した。彼らはこの外国人のところに直接行って文句をつけるでもなく、このあわれな外国人をおとしめるうわさを、ひそかに人々のあいだに流した[76]。フランスでなら、世論がこういう輩にむかって発言の根拠を示せ、さもなければその外国人と決着をつけろと要求するところだが、ここでは世論や軽蔑はなんの意味もない。資産家はいつでも、どこでも確実に歓迎される。パリで百万長者が侮辱され、いたるところで締め出しをくったら、ローマへ行けばしごく安泰だ。きっかり手持ちの金額に応じて、尊敬を集めることができるだろう。

＊4　ルイ十五世の世紀の風俗においては、名誉心と貴族制がデュテ嬢[77]、ラゲール嬢[78]その他に大いに貢いでいた事実を見よ。年に八万や十万フラン〔八千万円から一億円くらい〕を使うのもとりたててどうということはなかった。それより少ないと、上流社会の男としては体面にかかわったのだろう。

# 第四十五章　イギリスについて

私はこのところ、ヴァレンシアにあるデル・ソル劇場の踊り子たちと親しくつき合ったが、中には非常に身持ちのよい娘も多いというのは確からしい。ひどく消耗の激しい仕事だからである。ヴィガノ[79]は彼女たちに《トレドのユダヤ娘》というバレエを毎日朝十時から午後四時までと、午前零時から朝の三時までレッスンさせている。それに加え、毎晩二つのバレエを踊らなくてはならない。

これを聞いて私はルソーがエミールをたくさん歩かせるように命じていたのを思い出す[80]。今晩、真夜中にかわいい踊り子たちといっしょに涼しい海辺を歩いていてまず思ったのは、ヴァレンシアの夜空の下、間近に見える星々の輝きに照らされて、涼やかな海のそよ風に吹かれながら味わうこのえもいわれぬ快楽は、われわれの住む陰気な霧の多い国々にはないということだ。それだけでも四百里の距離〔約千六百キロメートル〕を移動するだけの価値はあるし、感覚が高ぶってものを考えずにすむ。思うに、わが踊り子たちの身持ちの堅さは、イギリス男の傲慢がハーレムの風習を、文明化された国民のあいだにじわじわと復活させようとしている経緯をじゅうぶんに説明してくれる。あれほど美しく、魅力的な表情をしたイギリスの若い娘たちの一部に、なぜ思想という点では少々もの足りないところがあるのか、わかるというものだ。この島から自由が駆逐されたのはついこの間のことであり(81)、独特のすばらしい国民性もそなわっているのに、娘たちには興味深い考えや独創性が欠けている。妙なたしなみの良さによってしばしば目をひくくらいだ。それもごく単純なことで、イギリスの女の羞恥心は夫の誇りだからである。しかしいくら奴隷が従順でも、顔をつきあわせているとやがて重荷になってくる。だからイギリスの男は、イタリアの男のように恋人と夜を過ごすこともせず、毎晩わびしく酒に酔う必要があるのだ。*1 イギリスでは家庭に飽きた裕福な男たちは、運動が必要だという口実で、毎日四里か五里〔約十六から二十キロメートル〕の道を歩く。まるで人間は歩き回るために世に生まれてきたとでもいうように。そうして心ではなく脚によって神経液を使い果たす(82)。そのあとで女のたしなみがどうだという話をしたり、スペインやイタリアをばかにしたりする。

＊1　この習慣はよその国と同様、フランス化した上流社会では少々すたれ始めている。だが私は一般大衆について言っている。

それとは逆に、イタリアの若者ほど暇なものはない。彼らにとって、感受性を奪いかねない運動は煩わしいだけだ。時折、健康のためのつらい処方として半里の散歩をする。女についていえば、ローマの女は年間を通じて、イギリスの若い娘が一週間に散歩する距離すらも歩かない。

イギリスの夫の自尊心は、気の毒な妻の虚栄心をたくみにあおっているように見える。夫は妻に、とりわけ下品にならぬようにと説き、娘に婿が見つかるように教育している母親たちもこのことをよくわきまえている。そのため理性的なイギリスでは、軽薄なフランスに比べると、はるかに愚かしい流行が独裁的な力をふるう。入念な無造作（carefully careless）が生まれたのはボンド・ストリートにおいてだ。イギリスでは流行は義務だが、パリでは快楽である。流行は、パリのショセ＝ダンタンとサン＝マルタン通りとの間に存在する壁とはまったく別の堅固な壁を、ロンドンのニュー・ボンド・ストリートとフェンチャーチ・ストリートとの間に築いている。[83] イギリスの夫は、妻に陰気なことこのうえない生活をおしつけている見返りとして、こうしたばかげた貴族趣味を許している。イギリスの男たちの寡黙な自尊心がつくりあげた女の社会のありようは、かつて名をはせたミス・バーニー[84]の小説の中に見ることができる。のどが渇いたときにコップ一杯の水を求めるのははしたないという理由で、ミス・バーニーの小説の女主人公たちはのどを涸らして死んでいく。下品なことを避けているうちに、おぞましい気取りに陥ってしまうのだ。

私は二十二歳の裕福なイギリス人青年の用心深さを、同い年のイタリア人青年の深い不信の念と比べてみる。イタリア人は身の安全のためにそうせざるをえないのであって、親密な関係になるとすぐにその不信の念を捨てるか、少なくとも忘れてしまう。いっぽう、イギリス人青年の用心深さと高慢さは、一見したところもっとも親愛に満ちた交友のさなかでも増幅される。私はこういう言葉を聞いたことがある。

「七か月前から、彼女にブライトン[85]行きの話はしていません。」

これは八十ルイ〔約百六十万円〕を節約せざるをえない状況にあるという意味で、二十二歳の青年が、恋人である人妻について語っていたことである。青年は恋人のことを熱愛していたが、恋に酔いしれていたときでも用心深さを忘れることはなかったし、ましてやこの恋人にむかってざっくばらんに「お金がないのでブライトンには行きませんよ」などと言うことはなかった。

ジャンノーネ[86]やペ〔ッリコ[87]〕、その他大勢の人々のたどった運命が、イタリア人に不信の念を植えつけたのに対し、イギリス人の美青年が用心深さを強いられるのは、ひとえに過剰で病的なまでに敏感な虚栄心によるものだということに注意してほしい。フランス人はその時々の自分の考えに鷹揚なので、愛する人にすべてをしゃべってしまう。それが習慣なのだし、そうでないと自然さがなくなり、自然さのないところに優雅さはないと自分でわかっているのだ。

私は心を痛め、目に涙をうかべつつ、あえて以上のことを書いてきた。だが私は国王に媚びるつもりはないのだから、その国について自分の思った以外のことを言ってもしかたがない。もちろん(of course)、ひどく愚かしいことを言ったかもしれない。そう思うのはひとえにこの国が、私の知るかぎりでもっとも愛すべき女性(88)を生んだ国だからである。

だが心にもないことを言ったりすれば、君主政体的卑屈さをまた別の形で体現することになる。ここでは次のことを付け加えるにとどめよう。すなわち、こうした風俗の支配のもと、男たちの傲慢に知性を犠牲にされている多くのイギリス人女性の中にも、完璧な独自性は存在するわけだから、ハーレムの風習を再生産するという陰気な制約をまぬがれた上流家庭がひとつでもあれば、魅力的な性格の持ち主を生み出すのに十分だということだ。だがこの魅力的(charmant)という語は、「魔法にかける」というその語源にもかかわらず、私の表現したい内容を表すためにはなんと味気なく、凡庸なことか。あの優しいイモージェン、愛情深いオフィーリア(89)の生きたモデルは、イギリスに数多くいるだろう。だがこうした人たちは、真に完璧なイギリス人女性、すなわちあらゆる礼儀作法を完璧に守り、その夫に病的な貴族的自尊心の満足と、退屈で死にそうなほどの幸福を与えるべく役割を負わされた女性が、だれからも注がれるような尊敬の念を集めることはない。[*1]

＊1　リチャードソンを見よ。ハーロー家の暮らしぶりを現代風に再現した例はイギリスに多く見られる。(90)そういう家庭では使用人のほうが主人たちよりずっとましだ。

ひんやりとした薄暗い部屋が十五から二十ほど一続きになった大きな屋敷で、イタリアの女たちは低いソファにゆったりと身を横たえて過ごし、昼間の六時間は恋愛や音楽の話に耳を傾ける。夜になると四時間の間、劇場の桟敷に身を隠し、音楽や恋愛の話に耳を傾ける。

したがってスペインやイタリアでは気候に加え、生活様式もまた音楽や恋愛に有利にはたらく。イギリスはその逆だ。

私は非難も称賛もしておらず、観察しているだけだ。

# 第四十六章　続・イギリスについて

私はイギリスが大好きなのだが、実際に見た経験に乏しいので語ることができない。そこである友人の観察を借りることにする。

（一八二二年における）アイルランドの現状をみると、過去二世紀で何度も繰り返されたことだが[*1]、果敢な決断に満ち、退屈とは無縁な社会の独特な状況を呈している。楽しく昼食をともにした者同士が、二時間のちには戦場でまみえるというぐあいだ。そういった状況ほど、恋愛感情をはぐくむのに最適な態度である自然さに、力強く、直接的に訴えかけるものはない。また、イギリス的な二つの悪徳である偽善(cant)と怯懦(bashfulness)とをこれほど遠ざけるものもない（道徳上の偽善と、傲慢で苦悩に満ちた怯懦（きょうだ）。ユースタス氏のイタリア旅行記を参照のこと[91]。この旅行者はイタリアをうまく描けていないが、そのかわり彼自身の性格については正確に伝えている。不幸なことにイギリスではこのような性格が、詩人ビーティー氏の性格と同様に（親しい友人の書いた彼の伝記を参照[92]）、ごく普通に見られるのである。司教という立場にもかかわらず誠実さで知られる人としては、ランダフの司教の書簡を見ること。）[*2][93]

＊1　スペンサーの幼い子供はアイルランドで生きたまま焼かれた。[94]

＊2「この三冊の書物で示されたイギリスのある階級の描写に反論するには、罵倒以外の方法はないように思える。悪魔派。[95]」

アイルランドは臆病で残忍なイギリスの圧制により、二世紀来血にまみれていたので、ひどく不幸な国だと思われているかもしれない。だがここでアイルランドの精神的土壌に、ある恐ろしい人物が登場する。司祭だ。

二世紀前から、アイルランドではシチリアに劣らずひどい統治が行われてきた。この二つの島をさらに詳しく比較対照して五百ページの本にしたら、腹をたてる人がたくさんいるだろうし、今まで信じられてきた多くの理論も一笑に付されるだろう。どちらの国においても、狂人の手によってもっぱら少数派のためをはかる統治が行われてきたが、より幸福なのは明らかにシチリアのほうだ。シチリアの総督たちは少なくとも恋愛と快楽とを島に残してくれた。ほかのものといっしょにこれらを奪い取ることもできたはずだが、幸いなことに、シチリアには法律や政府という名の、精神的な悪がほとんど存在しない。[*3]

＊3　一八二二年に私が精神的な悪と呼ぶのは、二院制の議会をもたないすべての政府のこと

である。例外があるとすれば政府の長が誠実で偉大な場合だけであり、ザクセンやナポリではそうした奇跡が起こっている。(96)

法律をつくり、施行させるのは年寄りか聖職者であり、それはイギリス諸島で恋の快楽が、ある種の滑稽な嫉妬心によって迫害されているところによくあらわれている。イギリス人は支配者たちに、ディオゲネスがアレクサンドロス大王にむかって言ったように「あなたはその安泰な地位に満足しておられればいい。だがせめて私に太陽は残しておいてください」[*4]と言えばよいのだ。(97)

＊4　亡き王妃の裁判(98)に出された、上院議員とその家族が国から受け取っている金額の記された興味深い議員リストを参照のこと。たとえばローダーデール卿とその家族は三万六千ルイ〔約七億二千万円〕を受け取っている。最貧層のイギリス人がつつましく暮らすうえで欠かせないビールのジョッキ半杯分にも、貴族議員のために一スー〔約五十円〕の税金がかけられている。しかもわれわれの議論の趣旨にとっては好都合なことに、双方がそのことを承知しているのである。そのため貴族にも農民にも、もはや恋愛のことを考えるだけのじゅうぶんな余裕はなく、貴族のほうは公然と傲慢な態度で、農民のほうはひっそりと怒りに燃えて、それぞれ武器を研ぐようになる(自作農(ヨーマン)と白衣隊(99))。

法律や条令、禁令や刑罰の力を借りて、政府はアイルランドでじゃがいもを作り、アイルランドの人口はシチリアをはるかに超える。というのも、落ちぶれて茫然自失の体の農民を何百万人も入植させたのだ。彼らは四十年も五十年もの間、労働と貧困にあえぎ、古いエリン[100]の沼沢地で不幸な生活をおくりながらも、十分の一税はきちんと払っていた。これは奇跡的なことだ。この気の毒な人たちが異教を信奉していれば、せめて幸福を味わえたのかもしれないが、そうもいかず、聖パトリック[101]をあがめなくてはならない。

アイルランドにはほぼ、未開人よりも不幸な農民の姿しか見あたらない。それでも、自然状態であれば十万人におさまるはずの人々は八百万人にまで増え、*5 おかげで五百人の不在地主(absentees)がロンドンやパリで裕福な暮らしを営んでいる。

*5　プランケット、クレイグ、『カーランの生涯[102]』。

スコットランドの社会はアイルランドよりもずっと進んでいて、*6 政府もいくつもの点ですぐれている(犯罪が少なく、本が読まれ、司祭がいない、などなど)。ここでは優しい愛情がはるかによく育ち、われわれも陰気な考えを捨てて滑稽なことを考える余地がある。

*6　農夫ロバート・バーンズ[103]とその家族の文化程度。農民クラブでは一回の会合につき、二スー〔約百円〕を徴収していた。そこで話し合われていた問題。(バーンズの書簡を参照のこ

と。)

スコットランドの女たちの心の奥底にひそむ憂愁には気づかずにはいられない。この憂愁は彼女たちがダンスパーティーで民俗舞踊を踊るときの熱のこもった激しい様子に独特の趣を添え、とりわけ心を奪う。エディンバラには別の長所もあり、それは卑しい金銭万能主義を免れているということだ。そこにこの街独特の野趣に富む景観美も加わり、ロンドンと完璧な対照をなす。ローマと同様、美しいエディンバラはむしろ瞑想的な生活をおくるのに適しているようだ。ロンドンには絶え間ないめまぐるしさと、長所も短所も含めた活動的な生活につきものの、尽きせぬ興味がある。私の見たところ、エディンバラには少々衒学趣味があり、そのつけを払わされているようだ。おそらくどのご婦人もお認めくださると思うが、メアリ・スチュアートがホリルードの古城[104]に住み、腕の中のリッチオを殺された時代のほうが[105]、男たちが長々と、その場の女たちにもかまわず、何某(なにがし)の水成論と火成論のどちらに軍配を上げるべきか[106]などと議論している時代よりも、恋愛には有利だった。私がロンドンに行ったとき、国王が衛兵にくださった新しい制服がどうだとか、B・ブルームフィールド氏[107]が貴族になりそこねたとかいうことが話題になっていたが、ヴェルナーと何某のうち、岩石の性質をもっとも詳しく解き明かした者はどちらかといった議論よりも、そのほうがずっとましだと思う。

私はスコットランドの恐るべき日曜日については何も言わないことにする。これに比べれば、ロンドンの日曜日は遊びに見えてしまう。天の神をたたえることに捧げられるこの日は、この世で地獄のイメージをもっともよくあらわしている。

「そんなに早足で歩くものじゃないよ、散歩しているように見られるからね」と教会から戻る途中で、あるスコットランド人がフランス人の友人にむかって言った。*7[108]

＊7　アメリカでも同様である。スコットランドでは肩書をひけらかす。

三つの国のうちで最も偽善が少ない国は(偽善(cant)といえば、一八二二年一月発行の『ニュー・マンスリー・マガジン』[109]を参照のこと。モーツァルトと《フィガロの結婚》を激しくこきおろしているが、[110]それを『市民』[111]を上演するような国が書くわけだ。しかしどの国でも文芸新聞や文学を買い、評価を下すのは貴族であり、四十年前からイギリスの貴族は聖職者と同盟を結んでいる)、私の見るところではアイルランドだ。そこにはうってかわって、無頓着で愛想のよい快活さがある。スコットランドでも日曜は厳格に規律を守るが、月曜になると嬉々として無邪気にダンスを踊る。こうした様子はロンドンでは見られない。スコットランドの農民階級には恋愛があふれている。十六世紀に想像力が強大な力をふるい、国をフランス化したのだ。

日々、イギリス社会のある甚だしい欠点が、借金とそれがもたらす結果よりも、さらには富める者と貧者との死闘よりも、はるかに多くの陰気さをもたらしたとすれば、今年の秋、クロイドン[112]で主教のりっぱな彫像を前に、ある人が私に言った次のような言葉にそれが表れている。

「社交界では期待を裏切られるのを恐れて、だれも率先して動こうとしないのですよ。」

こうした男たちが羞恥心の名のもとに妻や愛人たちにおしつける法則がどのようなものか、想像できるというものだ。

# 第四十七章　スペインについて

アンダルシアは、快楽がこの世の住みかとして選びとった、最も快い土地のひとつである。私には手持ちの逸話がいくつかあり、それは恋愛の構成要素であるいくつかの様々な狂気の沙汰についての私の見解が、スペインにおいてはどれほど真実であるかを示す逸話だったのだが、フランス風の気遣いからは載せないほうがよいと忠告を受けた。私はフランス語で書いてはいるが、フランス文学として書いているわけではもちろんないと抗弁したがむだだった。今日評価されている三文文士たちといっしょにされるのはまっぴらだ。

ムーア人[113]はアンダルシアを去るとき建築と、風習の大半を残した。この風習について、セヴィニエ夫人[114]の文体で語ることは私には無理なので、せめてムーア人の建築について、その主な特徴は、どの家にも優雅で華奢（きゃしゃ）な柱廊に囲まれた小さな庭があることだと言っておこう。夏の耐えがたい暑さの間、何週間にもわたって列氏温度計[115]の値が下がらず、ずっと三十度を指しているときも、柱廊の下には心地よい暗がりができる。小さな庭の真ん中には、きまって噴水があって、その規則正しく官能的な音が唯一、この魅力的な隠れ家をかき乱す。大理石の噴水盤は十数本のオレンジや夾竹桃の木で囲まれている。テントの形をした厚い布がこの小さな庭全体を覆い、太陽の光線や明かりから守るので、昼ごろ、山々から吹いてくるかすかなそよ風しか通わない。

そこに活発で軽やかな身のこなしの魅力的なアンダルシア娘たちが暮らし、客を迎える。黒い絹の簡素なドレスに、同じ色の房飾りがついていて、魅力的な足の甲が垣間見える。青白い顔色に、優しくも激しい情念の、つかの間の陰影が余すところなく映し出されている目。私がお見せすることを禁じられたこの世のものとも思えぬ女性たちとは、そのような存在なのである。

私はスペイン民族を現代に生きる中世人の典型と見なしている。

この民族は無数のちっぽけな真実(隣人たるフランス人の幼稚な虚栄心)については知らないが、偉大な真実は知っており、そうした真実がもたらす結果を、どれほど小さな波及効果までも含めて受け入れるだけの気概と才知をそなえている。スペイン的性格はフランス的精神と好対照をなす。非情で、無骨で、優雅さを欠き、荒っぽい傲慢さに満ち、他人のことにわずらわされない。これぞまさに十五世紀と十八世紀との対比だ。

私にとってスペインは比較のために非常に有益だ。ナポレオンに唯一対抗できたこの民族は、(116)愚かな道義心、すなわち道義心の中の愚かな部分がまったくないように思える。スペイン人はりっぱな軍令をつくったり、半年ごとに制服を変えたり、大きな拍車をつけたりすることはないが、「かまうものか(no importa)将軍」をもっている。*1

*1　ペッキオ氏の魅力的な手紙を参照のこと。(117)イタリアはこのような力強い人材であふれているが、こうした人たちは人前に出ることなく静かに構えている。未知の力を秘めた国。(118)

# 第四十八章　ドイツの恋について

イタリア人が憎しみと愛の間でつねに揺れ動きながら情念に生き、フランス人が虚栄心によって生きているとすれば、善良で素朴な、かつてのゲルマン人の子孫たちは想像力によって生きている。彼らが生きるために必須の、直接的な社会的利害から抜け出すや、すぐさま哲学と称するもののなかに身を投ずるのを見るのは驚きだ。それはおだやかで優しい狂気の一種であり、なによりも悪意がない。私はこれから記憶だけにたよらず、走り書きのメモにもとづいて、一冊の本を引用しようと思う。これは実際には軍人精神とはまったく逆の方向性で書かれているのだが、著者がそれをほめたたえている箇所ですら、過激な軍人精神をよく表している本だ。カデ・ガシクールによる一八〇九年の『オーストリア紀行』[119]である。一七九五年当時の純粋な英雄的精神[120]があのようないまわしいエゴイズムに陥ったのを見たら、あの勇敢で高潔なドゥセ将軍[121]はなんと言っただろうか。

友人ふたりが同じ砲兵中隊に所属していて、タラヴェラの戦い[122]のとき、いっぽうは大尉兼司令官、もういっぽうは中尉であった。砲弾が飛んできて、大尉が倒れた。

「やった」と中尉は嬉々として言った。「フランソワが死んだ。これで大尉になれる。」

「まだそうと決まったわけじゃない」とフランソワが起き上がって叫んだ。砲弾で目をまわしただけだった。中尉も大尉もたいへんな好青年で、悪意もまったくなかったが、少々愚かで、皇帝に熱をあげていただけのことだ。ただ、戦闘への熱意と、皇帝が栄誉の名で飾りたてることによりかきたてた強烈なエゴイズムが、人間性を忘れさせたのだ。シェーンブルン[123]の閲兵式で、こうした男たちが皇帝の注目と男爵の称号とを奪い合って繰り広げる熾烈(しれつ)な光景を前に、皇帝の典薬官はドイツの恋について次のように書いている(二八八ページ)。

「オーストリアの女ほど愛想がよく、優しいものはない[124]。彼女たちにとって恋愛は信仰であり、フランス人の男に恋をすると、文字どおり全身全霊で愛する。浮気性できまぐれな女はどこにでもいるが、一般的にウィーンの女は貞節で、媚を売らない。ただし貞節といっても、女が自分で選んだ愛人に対してである。なぜならウィーンでも、夫たちはほかとほぼ同様だからだ。」

一八〇九年六月七日

ウィーン一の美女が、私の友人で皇帝の司令部付の大尉、M氏の求愛を受け入れた。優しく才気ある若者ではあるが、実際、姿かたちにこれといって際立ったところはない。数日前から、ウィーンの隅々を漁（あさ）って日をおくっている参謀本部の華々しい将校たちのあいだで、この大尉の恋人の娘がたいへん評判になっていた。だれもが大胆さを競い合い、あらゆる戦術が用いられた。美女の館はきわめつけの美男と資産家たちに包囲された。見習い兵、華々しい大尉、近衛軍の将校、そして王族までが美女の窓の下に赴いてむだに時間をすごし、使用人たちに金をばらまいたが、みな追い払われた。(125) パリやミラノでは、この王族たちは女につれなくされるという習慣をもたなかった。私がこの魅力的な女を相手に、彼らの落胆ぶりを笑っていると、彼女は私にこう言った。「それにしてもあの方たち、私がMさんに恋しているのをご存知ないのかしら。」

これは妙なもの言いだし、たしかにきわめて品がない。

二九〇ページ。「シェーンブルンにいたころ、私は皇帝付の二人の若者がウィーンの兵舎にだれも迎え入れようとしないことに気づいた。この慎重さを私たちは大いにからかったが、ある日そのうちの一人が私に向って言った。「包み隠さずにお話しします。街のある娘が私に身をまかせました。ただし条件があり、私はあなたの部屋を絶対に離れない、あなたは私の許可なしにはだれも家に入れてはいけない、というのです。」私はすすんでひきこもったこの女のことが知りたくなり(と、旅人カデ・ガシクールは書く)、東洋におけるのと同様、医者という身分がもっともな口実を与えてくれたこともあって、友人の昼食の誘いに応じることにした。娘は恋人に夢中で、こまごまと家のことに気を配り、散策にはよい季節であったのに外にもまったく出たがらず、しかも恋人にフランスに連れていってもらえると思いこんでいるようだった。

もうひとりの青年のほうも、町の兵舎ではまったく姿を見かけなくなっていたが、ほどなくして似たようなうち明け話を私にしてくれた。彼の恋人にも会ったが、最初の娘と同様、金髪でたいへん美しく、姿もよかった。

ふたりのうち十八歳の娘のほうはたいへん裕福な家具商の娘で、もうひとりは二十四歳くらいの、ヨハン大公の軍に従軍中のオーストリア将校の妻であった。この二番目の女のほれこみようは、虚栄心の国ではほとんど英雄的といえるほどだった。恋人の男は女に対して不実だったばかりか、かなりきわどい告白までするはめになった[126]。彼女はみごとな献身ぶりで恋人の看病にあたり、病が重くなるとつきっきりになった。まもなく恋人は危険な状態に陥ったが、おそらくはそのためにいっそう彼のことをいとおしんだ。

われわれはよそ者で征服者だったうえ[127]、われわれの軍が近づくとウィーンの上流階級はみなハンガリーの地所のほうにひきあげてしまっていたから、上流社会における恋愛を観察することはできなかった。だが、それがパリの恋愛とは違うと確信できるだけの事例はじゅうぶんに見てきたつもりだ。

ドイツ人は恋愛感情をある種の美徳、神性の発露、なにかしら神秘的なものと見なしている。それはイタリアの女の心の中にあるような激しく、荒々しく、嫉妬深く、横暴な感情ではない。深遠で、天啓説(イリュミニスム)[128]に似た深い感情であり、イギリスの恋とは雲泥の差がある。

数年前、ライプツィヒの仕立て屋が嫉妬にかられ、公園でライバルを待ち伏せして刺し殺した。男は死刑を宣告された。街の道徳家たちは、ドイツ人ならではの善良さと情のもろさ(これが性格の弱さにつながる)にしたがって判決について議論し、厳しい判決だと考え、仕立て屋とオロスマーヌ[129]とを比較して男の運命を憐れんだ。だが判決を変えさせることはできなかった。ところが処刑の日、ライプツィヒ中の若い娘たちが白い衣装をまとって集まり、道端に花をまき散らしながら、死刑台まで仕立て屋につきそっていった[130]。

だれひとりとしてこの儀式を奇妙だと感じた者はいなかった。自ら理屈屋と認める国のことだから、これが一種の殺人礼賛だと言う声もあったかもしれない。ただ、これは儀式であり、ドイツでは儀式が滑稽にうつることはまずないのだ。私たちにとっては笑止千万な小君主の宮廷の儀式が、マイニンゲンやケテン[131]では荘厳に思われているのを見るとよい。そこでは大きな勲章をつけた小君主の前を六人の密猟監視人が行進する姿に、ヴァルスの軍隊を迎え撃とうとするアルミニウスの兵士たち[132]の姿が重ね合わされている。ドイツ人と他の国民との相違は、瞑想によって気を鎮めるどころか、逆に興奮してしまうことにある。第二の違いは、彼らが気骨のある人間になりたくて身もだえしていることだ。

宮廷での生活は、普通なら恋愛の進展に非常に有利にはたらくのに、ドイツではこれを鈍らせてしまう。ドイツで宮廷と呼ばれる場が、最高の君主たちの宮廷といえども無数の不可解な些事や小事で成り立っていることに、読者は思い及ばないだろう*1（ミュンヘン、一八二〇年）。

＊1　『バイロイト辺境伯夫人による回想録』、およびティエボー氏の『ベルリンでの二十年の滞在』を参照のこと。[133]

私たちが参謀本部とともにドイツの村に到着して二週間もたつと、その土地のご婦人がたは相手を決めてしまった。ただし、相手の選択はずっと変わることがなかった。聞くところによると、それまで非の打ちどころのなかった多くの貞淑な女たちにとって、フランスの男たちが躓（つまず）きの原因になったらしい。」

……………………

私がゲッティンゲン、ドレスデン、ケーニヒスベルクなどで出会ったドイツの青年たちは、哲学的と称される体系にのっとって教育されてきた。この体系は曖昧で下手な詩にすぎないのだが、精神的な面ではかなり厳かで神聖な崇高さに達している。私の見たところ、イタリア人が中世から共和主義、不信の念、刃傷沙汰を受けついだのとは違い、ドイツ人は非常に熱狂しやすい性質と誠実さを受けついだ。そのために十年ごとに、それまでの偉人たちをかすませてしまうような、新たな偉人を輩出するのだ(カント、シュテディング[134]、フィヒテなど)[135]。*2

＊2　『ヴィルヘルム・テル』を忘れさせる悲劇『十字架の勝利[136]』に対する、一八二一年のドイツ人の熱狂ぶりを見たまえ。

ルターはかつて倫理観に強く訴えかけた。そしてドイツ人は自らの良心に従うために三十年間戦った[137]。その信仰がいかに愚かしいものであろうと、良心とは美しく多大な尊敬に値する言葉だ。芸術家にとっても尊敬に値するだろう。神の第三の戒律「汝殺してはならぬ」と、祖国の利益になると自分で信じたものとの板ばさみになった、ザント[138]の内心の葛藤を見るとよい。

女性と恋愛に対するドイツ人の神秘的な情熱は、タキトゥスの本[139]にまでさかのぼることができる。もっとも、この作家がローマの風刺に終始したのでなければだが。*3

*3　幸いにして私は、才気にあふれ、ドイツの学者を十人集めたのと同じくらい博識で、自らの発見を明瞭で適切な言葉で語る人に出会うことができた。もしそのF氏(140)が本を出せば、中世はわれわれの前に光り輝いた姿で立ち現れ、好ましくうつることだろう。

ドイツで五百里〔約二千キロメートル〕行くか行かないかのうちに(141)、ばらばらに分断されたこの国民の中に、激しく燃えさかるというよりは、おだやかで優しい情熱的性質が見てとれる。

もしこうした性質がはっきりと見えてこないようならば、アウグスト・ラフォンテーヌ(142)の小説を三、四冊読み返してみるとよい。*4 この作家は平穏な生活を見事に描いたことの見返りとして、プロイセンの美しい王妃ルイーゼにマグデブルクの司教座聖堂参事会員を与えられた。

*4　『平穏な生活』はアウグスト・ラフォンテーヌの小説の題名であり(143)、ドイツ人の暮らしぶりのもうひとつの大きな特徴だ。これはイタリア人の無為安逸にあたり、ロシア人の四輪馬車、イギリス人の馬の遠乗りに対する生理学的な批判である(144)。

私はドイツ人に共通して見られるこの性質の新たな証拠を、ほぼすべての犯罪の処罰について被告の自白を必須とするオーストリアの法律にみる。この法律は、犯罪をめったに起こさない民族、またその犯罪が勇敢で思慮深く、たえず社会と闘っている人間の利害に反した結果というより、弱い人間の狂気の発作であるような民族を想定してつくられていて、まさにイタリアで必要とされているものとは逆である。当局はイタリアにもこの法律を取り入れようとしているが、それは実直な人々が犯しがちな過ちだ。

私はイタリアにわたったドイツの判事が、死刑やそれに相当する重い懲役刑を、被告人の自白なしに言い渡さざるをえず、絶望しているのを見たことがある。(145)

# 第四十九章　フィレンツェでの一日

フィレンツェ、一八一九年二月十二日[146]

今夜、私はある桟敷で、五十歳の司法官になにかの世話を頼もうとしている男に会った。この男が最初に尋ねたのは「あのかたの恋人は誰ですか。今、だれとつきあっておられるのですか(Chi avvicina adesso)[147]」ということだった。

当地ではこうした事柄は堂々と公表され、独自の掟を持っている。世間で認められたふるまいかたがあり、それは公正さにのっとっていて、儀礼的な面はほとんどない。それを踏みはずせばただの豚(porco)である。

「なにか変わったことはなかったかい。」昨日、ヴォルテッラから戻った友人のひとりが尋ねてきた。

尋ねられたほうはナポレオンとイギリス人についてひとこと激しくぼやいてから、いかにも興味津々というふうに付け加える。

「ラ・ヴィテレスキが愛人を変えたよ。気の毒に、ゲラルデスカは絶望している。」

「彼女は誰にのりかえたんだ。」

「モンテガッリだよ。口ひげをはやした、美男の士官の。以前、コロンナ公妃の愛人だったやつだ。あそこの平土間で、夫人の桟敷の下にへばりついているだろう。夫人の亭主が家であの男に会いたくないというので、一晩中あそこにいるんだ。ドアのそばではかわいそうなゲラルデスカが悲しげにうろついて、不実な恋人が後釜（あとがま）の男を見つめる回数を、遠くから数えているのが見えるだろう。ずいぶん面変わりして、絶望しきっている。友人たちがパリやロンドンに行かせようとしてもだめなんだ。フィレンツェを離れると考えただけで死んでしまいそうな気がする、と言うんだね。」

　毎年のように、上流社会ではこうして絶望する者がごまんといる。絶望が三年か四年続く例も見た。こういう気の毒な男たちはすっかり恥じらいもなくし、全人類を打ち明け相手に選ぶ。そもそも、ここには社交界というものがほとんどないのだ。しかも恋をすると、そんなところにはもう全くといっていいほど行かなくなる。偉大な情熱と美しい心がどこにでもざらにあると考えてはならない。イタリアといえどもそうである。ただここではより情熱的で、虚栄心への無数のこまごまとした気遣いに気力を奪われていない人間が、俗な恋愛の中にすら甘美な喜びを見出すというだけである。たとえば私は気まぐれな恋が、パリの経度[148]のもとではどれほど激しい情熱でももたらせなかったような激情と陶酔の瞬間を、イタリアで引き起こすのを見た。*1

*1　ヴォルテール、モリエール[149]や、あまたの才人を世に出しているあのパリでも、である。
だが人はすべてを手に入れることはできないし、そのせいで腹をたてるのは浅はかなことだ。

今晩気づいたのだが、イタリア語にはフランス語だとおそろしく長い婉曲表現を使わなくてはすまないような、無数の特殊な恋愛の状況を示す固有の名詞がある。たとえば男が平土間から、自分のものにしたいと思う女が桟敷にいるところをオペラグラスでのぞいていて、その夫か付き添いの男が桟敷の手すりの側に出てきたとき、さっと向きを変える動作のこと。

この民族の性格のおもな特徴は以下のとおりである。

一、注意力は深い情熱に奉仕することに慣れているので、すばやく働くことができない。これがフランス人とイタリア人の最大の違いである。イタリア人が乗合馬車に乗りこむところ、あるいは支払いをするところを見てみるとよい。フランス軍の猛攻[150](furia francese)はそこに表れる。平凡きわまりないフランス人でも、デマジュール[151]流の才人ぶった愚か者でないかぎり、イタリア人の女にとってはつねに優れた存在に見えるのはそのためである(ローマのD公妃の愛人)。

二、だれもが恋愛をする。フランスのように隠れてするわけではなく、夫は愛人の最良の友である。

三、誰も本を読まない。

四、社交界が存在しない。イタリア人は人生を満たし、費やすすべを、毎日どこかの家で二時間会話をし、虚栄心のかけひきに加わることで得られる幸福に求めようとはしない。おしゃべり(causerie)という言葉はイタリア語には翻訳できない。ある情熱を伝えるため、言いたいことがあるときにしゃべるのであって、うまくしゃべるためとか、のぼった話題すべてについてしゃべるようなことはめったにない。

五、滑稽はイタリアでは存在しない。

フランスでは、二人いれば二人とも同じ手本をまねようとするので、私は相手の模倣の具合を的確に判断できる。[*2] だがイタリアでは目の前の相手の奇妙な行動が、それをする当人に喜びを与えているのかどうか、そして同じことをした場合、私にも同じ喜びが訪れるのかどうか、見当がつかない。

＊2　フランス人のこのような習慣は日々弱まり、われわれからモリエールの主人公たちを遠ざけるだろう。

ローマで気取った言葉遣いや態度と見なされるものは、五十里〔約二百キロメートル〕離れたフィレンツェでは上品と思われるか、理解されないかのどちらかである。フランス語はリヨンでもナントでも同じように話されている。ヴェネツィア、ナポリ、ジェノヴァ、ピエモンテの言葉は、まったくといっていいほど異なり、話し言葉としてだけ用いられる。それを話す人たちの間でも共通語、すなわちローマで話される言葉によるのでなければ活字にしないと決められている。舞台がミラノで、人物がローマの言葉を話す喜劇ほど荒唐無稽なものはない。イタリア語は、話すよりはよほど歌うのに向いているので、明晰なフランス語の侵略を前にしては、音楽にたよるよりほか、生き延びられないだろう。

イタリアでは指導者とそのスパイに対する恐れから、有用なものを尊重する。愚かな名誉心[152]はみじんもない。[*3] そのかわり陰口(pettegolismo)と呼ばれる社交上の、一種の小さな憎しみがある。

＊3　この名誉心に対する違反はことごとく、フランスのブルジョワ社会では滑稽とされる。ピカール氏の『小さな町』[153]を見よ。

とどのつまり、人を笑いものにすると不倶戴天の敵をつくることになる。政府の力や役割が、せいぜい税金を巻きあげ、他とちがうものをことごとく罰することにとどまっているイタリアのような国では、それは非常に危険なことだ。

六、控えの間の愛国心。[154]

同国人の尊敬を勝ち得て、一体になりたいと思わせるような自尊心は、一五五〇年ごろにはイタリアの小君主たちによる妬み深い専制政治のせいで、あらゆる高貴な企てから駆逐されていたのだが、今やある野蛮な産物、一種のキャリバン[155]とでも言うべき、狂気と愚かさに満ちた化け物を生み出した。すなわちチュルゴー氏が『カレー攻囲』[156](その当時における『農民兵』[157]のようなもの)について言った、控えの間の愛国心である。私はこの怪物が、一流の才人をも鈍らせるのを見た。たとえば外国人がその町の画家や詩人のあらさがしをしようものなら、美女たちにまで恨まれる。人さまの家に来て悪口を言うものではありませんよ、と大真面目に言い聞かされたうえに、その件にかんして、ルイ十四世がヴェルサイユについて語った言葉[158]が引き合いに出される。

フィレンツェでは、ブレシア[159]で「われらがアリーチ」[160]と言うのと同様に、「われらがベンヴェヌーティ」[161]と言う。この「われらが」という言葉を、フィレンツェの人たちは控えめではあるが、実におかしなふうに誇張して言う。ちょうど『ミロワール』紙[162]が、国民音楽やヨーロッパを代表する音楽家モンシニー氏[163]について、もったいをつけて論じるときと似ている。

こうしたまじめな愛国者たちを前にして笑い出さないためには、次のことを思い出す[*4]必要がある。中世期の都市間の不和は、歴代教皇の極悪非道な政策によって激化し、その結果、各都市は隣の町を深く恨むようになり、隣町の住民の名はそこではつねになにかしらひどい欠点の同義語と見なされている。教皇たちはこの優れた国を憎悪の祖国にしてしまった。

＊４　ド・ポッテール氏の優れた興味深い『教会史』[164]を参照のこと。

この控えの間の愛国心はイタリアの抱える大きな精神的傷跡であり、滑稽な小君〔主たち〕の支配をはねのけてもなお、長きにわたって影響を及ぼし続ける有害なチフス菌のようなものだ。この愛国心のひとつの形態は、外国のものすべてに対する容赦なき憎しみである。たとえばイタリア人はドイツ人を愚かだと思っていて、次のように言われるとかんかんになる。

「イタリアは十八世紀に、エカチェリーナ二世[165]やフリードリッヒ大王[166]に匹敵する人材を生み出しましたか。ドイツ一小さな庭園にも劣らないくらいのイギリス式庭園を、どこにお持ちでしょう。あなたがたの国の気候では、どうしても木陰が必要でしょうに。」

七、イギリス人やフランス人とは逆で、イタリア人には政治的偏見がない。ここではだれでもラ・フォンテーヌの次の詩句を暗記している。

われらの敵とは主〔人〕のこと[167]。

イタリア人にとって、司祭や聖書協会を後ろ盾にしている貴族階級は、思わず笑ってしまう古い手品の手のようなものだ。だがイタリア人はフランスに三か月滞在しないと、なぜ布地商が過激王党派になりうるのかが理解できない。

八、イタリア人の性格の最後の特徴として、議論の際に不寛容なことと、相手の議論に対して切り返すべき言葉が見つからないと、すぐさま怒り出すことが挙げられる。そのようなときイタリア人は真っ青になる。極端な感じやすさのひとつのあらわれではあるが、感じのよいあらわれかたとはいえない。しかしだからこそ、私は感受性の証在として、こうしたあらわれかたを積極的に認めたいのである。

私は永遠の恋を見たいと思い、ずいぶん苦労して、今晩C騎士と、騎士が五十四年前から生活をともにしている恋人とに紹介してもらえることになった。この愛想のよい老人たちの桟敷から出てきたとき、私は感動していた。これこそあまたの若者たちには知られていない幸福術というものだ。

ふた月前、私はR猊下(げいか)に会い、『ミネルヴァ』紙(168)を持参したおかげで歓待を受けた。猊下は三十四年前から、いわばおつきあいしている(avvicina)D夫人とともに田舎の別荘にいた。夫人はまだ美しかったが、このカップルには憂愁の影があった。かつて夫人が自分の夫に息子を毒殺されたためであるといわれている。

当地の恋愛はパリのように毎週十五分恋人と会い、それ以外の機会に視線を交わしたり、手を握ったりすることではない。恋する幸福な男は、毎日四時間から五時間、愛する女とともに過ごす。男は女にむかって訴訟のこと、自分の家のイギリス式庭園のこと、狩りのこと、昇進のことなどを語り聞かせる。親密な仲のうちでも、これほど完璧で情愛に満ちた関係はない。男は所かまわず、夫の前でも女のことを「おまえ」と呼ぶ。

この国のある若者はかなりの野心家で、自分でもそう思いこんでいたのだが、ウィーンのさる重要な役職(大使級の職)を与えられたとき、恋人と離れ離れでいることになじめなかった。半年もたつと辞職し、恋人の桟敷に嬉々として戻ってきた(169)。

フランスでこのように始終顔をあわせていたら、うっとおしくなるだろう。社交界に出ればある程度うわべをつくろわないといけないし、恋人からも「何某さん、あなた今晩愛想がないわね、なにもおっしゃらないじゃない」などと言われかねない。イタリアでは、愛する女にむかって頭に浮かんだことをそのまま言えばよい。まさに思ったことをそのまま口に出すべきなのである。そうした親密さと、相手の率直さを引き出す率直さからは、ある種の神経的な効果が生じ、それはこのような恋愛でないと得られない。だが大いに不便なこともある。この種の恋愛はあらゆる嗜好を麻痺させ、人生の他の営みをことごとく味気なくしてしまうのだ。そのような恋愛は情熱恋愛の最良の代用品となる。

パリの人々はいまだにペルシア人になれると思っているので[170]、なにを言うべきかわからず、こうした風俗を淫らだと騒ぎ立てるだろう。だが第一に、私は事実の語り手にすぎない。第二に、パリの人々にむかって、風俗やものごとの根底のところでパリはボローニャにひけをとらないことを、ややこしい理屈を用いて証明するのは、この先、別の機会にしたい。この気の毒なパリの人々はそれと気づかぬうちに、いまだに三スー〔約百五十円〕の公教要理を反芻（はんすう）している。

一八二一年七月十二日

ボローニャの社交界には不愉快なことはなにひとつない。パリでは妻に裏切られた夫の役まわりはひどく忌み嫌われるが、ここ（ボローニャ）ではなんでもない。そもそも妻に裏切られた夫がいないのである。したがって風俗はパリと同じで、憎しみが少ないというだけだ。妻の付き添い[171]はつねに夫の友人であり、この友情はお互いに奉仕することで強化され、しばしば他の利害よりも長く生きのびる。こうした恋愛のほとんどは五年から六年続き、生涯続くものもしばしばある。なんでも語り合う関係に心地よさを感じなくなると、最後には別れるが、別離から一か月たつと、わだかまりもなくなっている。

一八二二年一月

かつて流行した付き添いの習慣は、スペイン風の傲慢と風俗といっしょに、フェリペ二世[172]によってイタリアにもたらされたが、大都市ではすっかりすたれてしまっている。例外としてはカラブリア地方[173]しか知らないが、ここではつねに長男が司祭となり、弟の結婚式を挙げ、自らは義妹の付き添い兼愛人としておさまる。

ナポレオンは北イタリアばかりでなく、この地方(ナポリ)からも放縦を奪った。

現代の美女たちのふるまいを見て、母親たちは恥じ入る。娘たちは情熱恋愛のほうに好感を抱く。肉体的恋愛はずいぶんとすたれてしまった。[*5]

＊5　一七八〇年ごろにあった格言は

「男は多く持ち
そのひとりを楽しみ
しばしばとりかえるべし。」

シャーロックの『旅行記[174]』。

# 第五十章　アメリカ合衆国の恋

自由な政府というのは、市民になんの害も加えず、むしろ安全と平穏を与える政府のことである。だがそこから幸福までの道のりは長く、だれもが自分自身で幸福を築かなければならない。というのも安全と平穏を享受しているからといって自分が完全に幸福だと思うのは、ずいぶんと野暮な人間だからだ。ヨーロッパではこうしたことが混同されている。われわれは自分に危害を加える政府に慣れているせいで、そこから解放されることが最高の幸福であるかのように思っている。まるでひどい苦痛にさいなまれる病人のようだ。アメリカ合衆国は、その逆の例をじゅうぶんに示してくれる。かの地では政府はつとめをりっぱに果たし、だれにも悪さをしない。だが、あたかも運命がわれわれの哲学全般を狂わせ、否定しようというのか、あるいはむしろ、その哲学が人間の基本原理にすっかり通じているわけではないのをとがめようというのか――それというのも、何世紀も前からわれわれがヨーロッパの嘆かわしい状況に阻まれ、真の経験から隔てられているせいなのだが――われわれの見るところ、アメリカ人は政府に由来する不幸は味わっていないにせよ、自らに対して過ちを犯している。彼らの感受性の源は涸れてしまっているかのようだ。正しく、理性的なのに、ちっとも幸せではないのである。

聖〔書〕とはつまり、奇怪な精神の持ち主が詩歌集から引き出したばかげた結論、および行動の規範のことだが、それだけでこうした不幸のすべてを引きおこすに十分だっただろうか。私には原因に比べて結果が大きすぎるように思われる。

ヴォルネー氏⑰は次のように語る。すでに子供たちも大きくなっている、実直で裕福なアメリカ人に招かれて、いなかの家でごちそうになっていると、ひとりの若者が部屋に入ってきた。

「やあ、ウィリアム」と父親が言う。「おすわり。元気そうだね。」

旅の客は、この若いかたはだれですかとたずねた。

「私の次男です。」

「どこから帰ってきたのですか。」

「広東(カントン)ですよ。」

世界の果てから息子が帰ってきても、この程度の騒ぎかたしかしないのである。

アメリカ人の注意力は、もっぱら良識的な生活が送れるようにすることと、前もってあらゆる支障を防ぐことに向けられているように思える。だがそれほどまでに心を配り、長らく几帳面さを保った成果をいよいよ摘みとろうというときには、もはや人生に楽しむための時間は残されていない。

ペン[176]の子孫たちは読んだことがないだろうが、この詩句はまるで彼らのことを言っているようだ。


　そして生きるために生きがいを棄ててしまう。[177]

　この国でもロシア同様、冬は心楽しい季節だが、その訪れとともに、若い男女は昼も夜も、いっしょになってそりで雪の上を滑る。十五マイルや二十マイルもの〔約二十四から三十二キロメートル〕距離を大はしゃぎしながら、だれの監視も受けずに駆けめぐる。だからといってなんの不始末も起こりはしない。

　若いときの肉体の快活さはやがて熱い血潮とともに去り、二十五歳になると消えてしまう。情熱を享受しようにも見当たらない。アメリカ合衆国では理性の習慣がありすぎて、結晶作用は不可能になってしまった。

　私はこのような幸福をたたえはするが、うらやましいとは思わない。これは別種の、一段劣った人間向けの幸福のようだ。フロリダやアメリカ南部の人たちはずっとましな状況にあると私は考えている。*1

＊1　アゾレス諸島[178]の風俗を見よ。神への愛と男女の愛によって、あらゆる瞬間が満たされている。イエズス会士によって解釈されたキリスト教は、その意味においてイギリスのプロテスタンティズムよりも人間を敵視していない。少なくとも、日曜にダンスをすることは許される。七日のうち一日楽しめるというのは、残りの六日間、熱心に働いている農民にとっては非常に大きなことだ。

アメリカ北部に対する私の推論を裏付けるものとして、芸術家や作家がまったくいないことが挙げられる。アメリカ合衆国はいまだ私たちのもとに悲劇の一幕も、絵画も、ワシントン[179]の伝記をも送ってはきていない。

# 第五十一章　一二二八年の北の蛮族によるトゥールーズ占領までのプロヴァンスの恋愛[180]

一一〇〇年から一二二八年までのプロヴァンスでは、恋愛は一風変わった形をとっていた。恋愛における両性の関係についての法律が定められ、それは今日における名誉の問題を扱う法律と同じくらい厳格で、厳密に守られていた。恋愛についての法律はまず、夫の不可侵の権利をいっさい度外視していた。この法律は偽善をまったく想定していなかった。人間の本性をありのままに受けとめており、多くの幸福を生んでいたはずだ。

ある女に愛の告白をするのにも、その女に愛人と認められるのにも、正式な作法があった。男はある種のやり方で何か月も求愛した末に、手にキスをすることを許された。社会はまだ若く、形式や儀式を好んだ。当時はそれが文明の証だったが、今日では退屈で死んでしまうだろう。それと同様の性質が、南仏人の言葉や、晦渋で錯綜した韻、同じものを表すのに男性語と女性語があること、そして南仏に数えきれないほどの詩人がいたことなどに見てとれる。今日ではひどく無味乾燥にうつる、社会の中のあらゆる形、式的なものが、当時は新しさゆえのみずみずしさと味わいとをそなえていた。

　女の手にキスをしたのち、男はその美点に応じて徐々に昇進をとげた。優遇措置はなかった。目をひくのは、夫の存在はあいかわらず問題にならなかったが、恋人のほうの正式な昇進も、男女間のもっとも優しい友情の快さと呼べるような段階にとどまっていたことである。[*1] ただし、数か月あるいは数年にわたる試練ののち、女が男の性格や見識を確信し、男のほうも女に対して優しい友情のかもし出す外観や気さくさを存分に見せるようになると、この友情は女性の貞節に大きな脅威をもたらしたはずだ。

＊1　シャバノン[181]自身の筆になる、彼の生涯に関する覚書。天井を杖でたたくこと。

　さきほど優遇措置はないと言ったが、それは女が複数の愛人をもつことがあっても、上の段階にまで至るのはただひとりだったからである。それ以外の男たちは手にキスをしたり、毎日お目にかかったりという友情の域を大幅に出ることはなかったようだ。この風変わりな文明のうち、今に伝わるものはすべて韻文で書かれており、しかも実に奇怪で難解な韻によるものである。したがって、われわれがトルバドゥールたちのバラードから得る観念が曖昧で正確さを欠いたものであっても、驚くにはあたらない。韻文で書かれた結婚契約書まで見つかっている。一二二八年の南仏征服のあと、歴代の教皇は数度にわたって、異端を理由に、俗語で書かれたすべてのものを燃やすよう命じた。巧妙なイタリア人は、ラテン語こそが自分たちのように才知ある人間にふさわしい唯一の言語であると宣言したのだ。一八二二年にもう一度このような措置を講じれば、ずいぶんと効果があるだろう。

恋愛がこれほど人目にさらされ、格式ばったものになると、一見して真の情熱とは相容れないように思われる。貴婦人が恋人の騎士にむかって、「私を愛しているなら、エルサレムにある主イエス・キリストのお墓にお参りしてきてちょうだい。そこで三年過ごしてから帰ってきなさい」と言えば、騎士はすぐに出発したものだ。一瞬でもためらえば、今日、名誉にかかわる問題で弱みを見せるのと同じくらいの屈辱をこうむりかねなかったからだ。彼らの言語は、ほんの一瞬の感情の綾でも表現できるような細やかさをそなえている。こうした風俗が真の文明へと至る道においてかなり先進的だったというもうひとつの証拠は、中世の恐怖政治と、力がものをいう封建制から抜け出したばかりの時期に、南仏の女性は今日の女性が合法的にさらされているような圧制を強いられていなかったということだ。恋愛においてより多くのものを失い、その魅力もまたたく間に失せてしまうこのあわれな、か弱い存在が、近づいてくる男の運命をほしいがままにしていたのだ。パレスチナに三年間追いやられ、陽気な文明から狂信と倦怠の支配する十字軍の野営地へと移るのは、その男が狂信的なキリスト教徒でもなければ、ひどくつらい務めだったはずだ。それにひきかえ、今日のパリで卑劣なやり方で恋人に棄てられた女は、恋人に対して何もできないではないか。

私が見るところ、答えはひとつだけだ。評判を重んじるパリの女性は、恋人などもたない。慎重さという点からいえば、今日の女性には情熱恋愛などに身をゆだねないよう、いっそう強く忠告すべきだろう。だが、私にはとうてい認めがたいことだが、それとは別の慎重さが、肉体的恋愛で埋め合わせをせよと彼女たちに勧めはしないか。われわれの偽善と禁欲主義のおかげで[*2]貞淑さがよりいっそうたたえられるようになったわけではなく——自然に反したことをすれば罰されないはずはないから——かえってそのせいでこの世には幸福が少なくなり、高邁（こうまい）な感情の発露もずっと減ってしまった。

＊2　ジェレミー・ベンサムの禁欲主義(182)。

十年間も親密な関係をもったのち、恋人が三十二歳であることに気づいたために女を棄てるような男は、この愉しいプロヴァンスにおいては面目を失った。そうなると修道院の孤独の中に身を埋める以外の道はなかった。だから本来寛容ではなく用心深いだけの男は、実際以上に情熱を装わないほうが身のためなのだった。

こうしたことはすべて推測にすぎない。正確な概念を伝えてくれる史料がごくわずかしか残っていないからだ……。

風俗の全体像は、いくつかの具体的な事実に基づいて判断すべきである。読者は、恋人の貴婦人を怒らせてしまったかの詩人の逸話をご存知だろう。二年間の絶望のあと、婦人はようやくおびただしい手紙に答え、もしつめを一枚はがし、それを五十人の恋する忠実な騎士たちに持ってこさせるなら、許してあげられるかもしれませんと伝えさせた。詩人はすぐにこの苦しい手術を受けた。恋人の寵愛を受けている五十人の騎士たちが荘重な行列をなして、怒れる美女のもとにこのつめを献上にあがった。それは王族の男子が王国の都市に入城するときと同じくらいの壮麗な儀式であった。改悛服に身をつつんだ恋人が、遠くからつめに付きしたがう。かなり長いこと続いた儀式がすべて終わるのを見届けると、婦人は恋人を赦してやった。詩人は再び、恋のはじまりのころの喜びに包まれた。ふたりはともに永らく幸せに暮らしたと伝えられている。二年にわたる不幸はまちがいなく真の情熱の証であり、仮にそれ以前の恋はそこまで熱烈な恋ではなかったとしても、その体験が情熱を生じさせたにちがいない[183]。

このような逸話は二十も引くことができるが、いずれも魅力と機知にあふれ、正義の原則に基づいて男女の間ではぐくまれた遊びの恋を語っている。遊びの恋と言ったのは、いつの時代においても情熱恋愛はざらにあるものではなく、むしろ珍しい例外であり、しかもそこには法則などたてられないからだ。プロヴァンスにも計算されたもの、理性の支配の及ぶものはあったが、それらはすべて正義と両性の権利の平等に基づいていた。これこそ極力不幸を遠ざける手段として、私がとりわけ賞賛することだ。それにひきかえルイ十五世治下の絶対君主制は、その同じ両性の関係において、陰険さと腹黒さを流行させてしまった。[*3]

＊3　一八〇二年のナポリで愛すべきラクロ将軍(184)の話を聞いておくべきであった。もしその幸運に浴さなかったのであれば、『リシュリュー元帥の私生活(185)』を開いてみるとよい。九巻本でたいへんおもしろく書かれている。

繊細さにあふれているが、韻によって不自然にゆがめられているあの美しいプロヴァンス語は、[*4]おそらく庶民の言語ではなかったと考えられるが、上流階級の風俗は下層階級にまで伝わっていた。当時のプロヴァンスでは下層階級はかなり裕福だったから、粗野なところはほとんどなかった。通商が栄え、収益が上がり、彼らは初めての喜びを経験しつつあった。地中海沿岸の住人たちは、この海に数艘の舟で漕ぎ出して交易をするほうが、どこかのつまらない封建君主に従って、近くの街道の通行人を身ぐるみはぐよりもつらくないし、同じくらい楽しめることに気づいたばかりだった(九世紀のこと)。それからまもなく十世紀の南仏人はアラビア人と出会い、略奪、暴行、戦闘よりも穏やかな楽しみがあることを学んだのである。

＊4　ナルボンヌ[186]で生まれた。ラテン語とアラビア語の混じった言葉。
ヨーロッパ文明の揺籃の地は地中海であると考えるべきだ。気候に恵まれた、この美しい海沿いの地は、住人が裕福だったことや、陰気な宗教や法律がいっさいなかった点においても、いっそう文明の揺籃の地なのであった。当時の南仏人のすぐれて陽気な特質は、キリスト教によっても変質を被ることなく生きのびた。

同じ理由が同様の結果を生んだ例を、鮮明な形でイタリアの諸都市に見ることができる。その歴史はより明瞭な形でわれわれに伝わり、しかも幸いなことに、われわれにダンテやペトラルカ、絵画を残した。

南仏人は『神曲』のように、その時代のあらゆる風俗の特徴が映し出されているような偉大な詩をわれわれに残さなかった。イタリア人ほど情熱家ではなかったが、はるかに陽気だったように思われる。彼らは隣人であるスペインのムーア人[187]から、人生の楽しみ方を受けついだ。幸いなるプロヴァンスの城には歓喜、祝祭、快楽を供として、恋愛が君臨していた。

読者はオペラ座で、ロッシーニのすばらしいオペラ・コミックの最終曲（フィナーレ）を見たことがあるだろうか。舞台の上ではすべてが陽気で、美しく、申し分なく華麗だ。われわれは人間本性の卑しい面からはるかに隔たったところにいる。オペラが終わり、幕が下り、観客が去り、シャンデリアが引き上げられ、ケンケ灯(188)が消える。消えかかった灯りのにおいが劇場に充満し、再び幕が半分開けられると、粗末な服を着た汚らしい人夫たちが舞台をかけずり回るのが見える。その動きを見ているとぞっとする。つい先ほどまで若い女たちが優雅さをふりまいていた場を、彼らがかわりにふさいでいる。

十字軍によるトゥールーズの占領がプロヴァンス王国に与えた影響は、これと同じようなものだった。恋愛、優雅さ、陽気さにかわって、北の蛮族と聖ドミニクス(189)がやってきた。私はここのページを、黎明期の熱狂にかられていた異端審問の、身の毛もよだつようなおぞましい話で埋め尽くしたくはない。蛮族というのはわれわれの祖先のことだ。彼らはあらゆるものを殺戮し、略奪した。持ち帰れないものは、壊す喜びのために壊した。文明の痕跡のあるものすべてに対する野蛮な怒りに、彼らは突き動かされていた。とりわけ、あの美しい南仏語をひとことも理解できないだけに、怒りは増した。非常に迷信深い彼らは、恐るべき聖ドミニクスに操られ、南仏人を殺せば天国に昇れると思いこんでいたのだ。南仏人たちにとっては万事休すだった。恋愛も、陽気さも、詩も、もはやなくなってしまった。征服から二十年もたたないうちに(一二三五年)、彼らはわれわれの祖先のフランス人とほとんどかわらないくらい、野蛮で粗野になってしまった。[*5]

*5　サー・ロバート・ウィルソン将軍の偽りなき著作『ロシアの軍事力の現状』を参照のこ

と。[190]

二世紀にわたって社会の上流階級の幸福をなした、この魅力的な文明のかたちは、どこからこの世界の一角にもたらされたのだろう。おそらくはスペインのムーア人からだ。

# 第五十二章　十二世紀のプロヴァンス

私はプロヴァンス語の写本にあるひとつの逸話を翻訳しようと思う。[191] 以下に読まれる事実は一一八〇年頃に起こり、話は一二五〇年頃に書かれた。[*1] この逸話はたしかにとてもよく知られている。風俗のもつ陰影がことごとく文体にあらわれている。私が現代ふうの格調の高い言語をいっさい用いず、逐語訳をするのを大目に見ていただきたい。

＊1　手稿はラウレンツィアーナ図書館にある。レヌアール氏はこれについて『トルバドゥール』第五巻、一八九ページで述べている。[192] テクストには複数の誤りがある。氏はトルバドゥールのことをやたらにほめたが、実際はちっとも知らなかったのである。

「レーモン・ド・ルシヨン侯は世に知られた勇敢な領主で、当代きっての美女であり、ありとあらゆる長所、才能、礼儀正しさをだれよりも多くそなえていたマルグリット様を妻にむかえた。そのようなとき、カプスタン城の貧しい騎士の息子、ギヨーム・ド・カプスタンがレーモン・ド・ルシヨン侯の宮廷にやってきて、侯の前に進み出で、もしお気に召したら小姓にしてもらえまいかと頼んだ。レーモン侯は青年の姿がよく愛想もよいのを見て、歓迎する、宮廷にとどまるがよい、と伝えた。そのようなわけでギヨームは宮廷にとどまり、申し分なくふるまったので、老いも若きも若者を愛した。とりわけ抜きん出ていたため、レーモン侯は若者が奥方マルグリットのお付きとなることを望み、実際にそうなった。そこでギヨームは言行において、よりふさわしい人間になろうと努めた。ところが恋愛においてはよくあることだが、愛の神がマルグリット様をとらえ、その思いを燃え立たせようとした。ギヨームのふるまい、もの言い、姿かたちにいささか心を打たれた奥方は、ある日、彼にむかってこう言わずにはいられなかった。「ねえ、ギヨーム、もし女がおまえに恋するそぶりを見せたら、そのひとを愛する勇気がおありかしら。」ギヨームは奥方の気持ちに気づき、ごく率直にこう答えた。「はい、愛するでしょう。そのそぶりが心からのものでしたら。」夫人は言った。「聖ヨハネさまの名にかけて、りっぱな殿方らしいお答えね。ただし今から、女のそぶりのどれが真実でどれがそうでないかがおまえにわかるか、見分けられるか、試してさしあげましょう。」

　ギヨームはこの言葉を聞くと、こう答えた。「奥様、お気に召すままになさいませ。」

　彼はもの思いにふけりがちになった。まもなく愛の神が彼に戦いを挑んだ。愛の神がしもべたちに送りこむ想念は、心の奥深くに入りこみ、それ以来、彼は愛のしもべとなった。陽気で快い詩句や舞踊曲、楽しい旋律の歌などを見つけ[*2]、好評を博し、彼が歌をささげた当のご婦人にはいっそう喜ばれた。ところで、愛の神は自らの意にかなったしもべにはほうびを与えるものなので、ギヨームにもその取り分を授けようとした。すると彼は恋の思いと思案とで奥方を虜(とりこ)にしてしまったので、奥方は昼も夜も休まらなくなり、ギヨームのうちにかくも豊かな才能と果敢さが宿り、たくわえられていることを思うのだった。

＊2　彼は旋律も歌詞も作った。
＊3　作る、の意。

ある日、奥方がギヨームをとらえて言った。「ねえギヨーム、このごろの私のそぶりが本当か嘘か、おまえにはもうおわかりかい。」ギヨームは答える。「奥様、神かけて、あなたさまのしもべとなってから、私の心に浮かんだ唯一の考えはといえば、あなたさまがこの世に生を受けたうちで最高のかたであり、言葉においてもそぶりにおいても、このうえなく誠実でおられるということです。私はそう信じておりますし、生涯にわたって信じるでしょう。」すると奥方は答えた。

「ギヨームよ、神のご加護があれば、今後おまえが私に裏切られることも、おまえの考えがあだになることもないでしょう。」そして奥方は腕を開き、ふたりして腰を下ろしていた部屋の中でギヨームを優しく抱き、情事(druerie)[*4]を始めた。ほどなくして口さがない連中が(この者たちが神の怒りにふれますように)、ふたりの恋のうわさを始め、ギヨームのつくった歌について、彼がマルグリット様への愛をそこにこめたのだとか、あることないこと言いふらしたので、話はレーモン侯の耳にも届いた。するとレーモン侯は大いに苦しみ、深く悲しんだ。第一にはあれほどかわいがっていた家臣を失うことになるからであり、それにもまして妻の不名誉を思ったのである。

＊4　愛の交わり(A far all'amore)。

ある日、ギヨームはたまたまお供の者をひとりだけ連れて、鷹狩りに出た。レーモン侯は、ギヨームはどこかと尋ねさせた。ひとりの下僕が、ギヨームは鷹狩りに出ましたと答え、また事情を知っていた別の者は、ギヨームはこれそれの場所におりますと付け加えた。ただちにレーモン侯は武器をとって隠し持ち、馬を連れてこさせ、たったひとりでギヨームの向かった場所へと赴いた。馬を進めるほどにギヨームを見つけた。ギヨームは侯のやってくるのを見て大いに驚いた。すぐさま不吉な考えが浮かんだが、進み出て侯を迎え、こう言った。「侯、ようこそいらっしゃいました。なぜおひとりでおいでなのですか。」レーモン侯は答えた。「ギヨームよ、そなたを探して、ともに気晴らしをしようと思ったのだ。収獲はあったたか。」「何もありませんでした。あまり獲物が見つかりませんでしたので。見つからねば収穫も少なし、と諺(ことわざ)にも申します。」「その話はさておき」とレーモン侯が言う。「私への忠誠にかけて、これから尋ねるすべてのことについて真実を述べるのだぞ。」「神かけて、侯。申し上げるべきことは申し上げましょうとも」とギヨームが言う。

「ややこしい話はよい。ただし、聞かれたことについてはすべて、洗いざらい話すのだ」とレーモン侯が言う。「侯、お気に召すだけお尋ねくだされば、私のほうも真実を申し上げます。」レーモン侯は尋ねる。「ギヨームよ、神と神聖なる信仰にかけて、おまえがその人にあてて歌い、その人ゆえに愛の神に抱きすくめられたという恋人は、実際にいるのか。」ギヨームが答える。「侯、もし愛の神にせきたてられなかったなら、どうして歌うことができましょうか。本当のことを申し上げます。私は完全に愛の神の虜になっています。」レーモン侯は答える。「そうだろう。そうでなければ、あれほどうまくは歌えまい。だが、お前の恋人がだれなのかを私は知りたいのだ。」ギヨームが言う。「ああ、侯。神の名にかけて、あなた様は私になんということをお尋ねになるのです。おのれの恋人を名指してはならぬということは、じゅうじゅうご承知でしょう。ベルナール・ド・ヴァンタドゥール[193]もこう申しております。

わが分別が用をなすのは、ただひとつのことにおいてのみ、[*5]
だれかに喜びのわけをたずねられても
あえてうそをついてきたこと。
恋人に愛されている者が
他人に思いをうちあけるなど、
よき心がけどころか
まるで狂気の沙汰、あさはかなしわざ。
われに尽くし、助けてくれる相手にでなければ。」

*5　ギヨームの引いているプロヴァンス語の詩句を逐語訳する。

レーモン侯は答える。「ならば私の力の及ぶかぎり、そなたを助けることを誓おう。」レーモン侯がここまで言うので、ギヨームはこう答えた。「侯、ご承知おきください。私は奥方マルグリット様の妹君をお慕いしており、妹君にも憎からず思われているようでございます。このことを申し上げた以上、侯にはお力を貸していただきたく、少なくとも恋路の邪魔はなさらぬよう、お願い申し上げます。」レーモン侯が答える。「手をとってくれ、誓おう。そなたのために全力を尽くすことを誓い、約そう。」そして侯はギヨームに対して誓いをたて、すませるとこう言った。「義妹の城へ行ってみるとしよう。このすぐ近くだから。」「おおせのとおりに。」ギヨームが答える。かくして、ふたりはリエットの城に向かった。城に着くと、マルグリット様の妹アニェス様の夫君であるロベール・ド・タラスコント殿(En)[*6]、ならびにアニェス様本人の歓迎を受けた。レーモン侯はアニェス様の手をとり、部屋に連れて行き、ともに寝台に腰をおろした。レーモン侯は言った。「さて、義妹よ、信にかけて答えてくれたまえ。そなたは恋をしているか。」彼女は答えた。「はい、侯。」「ではだれを愛しているのだ」と侯が尋ねる。「いいえ、そのようなことは申し上げられません。とんでもないお話をなさいます。」

＊6　Enとは南仏人たちの間で使われる表現で、殿(sire)と訳しておく。

侯が懇願するので、彼女はとうとうギヨーム・ド・カプスタンのことを愛していると言った。なぜそう言ったかといえば、ギヨームが悲しげに思いに沈んでいるのを見てとり、彼がどんなに姉を愛しているかも知っていたからである。そして彼女はレーモン侯がギヨームのことを悪く思うのではないかと恐れた。レーモン侯は、アニェスの返事を聞いてたいへん喜んだ。アニェスがすべてを夫に話したところ、夫のほうはよくやったと答え、ギヨームを救うためならなにを言っても、してもよろしいと言質を与えた。アニェスはそのとおりにし、ギヨームひとりを寝室に呼び、長いことといっしょにいたので、レーモン侯はギヨームが彼女と愛の喜びにふけっているのだと思いこんだ。彼の意にかなうことばかりだったので、侯はみながギヨームについて言っていたことはうそで、あてもないことをしゃべっているのだと思い始めた。アニェスとギヨームが部屋から出てくると、夕食が用意され、一同はたいへんにぎやかに食事をとった。夕食のあと、アニェスは寝室の戸口近くにふたりの床をつくらせ、ふたりはたいそう上手に演技したので、レーモン侯はギヨームがアニェスと床をともにしていると思いこんだ。

翌日、二人は城で楽しく昼食をとり、その後、礼をつくして見送られ、ルシヨンに戻った。レーモン侯はすぐさまギヨームと別れ、奥方のところにやってきて、ギヨームと妹君との関係について目にしたことを語り聞かせた。奥方は一晩中悲嘆にくれた。翌日、彼女はギヨームを呼んでつらくあたり、不実な男、裏切り者、と言った。ギヨームは赦しを請い、おっしゃることはまったくのぬれぎぬだと言い、実際に起こったことを逐一語って聞かせた。そこで奥方は妹を呼び出し、その口からギヨームが嘘を言っていないことを聞いたので、ギヨームに、自分以外の女性は愛していないという歌を作れと命じた。そこでギヨームは次のような歌をつくった。

愛ゆえによくわきおこる

甘い思いよ。

レーモン・ド・ルシヨン侯は、ギヨームが妻のためにつくったその歌を聞くと、話があると言って城から遠く離れたところに彼を呼び出し、首をはね、獲物袋の中に入れ、胴体からも心臓を取り出して頭部といっしょに入れた。城に戻り、心臓を串焼きにして奥方の食卓に運ばせ、何も知らない奥方に食べさせた。奥方がそれを食べ終わると、レーモン侯は立ち上がり、いまそなたが食べたのはギヨーム・ド・カプスタンの心臓であると告げ、その頭部を見せ、心臓はおいしかったかと尋ねた。奥方はそれを聞き、ギヨームの頭部を見、それと認めた。奥方は、その心臓がとても美味で風味豊かだったので、他のどんな食べ物も飲み物も、ギヨーム様の心臓が口の中に残した味を消すことはできないでしょうと答えた。するとレーモン侯は剣をとって奥方に襲いかかった。彼女は逃げ出し、バルコニーから身を投げ、頭を割って死んだ。

この一件はカタルーニャとアラゴン王の領地全体に知れわたった(194)。アルフォンソ王とこの国の領主たちは、ことごとくギヨームと、レーモン侯があまりにむごい方法で死に追いやった奥方の死を大いに嘆き悲しみ、レーモン侯に血で血を洗う戦をしかけた。アラゴンのアルフォンソ王はレーモン侯の城を占拠し、ペルピニャックという町の教会の入り口に立つ碑の中に、ギヨームと奥方の亡骸を葬った。非の打ちどころなきすべての恋人たちが、男も女もふたりの冥福のために祈った。アラゴン王はレーモン侯を捕らえて獄死させ、その財産のすべてをギヨームの親類と、彼のために命を落とした奥方の親類に与えた。」

# 第五十三章　アラビア

真の恋愛の規範とふるさとは、アラビア・ベドウィン族の黒味がかった天幕の下に求めるべきである。そこではよそと同じように、孤独と恵まれた気候が、人間の心にもっとも高貴な情熱を生じさせた。この情熱が幸福に結びつくためには、自分で感じるのと同じ程度に、相手に幸福を感じさせることが必要だ。

恋愛が人の心の中で最大限の力を発揮するには、恋する男女間の平等ができるかぎり確立されていなければならなかった。悲しいかな、西洋にはこうした平等が全くない。恋人に捨てられた女は不幸な女か、辱められた女だ。アラビアの天幕の下では、一度たてた誓いを破ることはできない。こうした罪を犯せば、ただちに軽蔑と死が訪れる。

この民族においては気前のよさが神聖視されているので、施すためには盗みをはたらくことも許される。もっとも危険は日常茶飯事であり、生活はいわば熱をおびた孤独の中で過ぎていく。アラビア人は集まってもほとんど話をしない。

砂漠の住人にとってはなにごとも変化しない。そこではすべてが永遠で不動である。

無知ゆえに貧弱な素描しかできないが、その独特な風俗はおそらくホメロス[195]以前から存在していた。はじめてそれが書き留められたのは紀元六〇〇年頃、シャルルマーニュ[196][*1]より二世紀前のことである。

*1　紀元前九〇〇年。

われわれが十字軍を送って東方をかき乱したとき[*2]、彼らにとってはわれわれのほうが野蛮人であった。それゆえ、われわれの風俗の中の高貴な部分はこの十字軍とスペインのムーア人のおかげである。

*2　一〇九五年。

われわれが自分をアラビア人とひき比べるとき、散文的な人間の自尊心は憐れみからほくそ笑むことだろう。われわれの芸術は彼らのものよりずっと優れているし、法律も見たところはるかに優れている。しかし家庭内での幸福術においてこちらが勝っているかどうかは疑問である。われわれにはつねに誠意と率直さが欠けていた。家族関係においては、だました者がまず不幸になる。だました人間はもはや安らぎをえられない。つねに不正をはたらいているから、つねになにかを恐れている。

最古の記念碑的書物の起源にまでさかのぼってみると、アラビア人は古代から多数の独立した部族に分かれ、砂漠をさまよっていたようだ。こうした部族は、人間の基本的な欲求を容易に満たせたかどうかの度合いに応じて、多少なりとも洗練された生活習慣をもっていた。気前のよさはどこでも同様だったが、それも部族の豊かさに応じて、身体活動に必要な子ヤギの肉塊四分の一を贈ったり、家族の縁やもてなしをきっかけに、ラクダ百頭を贈ったりすることで表されていた。

英雄的なアラビア人の時代、すなわちこうした鷹揚な心の持ち主が才気や感情の洗練を気取ることなく輝いていた時代は、ムハンマド登場に先立ち、西暦五世紀の、ヴェネツィアの建設とクローヴィス[197]の治世にあたる時代である。われわれの自尊心にはご辛抱願い、現在に伝わるアラビア人の恋の歌や『千一夜物語』に描かれた高貴な風俗と、クローヴィスの伝記作家グレゴワール・ド・トゥール[198]、あるいはシャルルマーニュ時代の伝記作家エジナール[199]の本のページを血で染めるおぞましいことどもを比べてみてほしい。

ムハンマドは謹厳家（ピューリタン）であって、だれにも害のない快楽まで禁止しようとした。彼はイスラム教を受け入れた国々で恋愛を殺してしまった。[*3] そのために彼の宗教は他のイスラム教諸国に比べると、その発祥の地であるアラビアではそれほど普及してこなかったのである。

＊3　コンスタンティノープルの風俗。情熱恋愛を殺す唯一の方法は、容易な陥落によって結晶作用を封じることである。

フランス人はエジプトから『歌謡の書[200]』と題する四つ折の四巻本を持ち帰った。この本には次のようなものが含まれている。

一、歌を作った詩人たちの伝記。

二、歌の本文。詩人はそこで、興味を引くすべてのことを歌っている。自分の恋人のことを歌ったあと、駿馬や弓をほめたたえる。こうした歌は作者の恋文である場合が多かった。恋人にむかって、心の中の愛情のすべてをそのままに描き出しているのである。ときに詩人たちは寒い夜のことを、手持ちの弓や矢を燃やさざるをえなかった夜のことを語っている。アラビア人は家をもたない民族なのだ。

三、これらの歌を作曲した音楽家たちの伝記。

四、最後に音譜を示してある。この音譜はわれわれにとっては象形文字のようなものなのだ。この音楽はわれわれにとってはいつまでも未知のままだろうし、好まれることもないだろう。

そのほかに『恋に殉じたアラビア人の物語[201]』という作品集もある。

こうした奇書はまったくといっていいほど世間に知られていない。これを読みこなすことのできる少数の学者たちも、研究や型を重んじる習慣のせいで心がひからびてしまっている。

このような記念碑的書物は古さと、それによって察せられる風俗の独特な美しさによって興味をひくが、これを明確に理解するためには、史実を少々調べてみなければならない。

いつの時代にも、とくにムハンマド以前には、アラビア人はカーバ、すなわちアブラハムの館に詣でるためにメッカを訪れていた。私はロンドンで、聖都のかなり正確な模型を見たことがある。平屋根の七百から八百の住居が、太陽の灼きつける砂漠のただ中に投げ出されたように建っている。都のはずれのほうには、ほぼ正方形の形をした巨大な建物が目に入る。これがカーバを取り囲んでいる。建物は長い回廊からできており、アラビアの太陽の下で聖なる巡礼を果たすためにはこれが必要なのである。この回廊はアラビアの風俗と詩の歴史において非常に重要だ。何世紀もの間、明らかにそこが男女の集まる唯一の場所だったからである。人々は交じり合ってゆっくりと歩を進め、神聖な詩の文句を合唱しながらカーバのまわりを回る。四十五分のそぞろ歩きだ。これが日に数回繰り返される。この聖なる儀式のために、砂漠のあらゆる地域から男女がかけつけた。アラビアの風俗が洗練されたのはカーバの柱廊の下においてである。やがて父親と恋する男たちのあいだに争いがもちあがり、ほどなくしてアラビアの男が、兄弟と父親に厳しく監視されている若い娘の傍らで聖なるそぞろ歩きをしながら、愛の歌をおくり、恋をうちあける。この民族の気前よく情にもろい性格はすでに移動生活においても見られたが、アラビア風の恋の遊びはカーバのまわりで生まれたものと思われる。ここは彼らの文学のふるさとでもある。はじめのうちは感じるままに、簡素に力強く情熱を表現していたが、そのうち恋人の心に訴えかけることよりは、美辞麗句を書きつけることを考えるようになった。そうすると気取りが生まれ、これをスペインのムーア人がスペインにもたらし、今日でもまだこのスペインの人々の著作を損なっている。[*4]

＊4　パリにはおびただしい数のアラビア語の手稿がある。あとの時代の手稿には気取りが見られるが、けっしてギリシャ人やローマ人のまねではない。そのため学者に軽んじられる。

私はアラビア人が女性に抱く敬意の感動的な証を、離婚の形式のなかに見る。夫と別れることを望む妻は夫のいないすきに天幕をたたみ、以前とは逆の方向に入り口をもっていくようにして張りなおすのだ。この簡単な儀式だけで、夫婦は永久に別れることになる。

# 断片

エブン・アビ・ハジラート編『愛の詩集』と題するアラビア語の詩集からの抄訳[202]
（王立図書館所蔵の手稿、一四六一番および一四六二番）

ジャファル・エラファザディの息子モハメッドは語る。ソハイルの息子エラバスが死に至る病に侵されたジャミルを見舞ったとき、ジャミルは世を去る心づもりでいた。ジャミルは言った。「ああ、ソハイルの息子よ。一度として酒も飲まず、不正な儲けもせず、神に殺生を禁じられた生き物をゆえなく殺めたこともなく、神以外に神はなく、ムハンマドは神の預言者であると誓う、そういう男のことをきみはどう思うか。」ベン・サハイルは答える。「その男は救われ、天国に召されると思う。だが、きみの言うその男はだれだ。」「私のことだよ」とジャミルは答えた。するとベン・サハイルが言った。「きみがイスラム教の信者だとは思わなかった。だが、きみは二十年来ボタイナに恋をし、詩の中でたたえているじゃないか。」ジャミルが答える。「私は今、あの世の最初の日、この世の最後の日に臨んでいる。かりに私がなにかとがめられるべき理由のためにボタイナに手を触れたことがあったとしたら、最後の審判の日、われらが主ムハンマドが私に情けを施してくれなくても結構だ、と思うのだよ。」

このジャミルと恋人のボタイナは、ともにアラビアの部族の中でも恋愛で有名なベヌ・アズラ族の出身だった。そのため、彼らのむつまじさは諺（ことわざ）にまでなっていた。神はこのふたりほど情愛の深い人間をおつくりになったことはなかった。

ある日、アグバの息子サヒドがアラビア人の男に尋ねた。「きみはどの部族の出身か。」アラビア人が答える。「私は恋に殉ずる部族の出身だ。」「そうするとアズラ族の人間だな」とサヒドが言った。「そうだ、カーバの主にかけて」とアラビア人が答える。次にサヒドが尋ねる。「どうしてそんなふうに恋することができるのだ。」「私たちの部族の女は美しく、若者は純潔だからだ」とアラビア人は答えた。

ある日、アルア・ベン・ヘザムに次のように尋ねる者がいた。[*1]「みんなが言うように、おまえたちが男の中でもっとも情愛の深い心の持ち主だというのは本当か。」アルアは答えた。「ああ、本当だ。実際、部族の中で、恋の病以外は何も患っていないのに死んだ若者を三十人は知っているよ。」

＊1　このアルア・ベン・ヘザムという男はさきほど名を挙げたアズラ族の出身だった。詩人

として有名だが、アラビア人が恋の殉教者と見なすあまたの男のひとりとして、さらに有名である。

ベヌ・ファザラートのアラブ人がある日、ベヌ・アズラの別のアラビア人に向って言った。「ベヌ・アズラ族よ、おまえたちは恋のために死ぬのを快く気高いことだと考えているが、それは弱さをさらけだす愚かな行為だ。おまえたちが勇敢とたたえる男は正気を失った、軟弱な男にすぎない。」「そんなことは言えなくなるだろうよ」とアズラ族のアラビア人は答えた。「おまえがわれわれの部族の女たちの、上は長い睫(まつげ)におおわれ、下からは愛の矢を放つあの大きな黒い瞳を見たら。そして彼女たちのほほえみや、褐色の唇のあいだで輝く歯を見たら。」

アブダラ・エグザグニの息子アブ・エル・ハッサン・アリは次のように語る。「あるムスリムの男がキリスト教徒の娘に、気も狂わんばかりに恋していた。男は自分の恋の秘密を知る友人といっしょに、他国に旅立たねばならなくなった。その国での用事が長引くうちに男は死病にかかり、友人にむかってこう言った。「最期の時が近づいた。もうこの世では愛する女とは会えないだろう。もしイスラム教徒のまま死ねば、あの世でも彼女と会えないのではないかと気がかりだ。」男はキリスト教に改宗して死んだ。友人がそのキリスト教徒の娘のもとに行くと、彼女は病にかかっていた。娘は彼にむかって言った。「もうこの世ではあのかたには会えないでしょう。でも、あの世ではお会いしたいと思います。だから神のほかに神はないと、そしてムハンマドは神の預言者であると誓いをたてます。」そう言って息をひきとった。神の慈悲が彼女にもたらされますように。」★

エルテミミは語る。タグレブのアラビア人部族に、とても裕福なキリスト教徒の娘がいて、ムスリムの青年に恋をした。娘は青年に自分の財産と、手持ちの高価な品をすべて差し出したが、青年は愛してはくれなかった。あらゆる望みを失ったとき、彼女はある芸術家に百ディナールを払って、愛する青年の彫像をつくらせた。芸術家はその彫像をつくった。それを手に入れると、彼女はそれをある場所に置いてそこに毎日やってきた。彼女はまず彫像にキスをし、そのあとそばにすわって一日の残りの時間を泣いてすごした。日が暮れると、彼女は彫像にあいさつをして帰っていった。それを長いこと続けるうちに、青年が死んだ。娘は青年に会い、亡骸にキスをしたいと願った。それから彫像のそばへと戻り、あいさつをし、いつものようにキスをして、そばに身を横たえた。翌朝、彼女は死んでいた。片手は死ぬ前に書いた数行の文章のほうにのびていた。★

イエメン国のウエダーは、アラビア人の間でも美しい青年として有名だった。彼とメルアンの息子アブド・エル・アジズの娘、オム・エル・ボナインは、まだ子供のころから深く愛し合っていたので、いっときも相手から離れていることに耐えられなかった。オム・エル・ボナインがウアリッド・ベン・アブド・エル・マレクの妻となったとき、ウエダーは正気を失った。長い錯乱と苦悶の時期を経て、彼はシリアにおもむき、毎日マレクの息子、ウアリッドの家のまわりをうろつき始めたが、最初のうちは望みをかなえる方法が見つからなかった。しまいにある娘と知り合い、忍耐強くまめに接したかいあって、彼女の気をひくことに成功した。娘のことを信用してよかろうと思うようになったころ、オム・エル・ボナインを知っているかどうかを尋ねた。「もちろんですわ、私の女主人ですもの」と娘は答えた。「そうか。きみの女主人は私の従妹なんだ。もし従妹に私のことを伝えてくれたら、きっと喜ぶと思うんだが」とウエダーは言った。「喜んでお伝えしますわ」と娘は答えた。そう言うと、彼女はすぐにオム・エル・ボナインのところへ駆けていって、ウエダーのことを知らせた。「おまえ、気をつけてものをお言い」と彼女は叫んだ。「なんですって、ウエダーが生きているんですって。」「もちろんですわ」と娘が言った。するとオム・エル・ボナインが続けた。「私のほうから使いをやるから、それまでその場にいるように伝えてちょうだい。」彼女はそれから、ウエダーを家に招き入れる手段を講じた。衣装箱の中に隠したのである。安全と思われるときにはウエダーを箱から出していっしょにすごせるようにし、誰かが入ってきて姿を見られそうになると、衣装箱の中に戻した。

　ある日、ウアリッドのもとに真珠が届けられ、ウアリッドは召使のひとりに命じた。「この真珠をオム・エル・ボナインのところにもっていきなさい。」召使は真珠を受け取ってオム・エル・ボナインに渡した。来訪を告げていなかったので、召使が部屋に入ったとき、彼女はウエダーといっしょにいた。そのため、召使は部屋の中をちらりと見ることができたのだが、オム・エル・ボナインは気づかなかった。ウアリッドの召使は用をすませ、真珠を届けたかわりに心づけがほしいと言った。彼女はきっぱりと断り、召使を叱りつけた。召使は腹を立てて出てゆき、ウアリッドに見たままを告げ、ウエダーの入っていった大箱のことを詳しく話した。「うそつきめ、この母なしの奴隷め、うそつきめ」とウアリッドは言い、とっさにオム・エル・ボナインのもとへ走った。部屋の中には大箱がいくつもあったが、彼は召使の奴隷から教えられた、ウエダーの閉じこめられている箱に腰を下ろし、オム・エル・ボナインにむかって言った。「ここにある箱をひとつくれないか。」「箱も私の体も、みなあなたのものですわ」とオム・エル・ボナインは答えた。ウアリッドは続けた。「ならば、私がいま腰かけている箱をいただくことにしよう。」オム・エル・ボナインは言った。「その中には女の必需品が入っております。」「そんなものはいい。箱がほしいのだ」とウアリッドは続けた。「差し上げますわ」

と彼女は答えた。ウアリッドはすぐに大箱を持ち去らせ、奴隷を二人呼んで、水のわき出る深さまで地面に穴を掘るよう命じた。それから箱に口を近づけて叫んだ。「おまえのことを告げ口した奴がいる。もしそれが本当なら、おまえの痕跡など消され、おまえの消息など埋もれてしまうがいい。もし嘘なら、箱を埋めたところで何の悪いこともない。木切れを埋めただけだからな。」そして穴の中に大箱を沈めさせ、掘り返した石や土で埋めさせた。そのとき以来、オム・エル・ボナインはその場所にたえずやってきて涙を流していたが、ある日顔を地面につけて死んでいるのが見つかった。[*2] ★

＊2　これらの断片は前述の詩集のいろいろな章から抜粋したものである。星印★のついた三つの断片は最終章からとったが、ここには恋に殉じた多くのアラビア人についてのごく簡略な伝記が記してある。

# 訳注

## 序文

（1）『イタリア絵画史』は一八一七年、『ハイドン・モーツァルト・メタスタージオ伝』は一八一五年に出たスタンダールの著作。『ハイドン…』はスタンダールの最初の著作にあたる。当時のスタンダールは著作ごとに筆名を変え、「スタンダール」という筆名を最初に用いたのは、『イタリア絵画史』と同年に出版された『ローマ、ナポリ、フィレンツェ（一八一七）』のときである。『恋愛論』ではそのいずれとも異なり、はっきりとは名乗らずに、決して売れたとは言いがたい前の作品を参照させている。

（2）イギリスの小説家ウォルター・スコット（一七七一―一八三二）の『海賊』は『恋愛論』出版の前年一八二一年の作。スタンダールは当時、スコットの歴史小説をよく読んでおり、高く評価していた。引用文は、主要人物のひとりである海賊船の船長クリーヴランドにむかって部下のバンスが言うせりふ。

（3）フランスに生まれ、のちにスイスに帰化した旅行記作家、ルイ・シモン（一七六七―一八三一）の『スイス紀行』は、『恋愛論』と同年の一八二二年に出版された。このテクストは「第一版の緒言」からの抜粋で、ところどころ改変が見られる。シモンが「読者の寛恕を請う」ているのは、スイスの歴史の概観部分のうち、自ら証言を集めざるをえなかった近代史の叙述についてなのだが、スタンダールはこれを省いているので、『恋愛論』の読者には、あたかも本全般についての断り書きのように読める。スタンダールがこうして自著の序文に他人の著作を借用したのは、ナポレオン失脚後のフランスにおける偏狭な愛国心の高揚を牽制するシモンの姿勢に共感を覚えたからだろう。

# 第一巻

## 第一章

(4)『ポルトガル文(ぶみ)』のこと。フランス士官に捨てられたポルトガルの修道女が、相手の非情さをなじり、痛切な胸のうちを訴えた五通の手紙で構成され、当時より恋文の傑作のひとつに数えられていた。一六六九年にフランス語版として出版されたが、実はその翻訳者を名乗るギユラーグ公自身による創作であったことが、二十世紀に入って明らかになった。

(5) 中世の高名な神学者・哲学者アベラール(一〇七九―一一四二)とその教え子エロイーズ(一一〇一―一一六四)は師弟関係をこえて愛し合うようになり、子をもうけるが、激昂したエロイーズの叔父によってアベラールは去勢の憂き目にあい、ふたりはそれぞれ修道院で別々の生涯をおくることになる。その間にふたりが交わしたとされる手紙は『アベラールとエロイーズの手紙』としてまとめられ、エロイーズのうちにひそかにくすぶり続ける情念が信仰へと浄化されていく過程、お互いに対する深い敬愛の念に裏打ちされた聖書や修道院の規則をめぐる真摯な議論が人々の心を打ち、十八世紀、十九世紀を通じて各国で多くの翻訳、研究、翻案を生んだ。

(6) スタンダールの愛読書のひとつ、ブザンヴァル男爵(一七二二—一七九一)の『回想録』(一八〇六)第四巻に、軍務でヴェゼル(オランダ国境に近いライン河畔の町)に滞在中のブザンヴァルが、自尊心ゆえに愛人を意図的に遠ざけている人妻と知り合い、男女の仲について議論をたたかわせる対話形式のコントがある(「ブザンヴァル男爵とヴェゼルの一婦人との情事」)。ただしこの話には情熱恋愛を思わせる要素はなく、むしろ家どうしの確執がもとで仲を引き裂かれそうになった貴族の男女が、戦場のただ中で愛を貫こうとする姿を描いた別の短篇(「戦場の恋人たち」)を念頭に置いているのではないか。

(7) スタンダール自身、この事例についてはうろ覚えであったと伝えられる。アンリ・マルティノー校訂のガルニエ版の注に、一九〇〇年にイタリアの研究者が、十九世紀の初頭におこった恋愛事件について書かれた年代記を発見し、発表したとある。それによればチェント(イタリア北部フェラーラ近郊の町)に住む憲兵が、恋人の両親の策略によって投獄された際、鉄格子ごしに恋人から毒をわたされ、ともに心中したという。

(8) フランスの小説家、クレビヨン・フィス(一七〇七—一七七七)。心理描写に長けた色好みの小説を多く残した。

(9) フランスの軍人、ローザン(一七四七—一七九三)。社交界の寵児として知られた。革命で処刑される。『回想録』は死後出版(一八二二)。

(10) フランスの作家、デュクロ(一七〇四―一七七二)。十八世紀の放縦な風俗を、辛辣なモラリストの視線で描いた小説や歴史書で知られる。
(11) フランスの作家、マルモンテル(一七二三―一七九九)。教訓物語や歴史小説のほか、革命期の世相をつぶさに伝える『わが子の教育のための父親の覚書』(一八〇四、死後出版)によって名をとどめる。
(12) フランスのモラリスト、シャンフォール(一七四〇―一七九四)。卓抜な警句でサロンの論客に恐れられた。死後に『格言と省察、人物と逸話』(一七九五)が出版された。
(13) フランスの回想録作家、デピネ夫人(一七二六―一七八三)。サロンの主催者で、ディドロ、グリム、ルソーらを庇護した。その著作『反告白――モンブリヤン夫人の物語』(一八一八、死後出版)には自伝的色彩が濃く、スタンダールは『回想録』と呼んでいる。
(14) 大規模な天井画や祭壇画を多く手がけたボローニャ派の画家、ロドヴィゴ(一五五五―一六一九)、アウグスティノ(一五五七―一六〇二)、アンニーバレ(一五六〇―一六二九)の三兄弟。十六世紀に流行していたマニエリスム様式を廃し、ミケランジェロに範をとった写実的な人体表現や明快な構図を特徴とするバロック様式を確立した。
(15) セナック・ド・メーヤン『精神と風俗についての考察』(一七八七)の中に同様の表現がある。六十歳で無名の青年検事と結婚したショーヌ公爵夫人が、夫婦仲がうまくいかなくなった時期に女友達にもらした言葉といわれている。セナック・ド・メーヤンについては第二巻の訳注(17)を参照のこと。

(16) デュ・デファン夫人(一六九七―一七八〇)はモンテスキュー、ダランベール、マリヴォーらを常連とするサロンの主宰者として名をはせた才女。夫人の失明をはさみ、文学者ポン・ド・ヴェール(一六九七―一七七四)とのあいだで半世紀近く続いた恋愛関係は有名で、ここでスタンダールが言及しているのは、フリードリッヒ＝メルヒオール・グリムの『文芸通信』(第二巻の訳注(48)を参照)に記された以下のような二人の会話である。「「ポン・ド・ヴェール?」「はい、奥様。」「どこにいるの。」「暖炉のそばですよ。」〔……〕「私たちほど古い関係も珍しいでしょうね。」「たしかにそうですね。」「五十年ですものね。」「そうですね、五十年たちましたね。」「この長い間、疑惑の影がさすことも、いさかいが起きる気配もなかったわね。」「私もずっと、たいしたものだと思っていたんです。」「でもね、ポン・ド・ヴェール、それは結局、私たちがずっとお互いに無関心だったおかげじゃないの。」「そうかもしれませんね、奥様。」」

(17) イタリアの悲劇詩人、ヴィットーリオ・アルフィエーリ(一七四九―一八〇三)。貴族としての身分を捨てて諸国を放浪したのち、自由と専制の対立を主題とする悲劇を次々と発表した。スタンダールはアルフィエーリの熱烈な読者であった。

(18) ローマ皇帝(三七―六八)。近親の殺害やキリスト教徒の虐殺など、狂気を感じさせるふるまいで知られた暴君。

(19) フランスの小説家、サド(一七四〇―一八一四)の小説、『ジュスチーヌまたは美徳の不幸』(一七九一)を指す。社会の規範にしたがって美徳を求めるジュスチーヌが次々と迫害を受け、破滅していくさまを描いた小説。

(20) リジオ・ヴィスコンティは架空の人物で、後出のサルヴィアーティやデルファンテとともに、作者の分身ともいえる人物。本書がリジオの手記の翻訳であるというのは、もちろん読者の目をくらますためのフィクションにすぎない。ここに書かれているヴォルテッラ(フィレンツェの南西にある町)、カステル・フィオレンティーノ(ヴォルテッラとフィレンツェの中間にある町)などの地名や日付も、スタンダールのかなわぬ恋の相手であったマティルデ・デンボウスキー(一七九〇―一八二五)との悲痛な思い出にかかわる符牒である。詳しくは後注(43)を参照のこと。

## 第二章

(21) この箇所には青年時代のスタンダールが多大な影響を受けたフランスの唯物論者、エルヴェシウス(一七一五―一七七一)の主著『人間論』(一七七三)の影響が見られる。『人間論』の第一節第十章の注に、カナダの原住民たちが長時間狩猟に追われて「動物精気(esprits animaux)」を使い果たし、恋愛に冷淡、無関心になると述べられている。

## 第三章

(22) 第一巻第十一章にも登場する架空の人物。リジオ・ヴィスコンティとは対照的な肉体的恋愛の支持者として描かれる。

(23) イデオロジー(観念学)とは、あらゆる観念の起源を感覚に求めようとする十八世紀末のコンディヤック(一七一五―一七八〇)の感覚論を継承しつつ、歴史学、医学、生理学、政治学などの分野で人間の精神活動についての実証的な科学をうちたてようとする学問。その一派、イデオローグ(観念学派)の代表的な思想家として、「イデオロジー」の語の発明者であり、スタンダールに『恋愛論』執筆のきっかけを与えた哲学者のデスチュット・ド・トラシー(一七五四―一八三六)や、医学者であり哲学者のカバニス(一七五七―一八三六)、歴史家・思想家のヴォルネー(一七五七―一八二〇)らがいる。

(24) ロラン夫人(一七五四―一七九三)はジロンド派の政治家ロラン・ド・ラ・プラティエール(一七三四―一七九三)の妻。高い知性と教養によってサロンを主催し、ジロンド派の名士たちを集めるが、ジャコバン派によって処刑される。スタンダールは死を前にした夫人の勇気と潔さをたたえている。ここでスタンダールが触れているエピソードは、夫人の死後発表された『回想録』(一七九五)の中にある。

(25) 詩句の部分はイギリスの詩人ポープ(一六八八―一七四四)からの、一部改変をまじえた引用。フォルリはボローニャの南東にあるイタリアの町。ビアンカなる女性の手紙については不詳だが、デル・リットはマティルデ・デンボウスキーにビアンカという名の従妹がいたことに注目し、フォルリが暗にマティルデの住むミラノを指す可能性を示唆している。

**第五章**

(26) ここにはエルヴェシウス(前注(21)を参照)の功利主義の影響が見られる。エルヴェシウスについては断章九一(下巻所収)で詳しく論じられる。

(27) デュ・デファン夫人については前注(16)を参照のこと。晩年の夫人と、二十歳年下のイギリスの小説家・政治家、ホレース・ウォルポール(一七一七―一七九七)との恋愛および文通はよく知られている。年齢を感じさせない、熱烈な思いを訴えつづけた夫人に対し、ウォルポールは彼なりの誠実さを見せながらも、終始冷ややかであったという。スタンダールはデュ・デファン夫人の『書簡集』の愛読者。

(28) ビブリオフィル版の注によれば、ルソー(一七一二―一七七八、思想家・作家)の思い人で、愛人ソンマリーヴァ氏の腕の中で息をひきとったドゥドト夫人(一七三〇―一八一三)、あるいは晩年、二十歳年下のイタリア人士官と秘密結婚した文学者のスタール夫人(一七六六―一八一七)の例が想起されるという。

## 第六章

(29) ラファイエット夫人(一六三四―一六九三)の小説『クレーヴの奥方』(一六七八)に、主人公のシャルトル嬢が母親から伝え聞く話として、先代の王フランソワ一世の愛妾であったディアーヌ・ド・ポワティエが、社交性を身につけさせるという口実で皇太子(のちのアンリ二世)に恋をしかけ、夢中にさせ、アンリ二世の即位後も二十年以上にわたって愛人でありつづけた、とある。

(30) リュイヌ公爵(一五七八―一六二一)。アンリ四世の小姓から身をおこしてルイ十三世の寵臣となり、元帥の位を与えられた。

(31) ローザン公爵(一六三三―一七二三)。ルイ十四世に仕え、元帥にまでのぼりつめた人物で、歯に衣着せぬ物言いと豪胆なふるまいで知られ、投獄された経験もある。禁令をものともせず、王の従妹のモンパンシエ嬢(後注(284)を参照)と秘密結婚した。第一章の「趣味恋愛」のところで言及されていたローザン(前注(9))とは別人。

(32) ポリニャック公爵夫人(一七四九—一七九三)。貧乏貴族の妻であったが王妃マリー・アントワネットのお気に入りとなり、ヴェルサイユに居を与えられて王子たちの教育にあたった。

(33) スタンダールは政治的には共和主義に近い立場にいたが、アメリカ合衆国に対しては両義的な感情を持っていた。すなわち、民主主義が過度に発達した社会では多数派が幅をきかせるため、個性を抑圧しがちになるのに加え、有用性を重んじるプロテスタンティズムの精神は、文学や芸術の自由な発展を阻害する、とする。

(34) イギリスの数学者、物理学者、天文学者ニュートン(一六四二—一七二七)の自然科学はフランス十八世紀の知識人に多大な影響を及ぼし、とくにヴォルテールや哲学者・科学者のモーペルチュイ(一六九八—一七五九)が一七三〇年代に擁護の論陣を張って、その思想を広く認知させた。ニュートンは現象の観察から経験的方法によって導き出されえないものは仮説として認められない、という厳密な立場を貫いていた。

(35) ここで筆者が具体的にどのような哲学者たちを思い浮かべているのか定かではないが、スタンダールは当時フランスでも紹介され始めていたカント一派の哲学について、直接読んでいないと思われるにもかかわらず、晦渋、文意不明瞭との評価を下している。第二巻第四十八章にはシェリング、フィヒテらの名も見られるが、シェリングのつづりを間違えて記している(第二巻の訳注(134)を参照)。

## 第七章

(36) 十八世紀のスコットランドを舞台とするウォルター・スコットの歴史小説『ラマムーアの花嫁』(一八一九)に、スコットランドの葬儀では死者をたたえて友人や親類が飲み明かし、祝宴の様相を呈するとある。

## 第八章

(37) 『ラマムーアの花嫁』(前注(36))で、主人公のルーシーが昔の騎士道物語を愛読していたことを述べている箇所。

(38) 古代ギリシャの哲学者(前三四一―前二七一)。苦痛を避け、魂の平静を重んじる快楽主義の立場をとった。

(39) スタンダールはこの年、たしかにボローニャに滞在しているが、それは三月の下旬のことである。これと同様の会話がマティルデとの間に行われたとすれば、ボローニャの地名はミラノと読みかえるのが妥当。

(40) フランスの劇作家ボーマルシェ(一七三二―一七九九)の喜劇『フィガロの結婚』(一七七八年執筆)の第一幕第四場で、伯爵家の調度係の老女(実は主人公フィガロの生みの母)マルスリーヌがこれに近いせりふを言う。

(41) ダンテ『神曲』地獄篇第五歌にある一節。義弟のパオロと愛し合ったために、もろとも夫に殺されるフランチェスカ・ダ・リーミニの挿話を指す。二人が「読んでいた」のはアーサー王の騎士ランスロの恋と冒険の物語である。

(42) レオノールは、スタンダールが日記の中でマティルデ・デンボウスキーを指すのに使っていた呼び名。このくだりは、つねにスタンダールに対して冷ややかだったマティルデが、実は人知れず自分に心を寄せていたのだ、というスタンダールの自己弁護ともとれる。

## 第十章

(43) 一八一九年六月、ヴォルテッラの寄宿学校に入っている息子をたずねたマティルデを、スタンダールは変装して追いかけるが、すぐに正体を見破られ、激しく叱責される。スタンダールはいったんヴォルテッラを発ち、馬車でフィレンツェへと向かい、そこで空しくマティルデが会いにくるのを待つ。エンポリはフィレンツェへの途上にある町で、前出のカステル・フィオレンティーノ(前注(20)を参照)同様、この不幸な体験を象徴する地名である。

(44) フランスとベルギーの国境近くにある森。

(45) クーロン兄弟は革命期、帝政期のフランスでダンサーとして名をなし、舞踏会の大衆化に貢献した。

(46) 十二世紀のイングランドを舞台とするウォルター・スコットの歴史小説(一八一九)。「この若き英雄の」は原文では「この王子の」となっており、リチャード獅子心王から王位を奪い取ろうと画策する王弟ジョンを指す。

## 第十一章

(47) 前注(22)を参照。

## 第十二章

(48) フランス古典劇の先駆者、コルネイユ(一六〇六―一六八四)の悲劇『シンナ』(一六四〇)のヒロイン。不名誉のうちに死んだ父の敵をとるために、恋人のシンナをけしかけて、皇帝アウグストゥスの暗殺をたくらむ。

(49) フランス国王(一四九四―一五四七)。北イタリアで神聖ローマ帝国皇帝カール五世と死闘を繰り広げるいっぽう、レオナルド・ダ・ヴィンチをはじめとするイタリア人芸術家たちをフランスの宮廷に呼び寄せ、フランス・ルネサンスを開花させた。

(50) フランス国王(一五一九―一五五九)。父フランソワ一世のあとをついで北イタリアでの失地回復に努めるいっぽう、内政面ではプロテスタントを迫害してユグノー戦争のきっかけをつくった。イタリアから王妃に迎えたカトリーヌ・ド・メディシスと、愛人ディアーヌ・ド・ポワティエ(前注(29)を参照)との確執はよく知られている。

(51) フランス国王(一七一〇―一七七四)。曽祖父ルイ十四世のあとをついで幼少時に即位し、オルレアン公フィリップの摂政政治ののちに親政を始めた。政治に無関心で、対外的にも敗戦を重ね、深刻な財政悪化を招いた。しばしば愛妾のポンパドゥール侯爵夫人に政治的判断を左右されたといわれる。

(52) カストラート(去勢した男性の歌手)のことを指している。

(53) フランスの人類学者、生理学者ウィリアム・フレデリック・エドワーズ(一七七七—一八四二)。スタンダールは一八二一年ごろ弟のエドワードを通じてエドワーズに紹介され、『恋愛論』草稿の加筆訂正をしている時期に、そのサロンに出入りしていた。

## 第十三章

(54) シェイクスピアの喜劇『から騒ぎ』(一五九八)の登場人物。ベネディックとビアトリスはともに才気煥発な独身主義者で、顔をつきあわせれば口喧嘩をする仲だったが、相手がひそかに自分に恋い焦がれていると周囲に吹きこまれ、互いに反発を覚えながらも最終的には結ばれる。

(55) ジョン・ブラウン著『北方の宮廷、または一七六六年以降のスウェーデンとデンマークの君主についての覚書』(一八一九)を指す。ストルーエンセはドイツ出身のデンマークの政治家(一七三七—一七七二)。デンマークのクリスティアン七世つきの侍医として宮廷に入り、のちに宰相となり多くの自由主義的改革を断行した。徐々に急進化、独裁化し、王女カロリーネ゠マティルデと公然と不倫関係を結んで反発を買い、保守派によって処刑された。

(56) 前注(16)を参照。

(57) フランスのサロン主催者(一七三二—一七七六)。はじめ盲目のデュ・デファン夫人の読書係をしていたが、その才女ぶりでサロンの脚光を浴び、一部の常連客を集めた独自のサロンを開いて、夫人の逆鱗に触れる。サロンにはダランベール、チュルゴーをはじめとする多くの知識人たちが集った。数々の男性と浮名を流し、情熱的な恋文(『書簡集』一八〇九、死後出版)を残す。

(58) 前注(6)を参照。

(59) 前注(9)を参照。

(60) 前注(13)を参照。

(61) フランスの女性作家(一七四六―一八三〇)。のちの国王ルイ・フィリップの家庭教師をつとめ、キリスト教道徳と感覚論を組みあわせた独創的な教育観を展開するいっぽう、子供向けの演劇や小説を残した。『礼儀作法事典』の正式な書名は『宮廷の礼儀作法についての批判的、理論的事典』(一八一八)。

(62) フランスの歴史家(一六三八―一七二〇)。ルイ十四世の重臣で、一六八四年から一七二〇年に至る宮廷のありようを仔細にわたって記述した『回想記、またはルイ十四世宮廷日誌』を残す。

(63) ウォルポールについては前注(27)を参照。『回想録』は死後出版(一八二二―一九一〇)。

(64) フランスの作家(一六七五―一七五五)。ルイ十四世に批判的な立場から、その治世の末期からオルレアン公の摂政時代にかけての宮廷の生態を記した膨大な『回想録』(一八三〇、死後出版)によって知られる。スタンダールの愛読書のひとつ。

(65) ドイツの作家ゲーテ(一七四九―一八三二)の書簡体小説『若きウェルテルの悩み』(一七七四)の主人公。厭世的な青年ウェルテルは婚約者のいるロッテへのかなわぬ恋に悩み、自殺する。ドイッの同世代の若者に大きな衝撃を与えたこの小説については、第二巻第五十九章「ウェルテルとドン・ジュアン」(下巻所収)で詳しく論じられる。

## 第十四章

(66) レオノールはマティルデ・デンボウスキーのこと、「私の敵」はその従姉のトラヴェルシ夫人のことを指すといわれている。マティルデがスタンダールに冷淡であった理由のひとつに、トラヴェルシ夫人がスタンダールについてよからぬ噂をふきこんだことがあると、スタンダールは考えていた。第二巻第五十五章「女子教育に対する反論」(下巻所収)にも、ふだんは自分にとってどうでもよい人物でも、自分の愛する人に会ってきたばかりの人間だと思うと興味がわいてくる、との記述がある。

(67) ヴォルテッラのこと(前注(43)を参照)。

(68) 第一巻第八章ですでに言及されたダンテ『神曲』地獄篇第五歌の、フランチェスカ・ダ・リーミニの挿話からの引用。前注(41)を参照。

(69) スタンダールは読んだ本の余白に読後感や評言を書きこむのが常であり、それらはときに内面の日記、自己省察の場ともなっている。

(70) ウォルター・スコットの小説(一八一六)。十七世紀のスコットランドにおける王党派と盟約派(長老派の中の過激な一派)との抗争をテーマとする。スタンダールは一八一九年にヴォルテッラでマティルデに追い払われ、フィレンツェに移って彼女からの便りを待っていたとき、スコットの『墓守老人』を読んで無聊を慰めていた。

(71) イタリアの詩人タッソ(一五四四—一五九五)の叙事詩『解放されたエルサレム』(一五七五)の中で、イスラム軍の手先である魔女アルミーダが十字軍の若き英雄リナルドを妖術によってたぶらかし、幽閉する魔界の楽園のこと。

## 第十六章

(72) 第一章の原注(＊2)に、リジオは一八一九年ごろに亡くなったとあるので、この日付には矛盾がある。ペルピニャンはフランス南部の、ピレネー山脈の北側にあるルシヨン地方の街。ちなみにこの時期、スタンダールはパリで『恋愛論』の加筆修正を行っていた。

(73) マルティノーによれば、スタンダールが所蔵していた『シェイクスピア全集』のうちの一巻の後見返しに、一八二〇年二月二十四日の日付のあるメモが貼り付けられており、そこにはジョヴァンニ・パチーニ作曲のオペラ《ドルスハイム男爵》(一八一八初演)の二重唱をたたえる言葉のあとに、『恋愛論』の本章(第十六章)の文章が記されている。そのときの観劇の体験がこうした感慨につながっていると思われる(「訳者解説」も参照)。

(74) オスマン帝国の支配に対するギリシャの独立戦争は一八二一年三月に始まった。スタンダールはこの問題に深い関心を寄せており、後年の小説『アルマンス』(一八二六)は、主人公のオクターヴが義勇軍に参加すべく船に乗りこんだところで終わる。

(75) ニコラ・モリナーリとアントニア・パレリーニは、ともに当時イタリアで名声を博したダンサー。

(76)《オテロ》は一八一三年、《ウェスタの巫女》は一八一八年、ミラノのスカラ座初演のサルヴァトーレ・ヴィガノ(一七六九―一八二一、イタリアのバレエ振付師、作曲家)のバレエ。スタンダールはヴィガノを深く敬愛していた。

(77) 傍点部は原文では英語。「L夫人」のLは前出レオノール(Léonore)の頭文字で、マティルデ・デンボウスキーを指し、ここでスタンダールがリジオの筆に仮託して自らの体験を語っていることは明らか。

(78) 一八一九年十二月、ミラノ初演のロッシーニ(イタリアの作曲家、一七九二―一八六八)のオペラ。十七世紀のヴェネツィアを舞台に、若き将軍ファリエーロと貴族の娘ビアンカとの波乱の恋を描いたメロドラマ。四重唱は第二幕第十一場にある。ロッシーニはスタンダールの愛した作曲家のひとりであり、『恋愛論』出版の翌年(一八二三年)には『ロッシーニ伝』を出している。

(79) イタリアのソプラノ歌手(一七八五―一八三九)。ロッシーニは《ビアンカとファリエーロ》を、ビアンカ役の彼女のために書いたと言われる。

(80) 前出のタッソの『解放されたエルサレム』(前注(71)を参照)を翻案した、一八一七年十一月、ナポリ初演のオペラ。一般的な楽曲名は《アルミーダ》。有名な二重唱は第一幕第七場にある。ロッシーニが意図的にドイツ風のオーケストレーションを採用したオペラということで、当初は甚だ不評であったという。

## 第十七章

(81) のちにボードレールが美術評論「現代生活の画家」(一八六二)に引用した、有名な一句。美に普遍的、絶対的な基準はなく、それぞれの時代や宗教、政治体制、国民性、そして個人の感受性に応じてさまざまな形の美の理想があるはずだという、『イタリア絵画史』以前からのスタンダールの芸術観、文学観の根幹をなす考え方。

(82) 《メディチ家のヴィーナス》は紀元前一世紀にギリシャあるいはローマでつくられ、簡素なフォルムの中にも優美さをたたえた古代彫刻の傑作。現在はフィレンツェのウフィツィ美術館にある。

(83) イタリアの政治家、ジャンバッティスタ・ソンマリーヴァ(一七六二―一八二六)は、自宅やコモ湖畔の別荘に多くの美術品を所蔵していた。

(84) イタリアの画家(一四八四頃―一五三九)。ティツィアーノの好敵手といわれ、マニエリスム的性格の強い壁画を残した。

## 第十八章

(85) フランスの俳優(一七二九―一七七八)。本名アンリ＝ルイ・カイン。スタンダールの指摘するように、容姿には恵まれなかったが、力強い演技で観客をひきつけた。ヴォルテールの悲劇に多く出演した。

(86) イギリスの俳優・劇作家、デイヴィッド・ギャリック(一七一七―一七七九)。シェイクスピア劇を得意とした。

(87) 思想家・作家ヴォルテール(一六九四―一七七八)の同名の悲劇(一七六〇年初演)の登場人物。十一世紀のシチリア島を舞台とし、ギリシャ系住民とイスラム教徒との政争に巻きこまれた有力者の娘アメナイードと、無実の罪で島を追われた若き騎士タンクレードとの恋の顚末を描いている。

(88) シェイクスピアの『オセロー』を下敷きとしたヴォルテールの悲劇『ザイール』(一七三二年初演)の登場人物で、キリスト教徒の女奴隷ザイールを愛するエルサレムのスルタン。実はザイールはエルサレムの王族の娘で、奴隷解放の交渉にやってきていたフランス人騎士ネレスタンとは兄妹であることが劇半ばで判明するが、そのことを知らないオロスマーヌはネレスタンとザイールの仲を誤解し、ザイールを殺害、その後自らも命を断つ。

(89) フランスの作家スタール夫人(一七六六―一八一七)の書簡体小説(一八〇二)。フランス大革命の騒乱や社会の因習の犠牲となって命を落とすデルフィーヌの悲恋を描く。作品中に、従妹のマティルドに誘われ、《タンクレード》を鑑賞していたデルフィーヌが、さきごろマティルドと結婚したかつての恋人レオンスが感涙にむせんで席を立つ姿を目撃し、心乱れるくだりがある。スタンダールは、涙を流したのはデルフィーヌのほうだと勘違いしている。

(90) この年、ロッシーニのオペラがドレスデンでも上演されていた可能性はあるが、スタンダールが当地に行った形跡はない。

(91) セヴィニエ夫人(一六二六―一六九六)はフランスの女性作家で、娘にあてた書簡集で知られる。ジャン＝バティスト・リュリ（一六三二―一六八七）はイタリア生まれのフランスの作曲家で、ルイ十四世の宮廷でオペラ、コメディ・バレエ、宗教音楽などを作曲し、権勢をふるったが、スタンダールの時代には忘れられかけていた。

（92）ここで言う「美」とは古典美学が普遍的な美の基準としてしばしば参照する古代ギリシャ・ローマの美（『イタリア絵画史』では「古代美」と呼ばれる）のことで、スタンダールが自らの時代にふさわしいと考えていた新しい美（「近代美」）と対立する。古代美は対象の静的な性格（知性、善良さなど）の表現を旨とし、習慣を狂わせるもとになる情熱とは相容れないとされる。それに対し、スタンダールが考える「近代美」は情念の表現であり、情熱をかきたてる美である。

## 第十九章

（93）この人物については不詳。

（94）革命期の政治家ミラボー（一七四九―一七九一）は顔中あばただらけの醜男であったという。

（95）前出のサルヴァトーレ・ヴィガノ（前注（76）を参照）の娘で、歌手、ピアニストのエレーナ・ヴィガノ（一七九三―没年不詳）のこと。ミラノ時代のスタンダールと親交があった。

（96）レオノール、すなわちマティルデ・デンボウスキーのことを指すと考えられる（前注（42）を参照）。

（97）『グラモンの回想録』（一七一五）はアイルランド出身の作家、アントワーヌ・ハミルトン（一六四六―一七二〇）が、義兄にあたるグラモン騎士の架空の回想録としてフランス語で執筆した小説。英仏双方の宮廷事情に通じ、機知あふれる文体によって人物を的確に描き出す筆力は、ヴォルテールを先取りするものとして高く評価された。ヘンリー・ジャーミン(フランス語読みでジェルマン)は王室の血をひく実在の貴族。月並みな顔立ちの小男で、とりたてて言うほどの長所もないのに、なぜか女性にもてる人物として描かれる。

(98) デル・リットはこの覚え書に、当時ナポレオン軍の陸軍主計官補としてブランシュヴァイク(ドイツ中北部の都市。当時は公国の首都)に滞在していたスタンダールのもとを、ダリュ伯爵夫人アレクサンドリーヌが訪ねてきたときのことを記念する意味合いがあるとしている。ピエール・ダリュはスタンダールの親戚で、陸軍の職を世話してくれた恩人でもあり上司でもあった。その夫人アレクサンドリーヌにスタンダールは思いを寄せ、その後数年にわたってアプローチを試みるが、思いは報われなかった。

(99) 十九世紀初頭に非常な影響力をもった演劇批評家(一七四三―一八一四)。徹底した古典主義者で、とくにヴォルテールに対する酷評は有名。スタンダールの忌み嫌った批評家の一人。

(100) スタンダールの記憶違いか、ジョフロワではなく、前出のシャンフォール(前注(12)参照)の『格言と省察、人物と逸話』に同様の格言がある。

(101) モリエールやボーマルシェの芝居で好評を博したフランスの女優(一七六四―一七八七)。その美貌と才能を惜しまれつつ夭折した。

(102) 軍務でブランシュヴァイクに滞在中の一八〇八年、スタンダールは宮廷の侍従長ボットマー男爵なる人物に出会っているが、この人物が回想録を残したという事実はなく、人名のつづりも異なる（ここではBotmer、この先の第二十三章の原注（＊1）ではBottmerと記している）。これもまた著者への直接の批判をかわすための目くらましのひとつと見られている。

(103)『ララ・ルーク』（一八一七）はアイルランド出身の詩人、トマス・ムア（一七七九―一八五二）の物語詩。十七世紀初頭、モンゴルの王国の王子と婚約した同名のインドの姫君が、詩人フェラモーズに扮した王子に伴われ、婚礼の行われるカシミールに到着するまでの道行きを描いた作品。

## 第二十章

(104)「白いサテンの帽子」はおそらくマティルデの思い出と結びついていると思われるが、詳細は不詳。第三十一章、第三十五章にも同様の記述がある。

## 第二十一章

(105) 前出のスコットの作品（前注(36)）の主人公、アシュトン嬢ルーシーは、まさにそのような想像力に富む多感な娘として描かれており、物語の冒頭で、彼女が野生の牛に襲われそうになったところを一家の仇敵エドガーに救われる場面は、スタンダールのいう「ロマネスクな状況」での出会いの好例である。

(106) スペインを舞台とする、フランスの作家ル・サージュ（一六六八―一七四七）の長編小説（一七一五―一七三五）。引用箇所は第四巻第十章の中の挿話で、お尋ね者の青年ドン・アルフォンソ（スタンダールはドン・フェルナンドという別の人物と混同している）が、修道僧にむかって身の上話をするくだり。ただしセラフィナの恋の始まりというよりは、ドン・アルフォンソの片思いに近く、青年を追っていたのも異端審問所の手先ではなく、治安隊。セラフィナの叫びを聞いて駆けつけた召使も若い侍女ではなく老僕。スタンダールの引用は正確ではなく、原文にかなりの省略、変更を加えている。

(107) シャンフォールについては前注(12)を参照。

(108) 原文では《p……》(papisme の頭文字)と伏せ字になっている。キリスト教が結婚制度や恋愛風俗に及ぼす弊害については、第二巻第五十六章以降(下巻所収)でより詳しく展開される。

(109) ビブリオフィル版の注によれば、草稿では「サガン」(Sagan)と記されていたのが、線で消して伏せ字(Sa.)となっている。このサガン公爵夫人なる人物については不詳。

(110) 離婚については、第二巻第五十六章の二「結婚について」(下巻所収)で再び言及される。

## 第二十三章

(111) 「ひとめぼれ」はフランス語で《coup de foudre》(雷の一撃)と言う。

(112) この人物の名は、スタンダールがブランシュヴァイク時代に恋したドイツ人貴族の娘、ヴィルヘルミーネ・フォン・グリースハイムを想起させる。だがヴィルヘルミーネには婚約者がおり、スタンダールの求愛も一線を越えることはなかった。

(113) 前注(102)を参照。

(114) 革命前の貴族たちの退廃的な恋愛風俗を、鋭い心理分析によって描いた小説家クレビヨン・

フィス(一七〇七―一七七七)を指す。おもな作品として『ソファ』(一七四二)、『心と精神の迷い』(一七三六―一七三八)などがあるが、この部分の借用については不詳。

(115) 古代ローマの政治家、著述家(前二三四―前一四九)。大カトーとも呼ばれる。共和制下のローマで執政官、監察官として質実剛健を説き、貴族の乱れた風紀の引き締めにあたった。

## 第二十四章

(116) プロイセン王(一七一二―一七八六)。プロイセンの絶対王政の基礎を築くいっぽう、文武両道に通じ、文化芸術の振興につとめた。

(117) ポール＝ルイ・クーリエ(一七七二―一八二五)はフランスの風刺作家、ギリシャ学者。一八〇九年、クーリエはフィレンツェのラウレンツィアーナ図書館の蔵書の中から古代ギリシャの作家ロンゴスの未発表原稿を発見し、解読に成功、出版しようとしたが、自分こそが発見者であると主張する司書デル・フーリアと争いになった。デル・フーリアはクーリエが閲覧の際、誤ってロンゴスの手稿につけてしまったインクのしみを、他人に見られるのを防ぐため、意図的につけたと主張。クーリエは「フィレンツェの手稿につけられたインクのしみについての、本屋ルヌアール氏への手紙」と題する一連の攻撃文書の中で、デル・フーリアの無知と狭量、美文癖を揶揄している。

(118) イタリア南部のナポリ湾に面した港町で、古くから保養地として知られる。

(119) 第十六章に続き、リジオの手記の翻訳というフィクションが部分的に展開される。

(120) 王政復古期の一八二一年から一八二三年にかけてフランスで発行された、劇評、文学批評、政治批評などを中心に扱う新聞。
(121) 断章四七(下巻所収)に同様の表現が出てくる。
(122) リジオの手記という体裁をとりつつも、この章はさながらスタンダール自身の私的な告白の書といった趣を呈する。スタンダールがマティルデに恋を感じたのが一八一八年三月で、『恋愛論』の本格的な執筆は一八二〇年に入ってから。
(123) レオノールはマティルデのことを指す。マティルデがスタンダールを評して「散文的な」(prosaïque)という形容詞を用い、それに深く傷ついたことが、一八一九年十一月の日記に記されている。
(124) 「デリカシーに欠ける」という表現もまた、マティルデがスタンダールに対して使った言葉。ヴォルテッラの一件(前注(43)参照)以来、マティルデはスタンダールの訪問回数を厳しく制限していた。
(125) リジオ・ヴィスコンティと同様、スタンダールの分身と見なされる人物がここで初めて登場する。さらにこの先の第三十一章は、サルヴィアーティの日記からの抜粋、という形式をとっている。
(126) イタリア半島南端の、アドリア湾に面した町。ポリカストロ公爵については不詳。
(127) ここに挙げられた日付もまた、一八一九年のヴォルテッラ事件と関連するとみるのが一般的である。五月二十一日は、同月十二日にヴォルテッラに出発したマティルデを追いかけてスタンダールがミラノを離れた二十四日に近く、六月二日はヴォルテッラ到着の日、またはその前日とされる。

## 第二十五章

(128) フランスの哲学者、医学者カバニス(前注(23)を参照)の説。カバニスはイデオローグ(観念学派)の中心人物で、主著『人間心身関係論』(一八〇二)においてコンディヤックの感覚論を発展させ、本能と感覚とをあわせた「感受性」を生命体の最も根源的な現象であるとし、精神現象を生理学的に解明しようとした。その著書の第二論文には、感覚は神経液を介して身体の各部に伝えられ、その総量は決まっており、一部の器官に液が多量に流れこむと、他の器官には行きわたらなくなると書かれている。だがカバニスは本章におけるスタンダールのように、両性における感受性や思考法の差を、神経液の働きの差によって説明することはしていない。

(129) スタンダールが自著に書きこんだメモによれば、ナポレオン軍の将軍、ラ・ベドワイエール(一七八六―一八一五)を指す。エルバ島から脱出したナポレオンのもとに真っ先に駆けつけた部下のひとりで、一八〇七年のドイツ・オーストリア遠征にも参加している。王政復古後の白色テロ(王党派によるボナパルト派の虐殺)で銃殺された。

(130) バルト海に面する都市で、当時はドイツ領。哲学者カント(一七二四―一八〇四)の生地として知られ、現在はロシア領カリーニングラード。スタンダールはモスクワ遠征(一八一二)、およびドイツ遠征(一八一三)の際にケーニヒスベルクを通過している。

(131) スタンダールはブランシュヴァイク滞在中の一八〇八年に、シュトルーヴェ夫人なる女性と親しくなったと日記に記しており、スタンダール研究家のフランソワ・ミシェルは、彼女はロシア公使館参事官の妻であったとしている。

(132) 原文はイタリア語、かっこ内にフランス語訳。

(133) ナポレオン軍の名将ラサール将軍(一七七五―一八〇九)を指すとも言われるが、厳密にはつづりが異なるため(ラサール将軍のつづりはLasalle、スタンダールの原文で引かれている人名はLassale)、断定できない。

(134) このエピソードについては不詳。ポズナンはポーランド西部の古都。ポズナニとも言い、ドイツ語読みはポーゼン。当時はプロイセン領であった。スタンダールがこの土地を訪れたという記録はない。

(135) イタリアの画家(一七五四―一八一七)。主にミラノで活躍。スタンダールが高く評価する画家だが、面識があったかどうかは定かでない。

(136) ガリアの部族の長、ユリウス・サビヌス(?―七九)の妻。ローマ帝国に対する反乱を組織して壊走し、地下の洞穴に隠れ住んだ夫を九年間にわたってかくまい、励まし続けた。夫が密告によってウェスパシアヌス帝に捕えられ、拷問にかけられると、エポニーナもそれに殉じた。

## 第二十六章

(137) フランスの航海者、軍人(一七二九―一八一一)。『世界周航記』(一七七一)の作者。ブーガンヴィルの著書の中ではタヒチの女性の風俗について、その簡素な服装や一夫多妻制社会について簡単に触れられているにすぎない。マルティノーも指摘するように、キリスト教の説く禁欲主義的性道徳に対する痛烈な風刺を含んだディドロ(一七一三―一七八四、思想家・作家)の『ブーガンヴィル航海記補遺』(一七七二)には、この部分の記述と似通った箇所があり、スタンダールはむしろそちらに触発された可能性が高い。

(138) イギリスの探検家(一七二八―一七七九)。一七七一年に西回りの世界周航を達成し、太平洋航海記を残した。

(139) 『コリンヌまたはイタリア』(一八〇七)はスタール夫人作の小説。転地療養先のイタリアで天才的な即興詩人のコリンヌと出会ったイギリス貴族オズワルドは、彼女の才能と熱情に感銘を受け、深く愛するようになる。だがコリンヌはかつて父親の国イギリスに渡ったとき、小さな町の閉鎖性と社会のしきたりになじめず、イタリアに逃げ帰った苦い記憶にとらわれ、オズワルドの求婚に応じられない。軍の命令でイギリスに戻ったオズワルドは、かつての性向と習慣を取り戻し、慎ましく純真なコリンヌの異母妹リュシルに惹かれるようになる。しかもオズワルドの亡き父が息子とリュシルとの結婚を望んでいたことを知り、オズワルドはコリンヌを捨て、幸福な家庭生活の伴侶としてよりふさわしいリュシルを選ぶ。愛情深いが感情を表に出さないもの静かな妻と、幼い娘と、病気のために日々不機嫌の度を加えていく義母との単調で味気ない生活が、小説末尾近くに書かれている。

(140) イギリス南西部の港町。十七世紀、ピューリタン(清教徒)の一行がこの港から乗船して新大陸に向かった。

(141) スペイン南西部、アンダルシア地方の港町。

(142) スペイン南部、アンダルシア地方の古都。

(143) 原文は associations des sensations. 断章一一二(下巻所収)にも同様の表現が出てくる。

(144) この考え方については、第一巻第三十六章で詳しく展開される。

(145) シャンフォール『格言と省察、人物と逸話』(前注(12)を参照)にある逸話。昨今の娼婦たちの上品ぶる風潮が気に入らないと言って、デュクロ(前注(10))がロシュフォール夫人を相手にみだらな話を連発したところ、ロシュフォール夫人にやんわりと諭されたという内容。

(146) 同じくシャンフォールからの借用。シャンフォールのテクストでは、さる侯爵の夜会で、だれかが少々淫らではあるがいちおうの節度は守られた歌を歌った直後に、フロンサック公爵がひどく下品な小唄を歌い出し、皆があっけにとられたところで、侯爵がフロンサックに苦言を呈するという設定になっている。

(147) フランスの小説家・軍人ラクロ(一七四一—一八〇三)の『危険な関係』(一七八二)の主人公。革命前の貴族たちの退廃的な風俗を描いてセンセーションを巻き起こした。

(148) スタンダールは第二巻第四十章でカバニスらの著書を参照しつつ、多血質、胆汁質、憂鬱質、粘液質、神経質、運動質という六つの気質について論じている。古来、多血質の人は楽観的、活動的で、憂鬱質の人は猜疑心や自己顕示欲が強く、落ちこみやすい性質とされる。

(149) カバニスによれば、憂鬱質の人にとって恋愛はつねに重大な事件であるという(『人間心身関係論』第六論文)。

(150) グルノーブルの北方、アルプス山脈前山にあたる険しい山塊。十一世紀に聖ブリュノによって建てられた修道院が残っている。「アルフレッドの物語」なるものについては不詳。

(151) リジオ・ヴィスコンティの手記の翻訳という設定にしたがっている。

(152) これもフィクションの真実性を高めるための虚構。「発行者」とはスタンダールを指す。第二巻第四十四章にも同様の原注(*2)があるので、「唯一の注」というのは誤り。

(153) Mはマティルデ・デンボウスキーの頭文字。「女友達」とは第十四章でも言及されていたマティルデの従姉、トラヴェルシ夫人を指すのであろう(前注(66)を参照)。

(154) 「ヴォルテッラ、グアルナッチ」の略とされる。本章にもマティルデをめぐる悲痛な思い出の反映が多く見られるが、これもそのひとつ。マティルデを追いかけてヴォルテッラに赴いたスタンダールは、ひそかに彼女の行動を探るうち、彼女が宿泊先の主人ジョルジに親しげによりかかっているのを見て嫉妬にかられたとの記述が、マティルデにあてた手紙の下書きに残されている。グアルナッチはヴォルテッラの貴族の名。エトルリア時代の遺跡からの発掘品の収集家として知られた。

## 第二十七章

(155) 「G伯爵」についてはいずれの校訂版でも、スタンダールが高く評価していたイタリアの喜劇作家、ジョヴァンニ・ジロー(一七七六―一八三四)を指すとされている。ミラボーについては前

注(94)を参照。

(156) 教皇庁を指すと思われる。

(157) ボローニャの教皇特使(一七六二—一八一八)。才気と教養にあふれた魅力的な人物であったと言われている。スタンダールは枢機卿とは面識がなかったとされるが、イタリア旅行記の中でくりかえし登場させている。

## 第二十八章

(158) ロンドン南西の郊外にある、テムズ川右岸の緑豊かな居住地区。エリザベス一世が好んで住んだリッチモンド宮殿があった。

(159) 十八世紀のスコットランドを舞台とするスコットの小説『ミドロジアンの心臓』(一八一八)の第三部で、赤子殺しの罪に問われた妹の赦免を直訴するため、主人公ジーニーはイングランド王妃キャロラインの信頼の篤いスコットランドの大貴族、アーガイル公にとりなしを頼む。当時スコットランドとイングランド王室は政治的に一触即発の状態にあり、アーガイル公は王妃の矜持と警戒心に配慮しながら、巧みに拝謁を成功させ、恩赦へと導く。

(160) イギリスの詩人バイロン(一七八八—一八二四)の、放蕩無頼な主人公の恋と冒険を描いた長編叙事詩『ドン・ジュアン』(一八一九—一八二四)の、第一歌第七十三節からの引用。恋の情熱はいくら入念にとりつくろっても、おのずとあらわれ出てしまうということの比喩。

(161) イギリスの作家リチャードソン(一六八九—一七六一)の長編小説『クラリッサ』(一七四七—

一七四八)のこと。祖父の莫大な遺産を相続したハーロー家の純真な次女、クラリッサが、家族の陰謀によって放蕩者のラヴレースに陵辱され、自ら死を選ぶという物語。

(162) モニームはラシーヌ(フランスの悲劇作家、一六三九—一六九九)の悲劇『ミトリダート』(一六七三年初演)の登場人物で、東方の専制君主ミトリダート王の若き婚約者。王がローマとの戦いで討ち死にしたと聞き、ひそかに王の息子クシファレスに思いをつのらせる。しかし王が生還し、ふたりの道ならぬ恋を知って嫉妬にかられ、自分たちふたりの結婚を急ごうとすると、モニームは拒絶し、むしろ潔く死を選ぶと言い放つ。引用は第四幕第四場で、モニームがミトリダートにむかって言うせりふ。引用文中、王の「策略」とあるのは、王がモニームに、おまえを息子のクシファレスに譲ることにしたと嘘をつき、真情を吐かせようとしたことを指す。

(163)『恋愛論』の書かれた王政復古期の政体は、一八一四年六月にルイ十八世が国民に対してフランス革命の基本的成果(法のもとの平等、所有権の不可侵など)を認めることを誓った「憲章」(シャルト)と、二院制の議会を柱とする君主制であった。ただし芸術の発展という観点からは、このふたつの要素をもたなかったラシーヌの時代の絶対王政のほうがましであったという見解は、現政権に対する痛烈な批判となる。

(164) ダンテ『神曲』(一三〇七—一三二一)からの引用。シエナはフィレンツェの南方約五十キロメートルにあるトスカーナ地方の町。マレンマはこの地方の沿岸の湿原地帯を指す。原文には原注が付され、引用部分のフランス語訳が示してある。

(165) シェイクスピアの悲劇『オセロー』(一六〇四—一六〇五)で、ムーア人の将軍オセローの誤解と嫉妬により殺される妻。後注(244)も参照。

(166) シエナの誤り。深読みしたくなる書き間違いである。

(167) トリノを中心とする、イタリア北西部のアルプス山麓に位置する地方。中世以来フランスの大領主サヴォワ公爵家(一七二〇年にサルデーニャ王の称号を獲得)の専制支配が続いており、十八世紀末のフランスによる併合を経て、ウィーン会議後は王家に返還され、徹底した復古体制がしかれた。前出のアルフィエーリ(前注(17)を参照)はピエモンテの出身。

(168) ミラノの北西、ピエモンテ地方を流れる川。

(169) この人物については不詳。マルティノーは、実在したイギリスの女優テリーザ・コーニリス(一七二三—一七九七)を指すのではないかと指摘している。

(170) 前注(31)を参照。

(171) パリの西方郊外にあり、ナポレオンの宮殿があった。

(172) 胆汁質は先に挙げた六つの気質のひとつで(前注(148)参照)、大胆不敵で怒りっぽいとされる。

(173) サン゠シモンの『回想録』(前注(64)を参照)にあるエピソード。ローザンはつれない態度をとった女官長のモナコ夫人をこらしめるため、侍女たちとともに横になって涼んでいた夫人の手のひらの上に片足をのせ、つま先でぐるりと回ってから立ち去ったという。

(174) 同じくサン゠シモンにある挿話。自身の任用にからむ内情を聞き出すため、ローザンがルイ十四世の愛妾モンテスパン夫人(一六四一—一七〇七)の侍女を籠絡して、王と夫人が語らっている寝台の下にもぐりこんだという話。ことの次第を聞いたローザンは、王へのとりなしを安請け合いした夫人を恨み、夫人にさんざん悪態をついたという。

(175) スコット『海賊』については前注(2)を参照のこと。ミンナ・トロイルはシェトランド諸島(スコットランド沖の群島)の島の名士の娘で、難破して島に漂着した海賊船の船長クリーヴランドと恋におちる。

(176) この表現に関しては前注(124)を参照のこと。

(177) ルソーの小説『エミール』(一七六二)の第五巻の脚注に、ブラントーム(一五四〇頃—一六一四、フランスの軍人・回想録作家、代表作『名婦伝』、『名将列伝』)のものとして引かれている逸話で、女の真摯な愛が男にひきおこす奇跡をたたえる内容。ルソーのテクストでは、説明の内容に若干のニュアンスの相違が見られる。すなわち、恋人のおしゃべりに業を煮やした女性が恋人に無期限の沈黙を命じ、周囲はそれを病気のせいだと思っていたが、二年たって、女性がこの人に口をきかせてみせると豪語し、実際にやってのけたので、二人の仲を知らなかった人たちは非常に驚いたという内容。

## 第二十九章

(178)『アイヴァンホー』については前注(46)を参照。引用は魔女裁判にかけられたユダヤ人の金貸しの娘レベッカが、彼女に欲望を抱き、自分とともに来るなら命を助けてやるとせまるテンプル騎士団員ブリアン・ド・ボア・ギルベールにむかって言うせりふ。

(179) この引用は歴史書からとったものではなく、当時の自由主義的傾向の週刊誌『ミネルヴ・フランセーズ』に連載されていたエティエンヌ・ジュイの対話形式の物語『生者と死者の対話』からの借用であると、マルティノーは指摘する。

(180) エリザベス一世(一五三三―一六〇三)はイギリス、チューダー朝の女王。王位継承権争いから、従妹のスコットランド女王、メアリ・スチュアート(一五四二―一五八七)を幽閉、処刑した。レスター伯(一五三二?―一五八八)はエリザベス女王と愛人関係にあったといわれる人物。

(181) ドイツの劇作家、詩人(一七五九―一八〇五)。悲劇『メアリ・スチュアート』(一八〇〇)には、エリザベス一世を翻意させることに失敗したメアリが、最後の頼みの綱としたレスター伯の存在に力を得、女王を罵倒する場面がある。

(182)『クレーヴの奥方』については前注(29)を参照。クレーヴの奥方は宮廷の舞踏会でヌムール公と出会い、愛し愛されるようになるが、夫を裏切ることを恐れ、必死で恋心をおさえようとする。だが苦しさに耐えきれず、相手の名を隠したまま夫に道ならぬ恋を打ち明ける。夫は苦悩の末病死してしまう。夫人はヌムール公の求婚を退け、修道院に入る。

(183) この部分には、スタンダールのマティルデに対する非難、および自己弁護の姿勢が透けて見える。これ以降もしばらく、スタンダールの個人的感情の吐露という色彩の強い数章が続く。

(184) ラファイエット夫人と、晩年のラ・ロシュフコー(一六一三―一六八〇、『箴言集』(一六六五)で有名なフランスのモラリスト)が篤い友情を保ち、お互いに深い文学的影響を与えあっていたことは確かで、スタンダールの言うように『クレーヴの奥方』を二人の共作とする説や、ラ・ロシュフコーを真の作者とする説が当時からあった。

（185）ボローニャの西、レノ川に沿った風光明媚な土地。

（186）リジオ・ヴィスコンティ、サルヴィアーティと同様に、スタンダールの分身的存在。デル・リットによれば、スタンダールはこのデルファンテという名を、一八一一年に彼の愛人となったミラノの小役人の妻、アンジェラ・ピエトラグルーアのとりまきの大尉の名からとったという。

（187）デルファンテがスタンダールの分身だとすれば、ギージ伯爵夫人にはマティルデの面影が反映されている。

（188）スタンダールがこよなく愛した、イタリアの新古典主義の彫刻家（一七五七―一八二二）。

## 第三十章

（189）夫と別居して奔放な私生活をおくるマティルデに、「愚かしい大男の判事」たる世間は厳しかった。「デリカシーのないふしだらな女」とはもちろん、トラヴェルシ夫人のことを言いたいのだろう。

## 第三十一章

（190）古代ローマの叙情詩人プロペルティウス（前五〇頃―前一六頃）の『詩集』（全四巻）からの引用。浮気な恋人キュンティアに詩人が呪縛、翻弄されるさまが歌い上げられている。

（191）この「女友達」も当然のことながら、マティルデの従姉トラヴェルシ夫人を想定している。

（192）同様の表現は第二巻第四十一章にも出てくる。

(193) ペトラルカ(一三〇四―一三七四)はイタリアの詩人・人文主義者。詩集『カンツォニエーレ』(一三五六―一三五八)の中で永遠の恋人ラウラへの思いを歌い上げた。

(194) 不幸な恋人、サルヴィアーティのたどった運命は、架空の手記の筆者、リジオ・ヴィスコンティの運命と重なる。

(195) マルティノーはこの箇所に一八一九年六月の父親シェリュバン・ベール死去の際、スタンダールが遺産にありつくどころか、父親が破産状態であったことを知って愕然としたという体験の反映を見ている。

(196) マルティノーもデル・リットもこの箇所をスタンダールの実体験に重ね、ナポレオンがライプツィヒの戦いで大敗を喫した後に皇帝を退位した一八一四年四月六日のことを暗示していると見る。スタンダールはすでに触れたようにモスクワ遠征に参加し、帝政の崩壊とともに失職した。

(197) ダンテ『神曲』地獄篇第二十八歌からの引用。

(198) スイス国境近くのジュラ山脈にある町。スタンダールは一八一一年九月に、イタリアに向かう際にここを通っており、その峡谷の美しさに強い印象を受けている。後年の自伝『アンリ・ブリュラールの生涯』(一八三五―一八三六年執筆、死後出版)第二章にも同様の記述があり、「本街道にそってドールから来るとき、アルボワに近づくところで、だと思うが、岩山の線は私にとって、マティルドの魂の紛うことなき明瞭な像だった」とある。ドールとポリニーはともにフランスからジュネーヴに向かう街道の途上にあり、アルボワもポリニーにほど近い位置にある。美しい風景の中に愛する女性の像を見るという趣向は第二巻第五十九章(下巻所収)にも出てくる。

(199) シラー(前注(181)を参照)の、史実をもとにした韻文悲劇『スペインの王子ドン・カルロス』(一七八七)の主人公。義母への恋情を断ち切れず、悶々と日々を送っている王子は、スペインの圧制にあえぐオランダの解放に王子を向かわせようとする親友の画策に巻きこまれて捕えられ、父王によって宗教裁判所に送られる。

(200) 実在の人物、アベラールとエロイーズ(前注(5)を参照)の悲恋をもとにしたルソーの書簡体小説『新エロイーズ』(一七六一―一七六二)の主人公。平民出身のサン゠プルーはジュネーヴの男爵令嬢ジュリと恋におちるが、ジュリの父親の強硬な反対にあって別離をよぎなくされる。失意のサン゠プルーは放浪の旅に出る。ジュリの夫となったヴォルマールは二人の過去に理解を示し、サン゠プルーを子供の家庭教師として家に招く。奇妙な共同生活の中で、ふたりはお互いへの断ちがたい情熱に煩悶し、一時はそれを克服したに見えたが、自分の子供を救おうとして湖に飛びこんだジュリの死によって終止符を打たれる。美しい自然描写と抒情的な文体によって大ベストセラーとなったこの小説を、スタンダールはグルノーブル時代から愛読していた。

(201) 古代アテネを舞台とするラシーヌ作の悲劇『フェードル』(初演一六七七)の主人公。父王の宿敵の娘アリシー姫をひそかに愛しているが、義理の母フェードルが彼に抱いた道ならぬ恋と嫉妬の犠牲となって命を落とす。

(202) 十七世紀初頭のオスマン・トルコ帝国の後宮を舞台とするラシーヌの同名の悲劇(一六七二)の主人公。バジャゼは皇帝の弟で、猜疑心から皇帝に遠ざけられ、皇帝の遠征中、皇妃ロクサーヌの手によって幽閉されている。バジャゼに恋い焦がれるロクサーヌは、バジャゼを位につけようとたくらむ宰相に後押しされ、自分との結婚に同意しなければ命はないとバジャゼに迫るが、バジャゼは皇族の娘アタリードへの思いからこれを拒絶し殺害される。

(203) 古代ローマの歴史家(前五九—後一七)。皇帝アウグストゥスに仕え、全一四二巻にわたる『ローマ建国史』を残し、ローマ人の美徳をたたえた。

(204) 古代ローマの軍人(紀元前三世紀)。第一次ポエニ戦争でカルタゴ軍の捕虜となり、和平の交渉のためローマに返されたとき、祖国の勝利を確信して、自らの危険も顧みず、カルタゴとの講和を拒否するよう元老院にはたらきかけたという。カルタゴとの約束を果たすために再びカルタゴに戻り、拷問の末に絶命。ローマの軍人の模範とたたえられた。

(205) 古代ローマの軍人皇帝(二〇一—二五一)。ドナウ川周辺に侵攻したゴート族撃退に貢献したが、在位二年で戦死した。

(206) この人物は断章九〇(下巻所収)でも言及され、そこではマティルデを指している。デル・リットはここに前出のマティルデの従姉、トラヴェルシ夫人(前注(66))の影を見ている。このくだりがヴォルテッラ事件(前注(43)を参照)をもとにしているのは明白。

(207) 『海賊』については前注(175)を参照。マートン(スタンダールはMertonと記しているが、正しくはマートゥンMertoun)は物語の始まる数年前に島に定着した、謎めいた出自の青年で、ミンナとその妹のブレンダと親しくつきあい、難破した海賊船から浜に打ち上げられたクリーヴランドを救う。育ちのよさからくる感じのよさと、血気盛んな年齢特有の、熱狂しやすい性質をあわせもつ青年として描かれている。その後クリーヴランドと対立するが、ミンナ姉妹への献身は貫く。

(208) イタリアのルネサンス期の画家(一四八九頃―一五三四)。スタンダールが最も愛した画家のひとりで、豊かな色彩と絶妙な明暗法、抒情性を特徴とする。宗教や神話をモチーフにした壁画、天井画を多く描いた。

(209) 現在パルマ国立美術館にあるフレスコ画《聖母戴冠》のことを指すと思われる。

(210) 「白いサテンの帽子」についてはすでに第一巻第二十章で触れられている(前注(104))。

(211) 前半の三行は第一巻第八章および第十四章で言及された、ダンテ『神曲』地獄篇第五歌のフランチェスカ・ダ・リーミニの挿話の中の一節。後半の二行は煉獄篇第三歌からとられている。「かの者」とは十三世紀に南イタリアとシチリアを統治し、ローマ教皇に破門された末に討たれたマンフレーディ王のことを指す。なお、原文には原注で該当部分のフランス語訳が付されている。

(212) シェイクスピアの悲劇『ロミオとジュリエット』(一五九四―一五九五)の第二幕第六場で、ロミオがジュリエットへの思いを、ロレンス神父を前に語るくだり。

(213) クレモナ出身の詩人、G・ラダエッリ(一七八五―一八一五)作の詩の転用。マルティノーによれば、一八一八年にミラノの新聞に発表された二つの詩がつぎ合わされたものであるという。アナクレオン(前五七二頃―前四八二頃)は古代ギリシャの抒情詩人で、酒と女をうたった享楽的な詩をつくった。古来、アナクレオンの用いた詩形や作風にのっとって多くの模倣作がつくられている。

## 第三十二章

(214) 恋愛にかぎらず、幸福な体験が明確な記憶を残さないというのはスタンダールの持論であり、後年の自伝『アンリ・ブリュラールの生涯』においても、そうした体験をどう言葉で書き表すかという課題と正面から向き合うことになる。

(215) この挿話はスタンダールの最初の著書『ハイドン・モーツァルト・メタスタージオ伝』(一八一五)の中の『ハイドン伝』「第十九の手紙」から、ほぼ形を変えずに引用したもの。ジェニーのモデルは『ハイドン伝』執筆時の愛人、アンジェラ・ピエトラグルーアといわれ、当時の日記には本章冒頭の内容と重なる記述がみられる。

(216) イタリア北部アルプス南麓にある、イタリア最大の湖。

(217) 当時スタンダールはミラノにおり、この翌日は前注(215)のアンジェラがスタンダールに身をまかせた記念すべき日にあたる。

(218) フランス南部のローヌ川右岸の地域、アルデーシュ出身のトルバドゥール(十一世紀末から十三世紀末にかけて南仏で活躍した吟遊詩人)。この詩人については第二巻第五十一章で再び触れられる。

(219) 外交官、文学者のニヴェルネ公マンシーニ＝マザリーニ(一七一六―一七九八)。正確な書名は『ド・サント＝パレイエ氏の手稿から抜粋したトルバドゥールたちの生涯』(『全集』(一七九六)第三巻所収)。詩作のほか、ギリシャ・ローマの古典や同時代のイギリス文学の翻訳を手がけた。

(220) ウェルテルについては前注(65)を参照のこと。「ウェルテル風の恋愛」については、第二巻第五十九章(下巻所収)で「ドン・ジュアン風の恋愛」と対比されて詳しく論じられる。

(221) 『恋愛論』がリジオの手記の自由訳である、という虚構性の確認。

(222) 人間の本性に根ざす「自然さ」(naturel)という概念は、スタンダールの思想のキーワードのひとつで、生き方全般や恋愛、社交、文体などにおいて、幸福に至るために到達しようとしてもなかなか実現できない究極の理想的態度とされている。『赤と黒』のジュリヤン・ソレルをはじめとするスタンダールの小説の主人公たちも、意識してこれに近づこうとするときには成らず、無意識のうちに到達できていて、あとからふりかえったときに初めてそれに気づくといった経験を重ねる。

(223) 「木製の手」というのはゲーテの『若きウェルテルの悩み』(前注(65)を参照)の、ウェルテルがロッテにあてた手紙の中で用いられている表現。ロッテから遠く離れ、放心状態で過ごすウェルテルが、まるで操り人形のようにだれかに操られている感覚を覚えるうち、隣にいる人の「木製の手」をつかみ、ぎょっとして飛びのく瞬間がある、と語るくだりがある。

(224) マルティノーによれば、一八一九年から一八二〇年にかけてパドヴァで出版された、アントニオ・マンサール編の『ペトラルカ全集』の、マンサールによる序文の一部であるという。

## 第三十四章

(225) デル・リットは、このヴェネツィアという地名は恣意的なもので、「公女」についてはトラヴェルシ夫人への面当てであろうと解釈する。ちなみに、トラヴェルシ夫人の生年は一七八四年ごろとされ、一八一九年当時にはちょうど三十五歳ということになる。

(226) ピエール・ジェリオット(一七一一―一七五五)はテノール歌手で、パリのオペラ座で活躍した。デピネ夫人『反告白――モンブリヤン夫人の物語』(前注(13)を参照)には、夫人(作品中ではモンブリヤン夫人の名で呼ばれる)に愛人との関係の悩みを聞かされた義理の妹(作品中ではメニル夫人)が、今度は私に協力してちょうだいと頼む場面がある。義妹はその晩、愛人のジェリオット(ランドリの名で呼ばれる)を自分の隣の部屋に泊めるため、夫のメニル氏を別室に寝かせるよう、夫人に頼む。

(227) イタリア国境に近いオーストリア南部の都市。

(228) 神聖ローマ帝国皇帝(一五〇〇―一五五八)で、スペイン王カルロス一世を兼ねる。北イタリアの覇権をめぐり、十六世紀前半にフランス王フランソワ一世と数回にわたる戦い(イタリア戦争)を繰り広げ、フランス勢力をほぼ駆逐した。

(229) レスピナス嬢の『書簡集』については前注(57)を参照。

(230) ズノイモはチェコ南部、オーストリア国境付近にあるモラヴィア地方の古都。最後の発言は過去の時代にかんするものとはいえ、イタリアの政治情勢にからむため、オーストリア官憲の検閲を避けるために関係のない年号と地名を付したのであろう。ただし完全に無関係かというとそうでもないのかもしれない。デル・リットはモラヴィア地方に、オーストリア政府がイタリアの政治犯たちを次々と投獄した、悪名高きシュピールベルク監獄があった事実を指摘している。

(231) スタンダール自身、一八一一年四月に、パリで毎日のように会っていたアレクサンドリーヌ・ダリュ(前注(98)を参照)を攻略するため、友人のクロゼと共同で「バンティのためのB公爵夫人診断書」(バンティはスタンダールの変名のひとつ)と題する作戦計画書を書いたことが知られている。

(232) バッフォはイタリアの詩人(生年不詳―一七六八頃)。ヴェネツィア方言できわどい主題の詩を書いた。ソネはイタリアを起源とする十四行の叙情詩。

(233) 前注(193)を参照。

(234) 古代ローマの抒情・風刺詩人(前六五―前八)。アウグストゥス帝治世下で活躍し、『風刺詩』、『歌章』、『書簡詩』などの作品を残した。

(235) 前注(190)を参照。

(236) フランスの詩人(一六二一―一六九五)。動物たちの姿に社会風刺、人間批判を重ねた『寓話』(一六六八―一六七九)が代表作。

(237) スタンダールが敬愛したイタリアの詩人、愛国者(一七七二―一八三二)。バッフォ同様、ヴェネツィア方言で風刺的な詩を書いた。

## 第三十五章

(238) モンタニョーラはボローニャにある遊歩道。この時期、スタンダールはミラノにいた。

(239) ボーマルシェ(前注(40)を参照)の喜劇『セヴィリャの理髪師』(一七七五年初演)の第四幕第一

場において、バジール（貴族の娘ロジーナの音楽の教師）が、ロジーナの後見人である医師バルトロにむかって言うせりふをもとにしている。正確な引用は「どんな財宝でも、わがものにするのはたいしたことではありません。それを楽しんでこそ幸せになれるのです。」

(240) 第一巻第二十章、第三十一章では「白いサテンの帽子」として出てくる。前注(104)および(210)を参照。

(241) ラ・ロシュフコー（前注(184)を参照）の『箴言集』に同様の内容の箴言がある（箴言四四六）。

(242) スカロン（一六一〇―一六六〇）は悪漢小説『ロマン・コミック』（一六五一―一六五七）によって知られ、スタンダールの愛読していたフランス人作家のひとり。マルティノーによれば、スカロンにはこのタイトルの作品は存在しないが、若い公女を主人公とする短編があるという。

(243) スペインの小説家セルバンテス（一五四七―一六一六）の小説『ドン・キホーテ』（前編一六〇五年、後編一六一五年）の中で、前編第一部第三十三章から第三十四章にわたって繰り広げられる逸話。ドン・キホーテとサンチョの泊まった街道宿で、同郷の僧侶がサンチョらを前に、宿屋の亭主が保管していた匿名の手書き原稿の物語を読み上げるという入れ子構造をとっている。トスカーナの紳士ロターリオが、妻が貞淑であることを確かめるため、親友のアンセルモに妻を誘惑するよう依頼する。アンセルモは最初気がすすまなかったが、最終的にロターリオの妻と愛人関係になり、駆け落ちしてしまう。自分の愚かな好奇心が招いた不幸を悟ったロターリオは絶望のあまり息絶える、という話。

(244) シェイクスピアの悲劇『オセロー』（前注(165)を参照）の第三幕第三場で、将軍オセローの部下であるイアゴーが、軍隊で冷遇された腹いせに、オセローの妻デズデモーナに不貞の罪をかぶせようとして、彼女から盗んだハンカチを副官キャシオーの宿舎に落とす場面でのせりふ。原文には引用部分のフランス語訳が付されている。

(245) 一八一九年六月のヴォルテッラ事件の際、到着早々にマティルデに見つかり、厳しい叱責を受けたスタンダールは、ある日の午後悶々としながら、マティルデの宿近くの城壁の外の草原で「二時間海を眺めて」過ごした、と六月十一日付のマティルデあての手紙で記しており、この箇所はその体験をふまえているのではないかと考えられる。

(246) スコット作『ラマムーアの花嫁』については前注(36)を参照。第八章の冒頭部の、エドガー・レイヴンズウッドの城から見える光景について描写した箇所。

(247) ルイス・クラーク探検隊による探検は、正確には一八〇四年から一八〇六年にかけて、アメリカ合衆国第三代大統領ジェファソンの命により、ミズーリ川に沿って西進し、太平洋へと至るもっとも経済的な陸路の探索を目的として行われた。デル・リットによれば、スタンダールの実際の引用元はイギリスの評論誌『エディンバラ・レヴュー』第四十八号(一八一五年二月)(雑誌については第二巻の訳注(41)を参照)である。

(248) クエーカー教徒のペンが建設した、アメリカ合衆国北東部の都市。独立宣言が発せられ、合衆国憲法が制定された先進的な土地で、スタンダールの敬愛するベンジャミン・フランクリン(第二巻の訳注(45)を参照)が読書クラブを設立し、ペンシルヴァニア大学の前身となるフィラデルフィア・アカデミーの創立に尽力した地でもある。

(249) デンデラはナイル川上流の、愛と幸福の女神ハトホルの神殿のあった場所。神殿内の祠堂の天井に彫られていた黄道帯のレリーフはプトレマイオス朝時代のもので、ナポレオンのエジプト遠征の際に発見され、一八二二年に石板の形でフランスに持ちこまれた。現在はルーヴル美術館が所蔵している。

(250) ボストンを州都とする、アメリカ合衆国の北東部の州。

(251) フランスの歴史家、思想家(前注(23)を参照)。イデオローグのひとりで、『一七八三年、一七八四年、一七八五年のシリアとエジプトへの旅』(一七八七)、『アメリカ合衆国の風土と国土事情』(一八〇三)など、該博な知識に裏打ちされた数々の旅行記を残した。スタンダールも愛読している。

(252) 一ルイは二十フランにあたり、当時の一フランが現代の日本円の千円に相当するという鹿島茂氏の説によれば、六百万円から八百万円くらいの額にあたる。(これ以降は、この換算式に従い、円に換算した金額を本文の〔　〕内に示す。)

## 第三十六章

(253) スタンダールの愛読書のひとつ、アルフィエーリ(前注(17)を参照)の『自伝』(一七九〇—一八〇三執筆)の第一部第三期第十章以下には、アルフィエーリがロンドンでリゴニア子爵夫人ペネロープ・ピットと関係を結び、嫉妬した夫に決闘を挑まれたり、訴訟をおこされたりしたあげく、あっさりと当人に裏切られて終わった経緯が記されている。二十年後、アルフィエーリはドーヴァーで船に乗りこむ際に彼女の姿を認め、後日手紙を出す。『自伝』第二部にはフランス語で書かれた彼女からの返事の写しが載せられており、末尾にペネロープの署名が入っている。ちなみにギリシャ神話においてペネロペイアはオデュッセウスの妻で、夫のトロイ遠征中、多くの誘惑をはねのけたことから、その名は貞節な妻の代名詞となっており、スタンダールはその落差を皮肉った。

(254) これとほぼ同じ趣旨の文章が断章八(下巻所収)で繰り返される。

(255) クーランジュ侯爵夫人(一六四一頃?—一七二三)はルイ十六世の愛妾マントノン夫人のお気に入りの貴婦人で、親戚関係にあったセヴィニエ夫人(前注(91))に劣らぬ、機知あふれる書簡を残している。

(256) 古代ローマの風刺詩人ユウェナリス(六〇年頃—一二八以後)の『風刺詩』第六巻からの引用。女たちが剣闘士を好むことを皮肉った一節。

(257) ルイ十三世、ルイ十四世に仕えた勇将(一六一一—一六七五)。三十年戦争で巧みな戦術家としての腕を発揮し、元帥の称号を与えられた。

(258) ロマン派の先駆けと目されるフランスの詩人(一七六二—一七九四)。革命運動に加わり、急進派と対立して処刑された。引用部分は、恋愛と友情を抒情的に歌い上げた『悲歌集』(一八一九、死後出版)の中の詩の一節に若干改変を加えたもの。

(259) エルヴェシウス(前注(21)を参照)の『精神論』(一七五八)の「第一の論文」第二章「情念によってひきおこされる誤謬について」の中に、同様のエピソードがある。ただしソメリ嬢なる名は記されていない。

## 第三十七章

(260) ラシーヌの悲劇『バジャゼ』(前注(202)を参照)の登場人物で、オスマン帝国の皇妃。自らの求愛を拒み、幼なじみの皇族の娘を選んだ義弟バジャゼを殺害する。

(261) 女性は伝統的に決闘を禁じられていた。

(262) ディドロ(前注(137)を参照)の小説『運命論者ジャック』(一七七三年頃執筆)の中の挿話で、ジャックとその主人が宿屋の女主人から聞いた話という体裁をとっている。ポムレ夫人という女性が愛人である侯爵の心変わりに深く傷つけられ、侯爵の女癖の悪さを利用して復讐を遂げようともくろむ。夫人は博打宿を経営する知り合いの母娘をそそのかし、娘のほうを身持ちのよい女性にしたてて侯爵に近づけ、結婚にこぎつけさせる。夫人はすかさず娘の素性を暴露する。侮辱されたと思った侯爵はいったん妻を家から追い出すが、やがて妻を赦し、再び迎え入れる。逆に、姦計のすべてを暴露されたポムレ夫人はサロンで嘲笑されて終わるという、ラクロの『危険な関係』を思わせる挿話。

(263) 現在もっとも流布している『箴言集』の版本では、四七二の番号を付されている。

(264) つまり、男性の浮気はただの遊びであって心変わりを意味しないが、女性の場合には羞恥心が歯止めをかけ、よほど本気でないと浮気には走らないので、恋の終わりを意味することが多いということ。

## 第三十八章

(265)《pique》は現代フランス語では「辛辣な言葉、皮肉」が第一義で、古い用法として「(自尊心を傷つけられたことによる)不機嫌、仲たがい」という意味があり、スタンダールは後者の意味で用いている。ちなみにこの章の原文タイトルは《De la pique d'amour-propre》。

(266) スペインの軍人(一七七七—一八三二)。ベネズエラ、コロンビア方面の南米植民地の反乱を鎮めるためにフェルナンド七世(後注(268)を参照)によって派遣され、独立運動の指導者シモン・ボリヴァルと壮絶な戦いを繰り広げた。

(267) イギリスの劇作家(一五八三—一六四〇)。国王一座の座つき作家として、風刺のきいた多くの喜劇、悲劇、悲喜劇を残した。

(268) スペイン国王(一七八四—一八三三)。即位と同時にナポレオンに廃位されたが、ナポレオン失脚後の一八一四年に復位し、極端な反動体制をしいた。

(269) 一七七七年から一七八〇年にかけて、ヴァンセンヌ監獄にいるミラボー(前注(94)を参照)が恋人のソフィー・ド・モニエにあてて書き送った恋文が、死後の一七九二年に通称『ソフィーへの手紙』として出版された。熱烈な愛の言葉にあふれた手紙も、二人の間に生まれた娘の死をはさんで次第に冷ややかなトーンに変わる。釈放後のミラボーはかつての愛人を顧みなくなり、再会を経てもふたりの間の溝は埋まらず、恋人に捨てられたソフィーは数年後に自殺した。

(270) この逸話が実話をもとにしているかどうかは不明だが、デル・リットは一八一九年のヴォルテッラ事件の際、スタンダールがミラノを出てジェノヴァから船に乗り、リヴォルノ経由でヴォルテッラにむかったことを指摘している。

(271) 前注(169)を参照。

(272) 前注(133)を参照。

(273) イギリスの小説家・詩人(一七六九―一八五三)。十九世紀初頭に一世を風靡し、そのほとんどの作品がフランス語に訳された。「風変わりな男の告白」は『新しい物語』(一八一八年)におさめられた短編で、気ままに生きる貴族の夫が、生来の気まぐれと無神経さから心優しく繊細な妻を傷つけ、病死に至らせるさまを描いた短編。ただしここでの夫は、たびたび妻の好意をふみにじることはあっても、愛人をつくることはない。

(274) ルイ十五世時代の政治家、ショワズール公爵のこと(一七一九―一七八五)。ポンパドゥール夫人の信頼をえて、外務大臣、陸軍大臣などをつとめた。

(275) ショワズール公爵の実妹(一七三〇―一七九四)。兄を公私ともに支配しようとし、その政治的失脚を招いたといわれる。

(276) デュ・デファン夫人については前注(16)、ローザンについては前注(9)を参照のこと。デュ・デファン夫人の書簡には、親友であったショワズール公爵の話題が多く出てくるが、実妹のグラモン夫人との関係については具体的には触れられていない。いっぽう、ローザンの『回想録』の第一章には、グラモン夫人が実兄のショワズール公爵に対する影響力を日に日に増してゆき、ショワズール夫人を激しく嫉妬させていたこと、また兄がグラモン夫人に目を奪われないよう、ローザンを近づけて夫人の愛人にさせようとしたことなどが、逸話として語られている。

(277) これがフランス国民を指していることは文脈から明らかである。

(278) 正確な書名は『アメリカ合衆国の風土と国土事情』(一八〇三)。ヴォルネーについては前注(251)を参照のこと。引用箇所はヴォルネーの著書の、本編のあとに付け加えられた「解説」第五項「インディアンまたは未開人に関する観察」からとられているが、多少の改変がなされている。さらに引用符こそないが、本章の最終段落も、ヴォルネーの原注からの借用である。

## 第三十九章

(279) デュクロ(前注(10)を参照)が『ルイ十四世の治世、摂政時代、ルイ十五世の治世にかんする秘録』(死後出版、一七九〇)第二巻の中で、ベリー公爵夫人のエピソードを書くにあたり、スタンダールがこの後の部分で引用しているサン゠シモンの『回想録』から想をえたことが知られている。『秘録』はスタンダールの愛読書のひとつ。ベリー公爵夫人(一六九五―一七一九)はルイ十五世の摂政オルレアン公フィリップの娘で、奔放なふるまいで知られた。

(280) デピネ夫人の義妹であるドゥドト夫人と詩人サン゠ランベール(一七一六―一八〇三)が、五十年間にわたってお互いに抱き続けた細やかな情愛は、軽佻浮薄な風潮が支配的だった十八世紀にあって、ほぼ伝説的なものとなっている。デピネ夫人の『反告白――モンブリヤン夫人の物語』(前注(13)を参照)にはふたりの親密ぶりと、ルソーがドゥドト夫人に横恋慕し、デピネ夫人を利用してふたりの仲を裂こうとした経緯がくりかえし書かれている。マルモンテルの『わが子の教育のための父親の覚書』(前注(11)を参照)の第八巻第一部にも、同じ件に関しディドロから伝え聞いた話として、ディドロがドゥドト夫人をめぐるルソーとサン＝ランベールの三角関係に巻きこまれ、いかに迷惑をこうむったかが書かれている。いずれの著作においても、ルソーに不利な事実の歪曲がなされているともいわれる。

(281) モーティマーの名は第二十八章で女優コーネル嬢の、第三十二章でジェニーの恋人としてすでに出ている。

(282) 以下の引用部はサン＝シモン『回想録』からの抜粋で、スタンダールは例によって細部に変更を加えている。

(283) ローザンについては前注(31)を参照。

(284) グランド・マドモワゼルと呼ばれた、ルイ十四世の従妹モンパンシエ嬢(一六二七—一六九三)のこと。ローザンと極秘に結婚するも、四年後に離婚した。

(285) 一説によればリオンはそもそもムシー夫人の愛人で、夫人がベリー公爵夫人に頼まれてリオンを譲ったのだともいう。

(286) スタール夫人(前注(89)を参照)を指すとされている。共和主義者でナポレオンに批判的だった夫人は、のちに『ドイツ論』(一八一〇)などの著作によって皇帝の不興を買い、長きにわたる亡命生活を余儀なくされる。

## 第三十九章の二

(287) ギリシャ西岸にあるイオニア諸島中部の島で、レフカダ島ともいう。ホメロス(前八世紀頃)の『オデュッセイア』の主人公オデュッセウスの故国ともいわれる。伝説によれば、恋に破れた人たちが次々と岬の断崖から飛び降りたという。

(288) コシュレの乗った帆船ソフィー号は一八一九年五月三十日にモロッコ西岸沖で難破し、砂漠に漂着した乗組員の一部が原住民やモール人に略奪されたり、強制労働に従事させられたりした。コシュレは帰還後の一八二一年、その体験記をパリで出版している。

(289) 『墓守老人』については前注(70)を参照。自身の属していた盟約派の敗北のあと、国外退去の処分を受けたヘンリー・モートンは、十年の歳月を経てスコットランドに戻り、恋人の居城に立ち寄った直後、激しい動揺の念から、馬に乗ったままクライド川の激流に突っ込んでしまう(第三十九章)。

(290) バイロンの『ドン・ジュアン』については前注(160)を参照。第二歌で、スペインのカディスを出港したジュアンの船が嵐にあい、小舟に乗りこんだ乗組員のほとんどが荒波にもまれて絶命する中、ジュアンは命からがらギリシャの島に漂着する。スタンダールは一八一六年にミラノでバイロンに会ったことがあり、その美貌と知性に魅了された。ただし文学的評価に関しては留保をつけている。

(291) 主人公が若かりし頃の恋愛遍歴を語るという形式の、デュクロ(前注(10)を参照)のリベルタン小説(一七四一)。ドルナル夫人のエピソードは第二部の冒頭にあるが、セリニーとあるのはスタンダールの記憶違いで、主人公の友人のスヌセとするのが正しい。陰険で情のないドルナル夫人にいれあげた友人の目を覚ますため、主人公の「私」が夫人に恋したふりをしてスヌセに逢いびきの現場を見せようとする。ところがその場で夫人に恫喝されたスヌセは本気で恋に落ちてしまい、今度は本当の愛人になってしまうという話。

(292) マルティノーによれば、ナポレオン軍の将軍ムヌ(一七五〇―一八一〇)を指す。フランスのエジプト統治時代に現地で数々の改革を行い、イスラム教徒の娘と結婚して改宗し、アブダラと名乗った。晩年はヴェネツィアの総督をまかされ、(ボローニャではなく)そこで死去している。

(293) イタリア北東部、ボローニャの南東のアドリア海に面した地域。ただしこの直後に、作者の分身たるサルヴィアーティの名が挙げられているところから判断して、この地名は目くらましで、実際は自身の体験を暗示していると考えられる。一八二一年にミラノを離れ、パリで社交に追われていたスタンダールの脳裏から、つねにマティルデの思い出が去らなかったことは、後年の自伝『エゴティスムの回想』(一八三二年執筆、死後出版)に詳しい。

(294) 一八一九年の六月十日を指すと考えられる。スタンダールのヴォルテッラ滞在最終日で、マティルデと最後に会い、なにがしかの「貴重な言葉」をかけられ、体よく町を追われた日。

(295) シェイクスピアの悲劇『ロミオとジュリエット』からの引用。後半の引用についてはすでに第三十一章の原注(＊6)で触れられている(前注(212)を参照)。前半の引用は第一幕第一場で、従兄弟のベンヴォーリオに片思いの相手について聞かれたロミオが、一家の仇敵キャピュレット氏の姪、ロザラインの身持ちの堅さを嘆くくだり。

## 第三十九章の三

(296) スコット作『ラマムーアの花嫁』(前注(36)を参照)からの引用。ルーシーの家と対立するレイヴンズウッド家の長男、エドガーは、彼に思いを寄せるルーシーの手引きで、かつて父の家で働いていた盲目の老女アリスに会う。アリスはエドガーにむかって、仇敵であるアシュトン家の人間とは直ちに交際を断つように、そして父の仇を討つようにと促す。引用部分はアリスの予言めいたひとこと。

(297) 文脈から、サルヴィアーティを指すと思われる。

(298) ここでもスタンダールはマティルデの従姉、トラヴェルシ夫人をやんわりと非難している。

(299) 架空の人物だが、マルティノーとデル・リットは、この人名がアレクサンドリーヌ・ダリュ(前注(98)を参照)の思い出に結びついていることを指摘している。一八〇九年十一月の日記によれば、ウィーン滞在中のスタンダールはダリュ夫人とともにウィーン郊外のカーレンベルクの丘を訪れ、眺望を楽しんだ。

(300) フランス・ヴァロワ朝最後の国王(一五五一―一五八九)。宗教戦争のさなかに即位したが、政治的に無能で国内の混乱に拍車をかけ、旧教同盟によって包囲されたパリで修道僧に暗殺された。スタンダールは以前からこの時代に深い関心を抱いており、『恋愛論』出版後の一八二八年には、『アンリ三世』と題する悲劇を構想する。

(301) 旧教同盟の領袖ギーズ公アンリの妹(一五五一―一五九六)で、自らも王位継承権をめぐる政争に深くかかわり、兄のアンリを暗殺させた国王アンリ三世を、修道僧の手で暗殺させたといわれる。国王に、足の不自由なことや数々の恋愛スキャンダルを吹聴され、深くうらんでいた。

## 第二巻

### 第四十章

（1）この章に見られる気質についての理論は、古代ギリシャの医学者ヒポクラテス（前四六〇頃―前三七七頃）の四体液理論（人間の体を支配する血液、黄胆汁、黒胆汁、粘液の四種の体液の量的なつりあいの乱れが、病気を生じさせるという理論）、およびそれを発展させたギリシャの医学者、ガレノス（一二九―一九九頃）の理論（先の四体液のいずれが支配的であるかによって多血質、胆汁質、憂鬱質、粘液質の気質が決まるというもの）に、カバニスが『人間心身関係論』（第一巻の訳注（128）を参照）の中で論じている二つの気質（神経質、運動質）情報を加えたもの。スタンダールはすでに『イタリア絵画史』（一八一七）の中で、画家が人間を正確に表現するためにはこうした理論に精通していることが不可欠であるとして、詳しく論じている。ちなみに、伝統的には多血質の人間は活動的、陽気で移り気、胆汁質は不安定で気難しく、憂鬱質は陰鬱で孤独を好み、粘液質は冷静で鈍重な性質とされる。カバニスは、神経質は脆弱な肉体に明敏な頭脳を、運動質は強靱な肉体に不活発な精神を宿す、としている。なお、こうした気質の理論を各国の国民性と結びつける発想は、スタンダールによるものである。

（2）デピネ夫人の『反告白』の中ではフォルムーズ氏と呼ばれている。夫人の最初の愛人で、尻込みする夫人を強引に口説き落とした。

(3) ローザン(第一巻の訳注(31)を参照)は出身地のガスコーニュ地方から上京した当初、ペギラン侯爵と呼ばれていた。

(4) 第一巻の訳注(199)を参照のこと。

(5) 紀元前六世紀のギリシャの運動家で、伝説的な怪力の持ち主。老いてなお自分の力を過信し、両手で木の幹を裂こうとして動けなくなり、野獣に襲われて絶命したという。

(6) 前注(1)を参照のこと。

(7) ルソーの書簡体小説『新エロイーズ』の女主人公(第一巻の訳注(200)を参照)。

(8) 第一巻第一章に同じ表現がある(第一巻の訳注(15)を参照)。

(9) ローマ帝国二代皇帝(前四二―後三七)。優れた政治家であったが、厳格で猜疑心の強い性格であったため人望が薄く、晩年は別荘のあるカプリ島に隠遁して神話の研究にふけった。

(10) イングランド国王(一四九一―一五四七)。離婚問題を機にローマ・カトリック教会から離脱し、イングランド国教会を設立して自ら首長となり、絶対主義国家の基礎を築いた。結婚した妻六人のうち二人を処刑するなど、残虐なふるまいで知られた。

(11) 当時(一八二二年)のフランスは立憲君主制を礎とする王政復古の時代であったにもかかわらず、ここで名前を挙げず、あえて次の項目の「革命状態にある国」に分類するのは、当時としては非常に大胆な選択であった。

(12) ロラン夫人の『回想録』(第一巻の訳注(24)を参照)にあるエピソード。質素な服装を旨とするロランが内務大臣として初めてヴェルサイユに現れたとき、留め金のないひも靴をはいていたことで、礼儀にもとるとして宮廷中の顰蹙を買った。

(13) フランスの軍人・政治家(一七三九―一八二三)。一七九二年、ルイ十六世の信を得て外務大臣となり、ロランらとともにジロンド派内閣を組織した。

(14) 一七八八年はフランス大革命勃発の前年、一八〇二年はナポレオンが終身統領になった年(第一帝政開始は一八〇四年)、一八一五年はナポレオンの「百日天下」と第二次王政復古開始の年。

(15) ここでいう「植物」とはもちろん恋愛のこと。前出のアルフィエーリ(第一巻の訳注(17)を参照)が「人間という植物は他のどこよりも、イタリアにおいてよりたくましく育つ」という表現を残しており、スタンダールはこれを模しているという。

(16) 作者の分身たるリジオ・ヴィスコンティはヴォルテッラで亡くなったことになっているが(第一巻第一章の原注(*2)を参照)、ここに書かれている日付は、まさにスタンダールがマティルデをヴォルテッラに追っていった時期と重なる。

### 第四十一章

(17) セナック・ド・メーヤン(一七三六―一八〇三)のこと。アンシャン・レジーム下で長く官僚をつとめるかたわら、批評や小説をものした。自らの体験をもとに、亡命貴族社会の現実を活写した小説『亡命者』(一七九七)が有名。

(18) 一八二〇年二月十三日、ルイ十八世の王弟アルトワ伯(のちのシャルル十世)の次男で、王位継承予定者のベリー公がオペラ座の前で暗殺された事件をさす。

(19) スタンダールはヨーロッパ近代がつくりあげた「暗黒の中世」という認識を共有しておらず、中世からルネサンスに至る時代を切れ目のない芸術変革の時代としてとらえていた。したがって、中世人と十六世紀人が同列に語られることになる。

(20) アジャクシオの王室顧問官をつとめ、『コルシカについての覚書』(一八一九)を執筆。なお、コルシカは中世以降ジェノヴァ共和国の支配下にあったが、一七六八年にフランスに割譲され、その後独立運動が起きていた。

(21) コルシカ出身の政治家(一七五七―一八〇九)。ナポレオン一族と親交があったが、不誠実で貪欲で権威ずくの性格から晩年はナポレオンにも警戒され、ナポリで変死をとげた。

(22) コルシカ出身の外交官(一七六四―一八四二)。ナポレオン兄弟の同志としてコルシカの独立運動にかかわったが、親英路線をとったため追放され、その後ロシアのアレクサンドル一世の片腕となり、反ナポレオンの急先鋒に立った。ナポレオン退位後は二十年あまりにわたってパリ駐在ロシア大使、ついでロンドン駐在大使をつとめた。

(23) コルシカ出身の軍人、政治家(一七七二―一八五一)。ナポレオンの片腕としてブリュメールのクーデタに加担し、第一次イタリア遠征をはじめとする数々の戦いに参加。王政復古期には自由派の議員、七月王政下では海軍大臣と外務大臣をつとめ、領事スタンダールの上司であった。

(24) コルシカ出身の将軍(一七六五―一八〇九)。トゥーロン攻撃や第一次イタリア遠征で活躍した。

(25) コルシカ出身の将軍(一七七一―一七九六)。
(26) リュシヤン・ボナパルト(一七七五―一八四〇)。ナポレオンのすぐ下の弟で、ブリュメールのクーデタ(一七九九)の成功に寄与した。執政政府で内務大臣を務めるが、結婚問題などをめぐってしばしば兄と対立したため、不遇をかこった。
(27) コルシカ出身の政治家、ジョゼフ・アレーナ(一七七一―一八〇二)を指すと思われる。ブリュメールのクーデタに抗議し、一八〇〇年十月にボナパルト将軍暗殺未遂計画の共謀者として逮捕され、処刑された。
(28) フランスの宗教家、作家(一六五一―一七一五)。一六八九年にルイ十四世の曽孫のブルゴーニュ公ルイ(一六八二年生まれ)の師となり、教材として『テレマックの冒険』(一六九九)を書いた。スタンダールはフェヌロンを深く尊敬していた。
(29) ナポレオン戦争末期の一八一四年二月十一日、ライプツィヒの戦いの勝利に勢いをえてパリに攻めこもうとする同盟軍をナポレオンが撃破した戦い。
(30) パリ西方にある森。社交場として名高く、決闘の名所でもあった。
(31) 第一巻第三十一章に、すでに同様の表現が出ている。第一巻の訳注(192)を参照。
(32) ここから章の最後まで、フランス批判の度がすぎると出版社の側が判断したためか、一八二二年の初版出版の際、ページの差し替えが行われた。差し替え版では、その直前で触れられている「危険」が、中世では生活全般に浸透していたが、現代では性格に脆弱さをかかえた人間でも対処できるような性質のものになっているとして、名だたる勇将として知られた部下たちが平時には驚くほどたよりなく愚かであったというナポレオンの証言が挙げられている。含みはもたせてあるが、差し替え後のほうもフランス人の自尊心をくすぐるような一節でなかったことは確かだ。ここではマルティノーが復元した、差し替え前のテクストに従って訳出した。

(33) フランスにおける幹線道路網の建設は十八世紀後半から本格化し、莫大な公的資金が投入された。

(34) 一八〇八年以降、スペインに侵略したナポレオン軍は、各地でゲリラの激しい抵抗にあった。

(35) パリの西方約十五キロメートルにあるマルリには、ルイ十四世の別荘として建てられた城館と庭園があった。

(36) 現在のベルギーのワロン地方にある村。オランダ戦争中の一六七四年八月十一日、フランス軍とオランダ軍が両国の国境付近で激戦を繰り広げ、ともに多数の死者を出して退却を余儀なくされた。

(37) 同じく現ベルギーのワロン地方の村。スペイン継承戦争中の一七〇六年五月二十三日、イギリス・オーストリアの連合軍に大敗を喫したフランス軍は、フランドルからの完全撤退を強いられた。

(38) セヴィニエ夫人については第一巻の訳注(91)を参照。

(39) 一六七八年八月九日付のいとこあての手紙の中で、セヴィニエ夫人はフランス北部のピノンという町で、ダルブレなる男性が愛人との夜の密会の際に、その夫であるビュシ＝ラメト氏に殺されたと書いている。

(40) スコットの歴史小説は、中世のイングランドや十八世紀のスコットランドを舞台としている。

## 第四十二章

(41) イギリスで最初の本格的な評論誌で、一八〇二年創刊。ミラノにおけるスタンダールの情報源で、『恋愛論』でもしばしば引用、借用されている。

(42) リヒテナウ伯爵夫人(一七五二―一八二〇)はプロイセン王フリードリッヒ=ヴィルヘルム二世の愛妾。王の死後、財産を没収され、投獄されるが、一八〇七年にプロイセンを平定したナポレオンのはからいにより財産を回復する。『回想録』の仏語訳は一八〇九年に出版された。

(43) 十六世紀前半のイタリア戦争で活躍した、フランスの武将(一四七六―一五二四)。勇猛果敢、誠実をもって知られ、騎士の模範とたたえられた。

(44) スコットランドの歴史家、思想家(一七一一―一七七六)。ロックの思想を引きつぎ、経験と観察による探求を通じて人間の本性を明らかにしようとした。ヴォルテール、ディドロら、フランスの啓蒙思想家とも親好が深かった。主著『人間論』(一七三九―一七四〇)。

(45) アメリカの文筆家、科学者、政治家(一七〇六―一七九〇)。印刷工から身をおこして新聞を創刊、避雷針の発明者としても知られる。アメリカ独立宣言の起草者のひとりであり、フランスとの同盟・通商関係の樹立にも尽力した。スタンダールは彼の『自叙伝』(一七七一)を読んだといわれる。

(46) 第一巻の訳注(141)を参照。

(47) イギリスの旅行記作家ロバート・センプル(一七六六―一八一六)の旅行記『スペイン、イタリア経由のナポリ、スミルナ、コンスタンティノープルへの旅の記録』(一八〇七)の第四章に、トラファルガーの戦い直後のカディス港の、船の残骸や死体の積み重なる悲惨な光景を描いた箇所がある。トラファルガーの戦いは一八〇五年十月二十一日、イベリア半島南西部のトラファルガー沖で、ネルソン提督率いるイギリス艦隊がフランス・スペイン連合艦隊を撃破し、ナポレオンのイギリス侵略を阻止した戦い。
(48) フリードリッヒ＝メルヒオール・グリム(一七二三―一八〇七)はドイツ出身の評論家で、パリでルソー、ディドロらと親しく交わり、百科全書派の活動をヨーロッパに知らしめた。『文芸通信』はヨーロッパ各国の統治者たちにフランス文化の最前線を伝えるため、一七五三年から二十年間、ディドロやデピネ夫人の協力をえて執筆された書簡体のルポルタージュ。スタンダールの愛読書のひとつ。
(49) エキュは古い通貨の単位で、五フランに相当する銀貨。
(50) パリのシテ島の裁判所の建物内にあった監獄。マリー・アントワネットが投獄されていたことでも有名。
(51) 第一巻の訳注(40)を参照。ボーマルシェの『フィガロの結婚』は王政に対する風刺的な内容から、完成後三年間上演を禁止されたが、上演されるや(一七八四年)大当たりとなった。
(52) シャルル・デュパティ(一七四六―一七八八)のこと。司法職にたずさわるかたわら、イタリア旅行記などの著作を残した。

(53) のちの論考『ラシーヌとシェイクスピア』(一八二三、一八二五)で展開される、それぞれの時代にはもっともふさわしい文学の形があるはずだという相対主義的文学観が述べられている。

## 第四十三章

(54) ジョゼッペ・ペッキオ(一七八五―一八三五)はイタリアの作家。マティルデ・デンボウスキーのサロンに出入りしていた自由主義者で、反体制運動に参加し、欠席裁判で死刑判決を受けたこともある。イタリア脱出後はスペインなどを経てイギリスに移住し、ここに掲げた『スペインでの六か月』(仏訳一八二二)をはじめとする数々の著作を発表した。マティルデの愛人であったともいわれる。原文では、原注(＊1)は、引用も含めて全てイタリア語で書かれている。

(55) スペイン戦争中の一八〇八年十一月二十三日、ナポレオンの軍隊がスペイン北東部のトゥデラでスペイン軍を下した戦い。

(56) ノアイユ元帥(一六七八―一七六六)。スペイン継承戦争(一七〇一―一七〇八)、オーストリア継承戦争(一七四〇―一七四八)などで活躍し、晩年にはスペイン特使をつとめた。『回想録』は死後の一七七七年に出版された。

(57) トルシー侯爵(一六六五―一七四六)。ルイ十四世の財務総監コルベールの甥で、外務卿としてスペイン継承戦争開戦前夜の交渉、および講和条約の締結に尽力した。

(58) 第二次ポエニ戦争中の紀元前二一七年、現在のトスカーナ地方と教皇領の境にあるトラジメーノ湖で、カルタゴの名将ハンニバルがローマの軍隊を下した戦い。

(59) ルイ十八世の公布した「憲章」については第一巻の訳注(163)を参照。前章に引き続き(前注(53)を参照)、ここでも『ラシーヌとシェイクスピア』の主張が予告されている。

(60) マルティノーの注によれば、エリーザ・オニール(一七九一—一八七二)およびカッツ嬢(一七七一—一八三七)は、ともに美貌と才能を兼ね備え、コヴェント・ガーデンで活躍した女優。

(61) リュクサンブール元帥の妻(一七〇七—一七八七)。ルイ十五世の宮廷で大いに浮名を流し、ルソーの庇護者としても知られる。晩年は自宅を開放してサロンを開き、多くの貴族、芸術家、文学者を集めた。

(62) 言語学者、アカデミー・フランセーズ会員のガブリエル・ジラール(一六七七—一七四八)。その著作『フランス語の同義語』(一七三六)の「恋愛、遊びの恋」の項目に、ほぼ同様の表現がある。その直前の部分で、若い娘が男に本気で恋することは許されるが、欲望を満たすために遊びの恋にふけることは許されないとあり、その後対比的にこの一節が続く。

(63) フランスの文学者(一七四一—一七七七)。のちのルイ十六世の家庭教師をつとめ、ローマ詩の翻訳や歴史書をものした。

(64) ダルランクール子爵(一七八九—一八五六)のこと。奇怪で大仰な文体と現実離れした物語展開で、王政復古期に人気を博した作家。

(65) 第一巻の訳注(103)を参照。

(66) イギリスの詩人(一七五四—一八三二)。牧師の立場から、貧しい農民の生活を写実的にうたった。

(67) イタリアの詩人・劇作家(一七五四—一八二八)。新古典主義風の作品を残した。ミラノでスタンダールと交流があった。

(68) イタリア・ロマン主義の作家・思想家(一七八九—一八五四)。オーストリア政府の支配に対抗する秘密結社運動にかかわり、死刑判決を受けて服役した。獄中での体験記『わが牢獄』(一八三二)はのちのイタリア統一運動に大きな影響を与えた。スタンダールの尊敬する友人のひとり。

(69) 前注(41)を参照のこと。

(70) アルフィエーリ(第一巻の訳注(17)を参照)の『自伝』第二部第二十二章に、一七九二年、フランス革命さなかのパリを恋人を連れて脱出しようとして、城門近くで酔っ払いの民衆にからまれ、命からがら逃げ出す場面がある。「獅子をまねる猿」は、その中でアルフィエーリがならず者たちを指して使っている言葉。

(71) 感覚は「神経液」を介して身体の各部に伝えられるという、カバニスの説を念頭においていると思われる。第一巻の訳注(128)を参照のこと。

**第四十四章**

(72) このとき、スタンダールはパリに滞在していた。

(73) 第一巻第二十六章の原注(＊11)にも同様の注があり(訳注(152)を参照)、作者のスタンダールが「発行者」として顔を出している。スタンダール自身はグルノーブル生まれだが、一七九九年から『恋愛論』刊行の時期まで、何度もパリに暮らしている。

(74) ボーマルシェ作『フィガロの結婚』(前注(51)を参照)第五幕第七場にあるせりふ。アルマヴィヴァ伯爵が、侍女のシュザンヌに変装した妻の伯爵夫人に、長年つれそった夫婦の倦怠について語る場面。

(75) 田園生活と恋愛をたたえた、古代ローマの詩人(生年不詳―前一九頃)。『全集』全三巻のうちはじめの二巻が真作とされている。ここでいう「芸術」とは詩のことで、成人男性から愛の詩を捧げられても昨今の若者がいっこうに満足せず、かえって見返りの品を求めるという現実を指している。

(76) ミラノ時代のスタンダールが周囲のイタリア人からよく思われず、中にはスタンダールがオーストリア政府のスパイであるとの悪い噂を流す者もあったという、その苦い過去を反映していると考えられる。

(77) 高級娼婦(一七五二―一八二〇)。天使のような美貌と金髪を武器に、名だたる貴族や王族を次々と手玉にとり、栄華をきわめた。

(78) オペラ歌手(一七五五―一七八三)。美声で知られたが、アルコールで身をもちくずした。

### 第四十五章

(79) ヴィガノについては第一巻の訳注(76)を参照のこと。ヴィガノは一八一一年以降、おもにミラノのスカラ座に本拠をおいたので、ここでヴァレンシアとあるのは実際にはミラノを指すといわれている。

(80) ルソーの小説『エミール』の第五巻には、馬車を使わず徒歩で移動することをすすめる一節がある。ただしルソーはそこで地球全体を大きな博物学の陳列室にたとえ、道中でさまざまな事物、現象にふれて精神を涵養することのメリットを説いているだけで、本章の文脈とはかなり異なる。

(81) ナポレオン戦争の末期、穀物法をはじめとする地主階級優遇策により物価が上昇した結果、イギリス国内で食糧蜂起や労働者の反乱が相次ぎ、政府がこれを厳しく弾圧したことを指すと考えられる。

(82) 第一巻の訳注(128)を参照。

(83) ショセ＝ダンタンは銀行家、実業家など、新興ブルジョワの多く住む、パリ右岸の華やかな地区。サン＝マルタン通りはやはりパリ右岸の大衆劇場や商店が立ち並ぶ庶民的な地区。いっぽう、ボンド・ストリートやニュー・ボンド・ストリートは貴族が多く住む社交界の中心地で、フェンチャーチ・ストリートはロンドン旧市街の東端にあり、城壁を隔てて畑や空き地と接する地域。

(84) イギリスの女流作家、ファニー・バーニー(一七五二―一八四〇)。社交界の風俗を風刺的に描いた小説を残した。

(85) イギリス南部の海岸沿いの都市で、保養地として知られる。

(86) イタリアの詩人、ピエトロ・ジャンノーネ(一七九一―一八七二)。愛国主義的な作品を書き、一八二一年以降、パリに亡命を余儀なくされていた。

(87) 前注(68)を参照。

(88) ここでも作者スタンダールが顔を出している。この女性が誰を指すのかについては諸説あり、後年の自伝『エゴティスムの回想』第六章にも書かれている、スタンダールが一八二一年のロンドン旅行で出会ったアップルビーと呼ばれる娼婦のことを指すともいわれているが、本当のところはわからない。

(89) それぞれシェイクスピアの劇『シンベリン』(一六〇九―一六一〇)、『ハムレット』(一六〇〇―一六〇一)のヒロインの名。ともに婚約者に一途な思いを捧げる清純な女性で、過酷な運命に翻弄される。

(90) リチャードソンの小説『クラリッサ』については第一巻の訳注(161)を参照のこと。

## 第四十六章

(91) アイルランド出身の司祭・考古学者、ジョン・チェットウォード・ユースタス(一七六二―一八一五)の『イタリア紀行』(一八一三)。カトリック色が強く、イタリアの芸術や風俗についての見識を著しく欠くとスタンダールは批判する。

(92) スコットランド出身の哲学者・詩人、ジェームズ・ビーティー(一七三五―一八〇三)のこと。懐疑論を展開して、無神論者だとたたかれていたヒュームを批判し、そのおかげで国王ジョージ三世(一七三八―一八二〇)から年金を賜ったとスタンダールは揶揄している。「伝記」は、友人の銀行家ウィリアム・フォーブズによる『ジェームズ・ビーティーの生涯と著作についての報告』(一八〇六)を指す。

(93) ランダフ(ウェールズ地方)の司教リチャード・ウォトソン(一七三七—一八一六)。自伝がある。

(94)『妖精女王』で知られるイギリスの詩人エドマンド・スペンサー(一五五二頃—一五九九)はアイルランドに長く住み、イギリスのアイルランド統治の問題点を示した著作も残している。一五九八年に北アイルランドで勃発した反乱に巻きこまれ、住居の焼き打ちにあった。ただ、その際息子を殺されたかどうかは定かでない。

(95)「悪魔派」とはイギリスの桂冠詩人ロバート・サウジー(一七七四—一八四三)がバイロン、シェリーら、ロマン派の一派を攻撃する際に用いた呼称。もちろん、ここではスタンダールが彼らの名をかたっているにすぎない。スタンダールはサウジーを、金めあてに権力に身を売った文学者の代表格と見なしていた。

(96) それぞれザクセン王国のフリードリッヒ・アウグスト一世(一七五〇—一八二七)、両シチリア王国のフェルディナンド一世(一七五九—一八二五)を指す。

(97) 日光浴をしていた古代ギリシャの哲学者ディオゲネス(前四一〇年頃—前三二三年頃)が、コリントを訪れていたアレクサンドロス大王から望みを聞かれた際に、こう答えたとされる。

(98) のちのイギリス国王ジョージ四世(一七六二—一八三〇)と長く国外で別居生活をしていた妃キャロライン(一七六八—一八二一)が、夫の即位を機に王妃としての権利を主張し、いっぽう国王側は離婚を求めて裁判になった事件を指す。世論は妃に熱烈な同情を示したが、離婚は成立しなかった。王妃は戴冠式への出席も拒まれ、失意のうちに逝去した。

(99) 白衣隊とは一七六〇年代の初めにアイルランドで十分の一税に反対して結成された農民の秘密結社。党員が夜襲の際、白いシャツを着たことからこの名がある。

(100) アイルランドの古名。

(101) アイルランドの守護聖人。

(102) マルティノーによれば、プランケット(一七六四―一八五四)は雄弁で知られたアイルランドの弁護士、代議士。クレイグ(一七三〇―一八二三)はエディンバラの判事。カーラン(一七五〇―一八一七)は当時人気の高かったアイルランドの政治家で、息子が伝記を書いている。

(103) イギリスの詩人(一七五九―一七九六)。小作農から身をおこし、厳しい労働と貧困の中で、スコットランド方言で書いた詩を発表する。スタンダールは『エディンバラ・レヴュー』第二十六号(一八〇九年一月)掲載のクロメック著『ロバート・バーンズの遺産』の書評を参照した形跡があり、そこでは当時のスコットランドには、バーンズのような農民階級の出身者であっても、地域の読書クラブや討論会を通じて思考や教養を深められる状況があったようだと述べられている。

(104) 十五世紀以降、歴代のスコットランド王が住んだ宮殿で、エディンバラにある。

(105) 一五六六年、夫との仲が破綻していたスコットランド女王メアリ・スチュアート(第一巻の訳注(180)を参照)の目前で、秘書兼愛人であったリッチオが暗殺された事件を指す。

(106) 水成論はドイツの地質鉱物学者ヴェルナー(一七四九―一八一七)の説。鉱物、岩石の成因について、すべての岩石は原始の海で海底に沈殿して生じたとする。逆に地殻変動の際のマグマが冷却固結してできたとするのが火成論で、両者は当時激しい論争を繰り広げていた。

(107) 英国の政治家ベンジャミン・ブルームフィールド(一七八六―一八四九)を指すといわれる。

(108) 早く歩くと信仰をおろそかにしていると思われかねない、という意味。

(109) 一八一四年に創刊されたイギリスの文芸雑誌。スタンダールは一八二二年から一八二九年まで、この雑誌に文芸評論を寄稿した。

(110) ボーマルシェの同名の戯曲(前注(51)を参照)を原作とするモーツァルト(一七五六―一七九一)のオペラ。一七八六年初演。

(111) 英国の劇作家アーサー・マーフィー(一七二七―一八〇五)が一七六三年に出版した笑劇。作風はモリエールに似ているとされる。

(112) イギリス南東部、ロンドンの南方にある都市。

## 第四十七章

(113) 八世紀にイベリア半島に侵入したイスラム教徒のこと。モール人ともいう。

(114) セヴィニエ夫人については第一巻の訳注(91)を参照。

(115) 列氏温度は一七三〇年にフランスのルネ・レオミュールが考案した、水の氷点を零度、沸点を八十度とする方式の目盛り。列氏三十度は摂氏三十七・五度にあたる。

(116) ナポレオンのスペイン侵略に対し、国民はゲリラ戦をもって激しく抵抗し(スペイン独立戦争、一八〇八―一八一四)、フランス軍を撤退に追い込んだ。

(117) ペッキオについては前注(54)を参照。「かまうものか将軍」については不詳。

(118) 傍点部原文はイタリア語。

## 第四十八章

(119) シャルル＝ルイ・カデ・ガシクール(一七六九―一八二一)はナポレオンの主席典薬官として一八〇九年のオーストリア遠征に同行した。『オーストリア、モラヴィア、バヴァリアへの旅』(一八一八)は軍の参謀本部の内情を正確に伝えるものとして、スタンダールが高く評価する書物である。

(120) 一七九五年は総裁政府のもと、ナポレオンのイタリア遠征が始まる前の年にあたる。

(121) ドゥセ将軍(一七六八―一八〇〇)はナポレオンのエジプト遠征で活躍。マレンゴの戦い(一八〇〇年)の勝利に決定的な役割を果たしたのち戦死した。

(122) 一八〇九年七月二十八日にスペインのタラヴェラで、ウェリントン率いるイギリス・スペイン連合軍とフランス軍との間で行われた戦いを指す。フランス軍は多大な人的被害をこうむり、撤退を余儀なくされた。

(123) ウィーンの郊外にある、十七世紀末から十八世紀半ばにかけて建てられたハプスブルク家の離宮。

(124) ここからしばらくカデ・ガシクール(「皇帝の典薬官」)の本の引用が続く。ページ数は一八一八年度版にしたがっている。スタンダールの借用のしかたはかなり自由で、省略、言いかえ、付け足しが多く見られ、ときに加筆が一段落まるごとに及ぶこともある。

(125)「一八〇九年六月七日」の日付の直後の文章(「ウィーン一の美女が…」)からここまで、原文では引用符が用いられていないが、カデ・ガシクールからの借用である。

(126) 浮気によって、性病をうつされた経緯を打ち明けたということだろう。

(127) この段落はスタンダールによるもの。

(128) 十六世紀から十七世紀にドイツで誕生し、とくに一七五〇年から一八〇〇年頃にかけてヨーロッパ各地に広がった神秘主義的な哲学、宗教理論。神から人間に直接示される「内面の光」を真理の源としたところからこの名がある。代表的な思想家としてスウェーデンのスウェーデンボリ、フランスのサン゠マルタンらがいる。

(129) 第一巻の訳注(88)を参照のこと。

(130) カデ・ガシクールからの借用はここまで。これ以降の四段落は原文では引用符に囲まれているが、実際にはスタンダール自身の文章である。

(131) マイニンゲン、ケテンはともにドイツ北東部の小都市。

(132) ローマの将軍ウァルスはアウグストゥス帝の命を受けてゲルマニアの平定にあたっていたが、トイトブルクの密林地帯でアルミニウス率いるゲルマン軍に待ち伏せされ、軍団もろとも非業の死を遂げた。

(133) 正確な書名は『フリードリッヒ大王の妹、バイロイト辺境伯夫人、プロイセンのフリードリッヒ＝ゾフィー＝ヴィルヘルミーネによって書かれた回想録』(一八一一)、およびフランスの軍人デュドネ・ティエボー(一七三三―一八〇七)による『ベルリンでの二十年の滞在についての回想録、あるいはフリードリッヒ大王とその家族、宮廷、政府』(一八〇四)。

(134) 「シェリング」を指すと考えられている。シェリング(一七七五―一八五四)はカント(一七二四―一八〇四)、フィヒテ(次注参照)の後をつぎ、ドイツ観念論を発展させた哲学者。

(135) カントとともにドイツ観念論を代表する哲学者(一七六二―一八一四)。

(136) ビブリオフィル版の注によれば、ドイツの劇作家ツァハーリス・ヴェルナー(一七六八―一八二三)の『バルト海の十字架』(一八〇六)を指す。『ヴィルヘルム・テル』はシラーの戯曲『ヴィルヘルム・テル』(一八〇四)のことを言うか。

(137) カトリック諸侯とプロテスタント諸侯の対立をきっかけとしてドイツでおこった三十年戦争(一六一八―一六四八)を指す。

(138) ドイツの愛国青年ザントが劇作家コッツェブー(一七六一―一八一九)を刺殺し、処刑された事件(一八二〇年)をさす。コッツェブーはロシアのアレクサンドル一世の命を受けて諜報活動を行っていたとされ、ドイツ国内の自由主義運動に批判的であった。

(139) ローマ帝政期の歴史家タキトゥスの著書『ゲルマニア』(九八頃)を指す。

(140) スタンダールの友人、歴史家・批評家のクロード・フォリエル(一七七二―一八四四)を指すと考えられる。『恋愛論』第二巻第五十一章から第五十三章にかけての中世のプロヴァンスやアラビアにおける恋愛についての記述は、フォリエルの教示に負うところが大きい。

(141) これではあまりに距離が長いということで、ビブリオフィル版の注釈者は「五十里」(約二百キロメートル)の誤記ではないかと指摘する。
(142) 感傷的な家庭小説の書き手として当時人気を博していたドイツの作家(一七五九―一八三一)。
(143) ラフォンテーヌには『ラファエルまたは静かな生活』(一八〇九)という小説があり、スタンダールはこれを指しているのではないかと思われる。
(144) この指摘は断章一二一(下巻所収)で再び繰り返される。
(145) 一八二一年にミラノの自由主義者たちが支配者であるオーストリアに対して起こした反乱の結果、多数の裁判が行われたことを暗に指している。逮捕者の中にはペッリコ(前注(68)を参照)も含まれていた。

## 第四十九章

(146) 一八一九年という年とフィレンツェの地名、および本文中に出てくるヴォルテッラの地名は、一八一九年六月から七月まで、マティルデの譴責によりヴォルテッラを追われたスタンダールが、フィレンツェで空しくマティルデからの便りを待ち続けた事実を思い起こさせる。
(147) avvicinare una donna とは「女性に言い寄る」の意であると、スタンダール自身が旅行記『ローマ、ナポリ、フィレンツェ(一八一七)』の中で解説している。
(148) ここはおそらくスタンダールの書きまちがいで、文脈からして「緯度」が正しい。
(149) フランスの喜劇作家、俳優(一六二二―一六七三)。貴族社会に生きる人間の偽善や愚かしさを風刺的に描いた。代表作に『タルチュフ』(一六六四)、『人間嫌い』(一六六六)などがある。

(150) 一四九五年、ナポリに侵攻したフランス王シャルル八世の軍隊が撤退をはかろうとして、パルマ近郊のフォルノヴォでヴェネツィアをはじめとする連合軍の反撃にあった際、大軍を相手に勇猛果敢な戦いぶりを見せた故事に基づくイタリア語表現。

(151) 教訓的な喜劇を多く残した劇作家デトゥーシュ(一六八〇―一七五四)の『偽のアニェス』(一七五九)の登場人物で、主人公の令嬢アンジェリークに求婚する、うぬぼれ屋の田舎詩人。

(152) 「愚かな名誉心」と「真の名誉心」との峻別については、第四十二章「続・フランスについて」を参照のこと。

(153) ピカール(一七六九―一八二八)はフランスの作家、俳優。陽気な作風の風俗喜劇・小説を多数残した。『小さな町』(一八〇一)はパリのブルジョワの青年がとある田舎町に滞在するうちに、見栄や欲のからむ男女の騒動に巻きこまれ、田舎に幻滅して退散するという喜劇。

(154) 「控えの間の愛国心」とは、もともとは権力者に口利きを頼もうと、邸宅の控えの間に群れをなす臣下たちのあさましいすりよりを指す。スタンダールはしばしば、これを偏狭な愛国心の比喩として用いている。

(155) シェイクスピアの劇『テンペスト』(一六一一)の登場人物で、魔女を母にもつ異形の奴隷。孤島を占拠し、先住民である自分を奴隷扱いする元国王、プロスペローに対する復讐の念に燃えている。

(156) 『カレー攻囲』(一七六五)は、百年戦争中の一三四七年にカレー(ドーヴァー海峡をはさんでイギリスと対峙する、フランス北部の港町）がエドワード三世率いるイギリス軍に包囲、占領された際に、六人の市民が市の鍵をたずさえて投降し、街と市民たちを救ったという史実をもとにしたド・ベロワ（一七二七―一七七五）の悲劇。グリムの『文芸通信』（前注（48））の中に、チュルゴー（一七二七―一七八一、行政官、経済学者）がこの劇を評して「控えの間の愛国心」に満ちていると言ったとの記述があり、スタンダールはそれを読んだのではないかとされている。

（157）平時は耕作にいそしむ農民が、必要とあらばいつでも農具を武器に持ちかえて戦うという愛国主義的な「農民兵」のイメージは、演劇や小説を通じて、十九世紀の民衆の間に膾炙（かいしゃ）していた。マルティノーは一八一九年初演の同名のパントマイム劇や、ブラジエ、デュメルサン、フランシス合作の軽喜劇（一八二二）などを挙げている。

（158）これについては不詳。

（159）イタリア北部、ミラノの東方八十キロメートルあまりの都市。

（160）ブレシア出身のイタリアの詩人（一七八二―一八三六）。教育的な内容の詩が多い。

（161）トスカーナ地方出身のイタリアの画家（一七六九―一八四四）。スタンダールは凡庸な画家であるとしている。

（162）第一巻の訳注（120）を参照。

（163）フランスの作曲家（一七二九―一八一七）。オペラ・コミック様式の代表的な作曲家。スタンダールの評価は厳しい。

（164）ベルギーの歴史家・政治家（一七八六―一八五九）。反教権主義の立場からイタリアの聖職者に対して鋭い批判を浴びせ、スタンダールの高い評価を得ている。ここで言う『教会史』とはパリで出版された『教会の精神、使徒から今日に至る公会議と教皇の歴史に関する哲学的・政治的考察』(一八二一)を指すと思われる。

(165) ロシアの女帝(一七二九—一七九六)。啓蒙専制君主として三十四年間にわたって君臨した。

(166) 第一巻の訳注(116)を参照。

(167) ラ・フォンテーヌの『寓話』(第一巻の訳注(236)を参照)の中の一編、「年寄りとロバ」の一節。ロバが主人の傍らで草を食んでいるとき、敵が現れた。主人が逃げようと言うと、ロバはいま以上に重い荷をしょわせる相手でなければ、そちらに主人になってもらったってかまわないと言い、その場に残ったという話。

(168) 一八一八年から一八二〇年にかけてパリで発行された自由派の文芸雑誌。

(169) デル・リットによれば、スタンダールはここでイタリアの啓蒙思想家チェーザレ・ベッカリーア(一七三八—一七九四)の若い頃のエピソードを下敷きにしているという。一七六六年にパリに向かったベッカリーアは、ミラノに残してきた妻恋しさに、わずか数週間で滞在を切り上げてしまったといわれる。

(170) フランスの思想家、モンテスキュー(一六八九—一七五五)の書簡体小説『ペルシア人の手紙』(一七二一)に、フランスにやってきたペルシアの貴人リカがパリの人々に好奇の目で見られたうえ、「どうやったらペルシア人になれるものでしょうか」と問いかけられる一節がある(第三十の手紙)。

(171) 十八世紀のイタリアで流行した、貴婦人を慕って男性がつきそう習慣のこと。騎馬従士(cavalier servant)。
(172) スペインの専制君主(一五二七―一五九八)。
(173) イタリア半島の南端部にある地方。
(174) ビブリオフィル版の注によれば、イギリスの聖職者ウィリアム・シャーロック(一六四一―一七〇七)の著作『続・あるイギリス人旅行者の手紙』(死後出版、一七八〇)の「第七の手紙」からの引用。この箇所にはイタリアの恋愛風俗についての記述が多く見られるという。

## 第五十章

(175) ヴォルネーについては第一巻の訳注(251)を参照。
(176) ウィリアム・ペン(一六四四―一七一八)。イギリス出身のクエーカー教徒で、北アメリカに入植後、ペンシルヴァニア州を建設した。
(177) ユウェナリス(第一巻の訳注(256)を参照)の『風刺詩』の中の詩句。
(178) ポルトガルの西方沖約千二百キロメートルにある、北大西洋の群島。十五世紀前半にポルトガル人が入植した。
(179) アメリカの軍人・政治家(一七三二―一七九九)。アメリカ合衆国初代大統領。

## 第五十一章

(180) 初版、ミシェル・レヴィ版ともに原文では一三二八年となっているが、マルティノー以降の校訂版では、より史実に近い一二二八年に修正するのが慣例となっているため、本訳でも本文、目次の全般にわたってこれを採用した。南仏では八世紀以降、トゥールーズ伯が強固な領邦を築いて王権と対立していたが、十三世紀初頭、時の領主レーモン六世が、教皇庁に異端思想を先導したとの嫌疑をかけられ、北仏の貴族たちからなるアルビジョワ十字軍の攻撃を受ける。この混乱に乗じ、ルイ八世が一二二六年、大軍を率いて南下し、ラングドックを制圧。一二二九年のパリ条約によってトゥールーズを含む伯領は完全に王領化された。なお本章の内容は、スタンダールが南欧の言語や文学に造詣の深かった友人のクロード・フォリエルから得た情報をもとにしている。

(181) 劇作や古典の翻訳、音楽批評などを手がけたアカデミー会員(一七三〇―一七九二)。『私の生涯のいくつかの事態に関する描写』(死後出版)の「第二期」に、その気はあるのになかなか身をまかせようとしない友人の妻に業を煮やした主人公が、この女性の静養先の別荘で彼女の寝室の真上の部屋をあてがわれ、肖像画をわたされたうえ、夜、これを見てあなたの快楽が最大になったとき、合図してほしいと言われたエピソードが記されている。天井を杖で、云々はスタンダールの創作。

(182) イギリスの法学者、思想家(一七四八―一八三二)。快楽を求め苦痛を避けることによって「最大多数の最大幸福」を実現することを理想に掲げ、功利主義の礎を築いた。その禁欲主義については断章一二二（下巻所収）を参照。

(183) この挿話の出典は示されていないが、マルティノーはスタンダールが第一巻第三十二章で参照したニヴェルネ（第一巻の訳注(219)を参照）の著書、およびレヌアール（一七六一―一八三六、フランスの劇作家・言語学者）の著書『トルバドゥール詩選集』（一八一六―一八二一、全六巻）の、ギヨーム・バラオン（第一巻の訳注(218)を参照。レヌアールはギヨーム・ド・バラウンと表記）についての伝記部分に同様のエピソードがあることを指摘する。ただしこの生爪の話が史実であるかどうかは定かではない。

(184) フランスの軍人・作家（一七四一―一八〇三）。革命前の退廃した貴族社会の風俗を描いた『危険な関係』（一七八二）によって知られる。ナポリとの関連については下巻・第五十九章の原注（＊8）を参照のこと。

(185) リシュリュー元帥は、ルイ十三世の宰相であったリシュリュー枢機卿の甥の息子で、軍人、政治家（一六九六―一七八八）。若いころから上流階級の婦人と浮名を流し、たびたび投獄される。死後に出版された『リシュリュー元帥の回想録』（一七九〇）は脚色が多く、本人の筆になるものではないとされている。ちなみにスタンダールが参照したのは、その翌年に匿名で出た『リシュリュー元帥の真の私生活』のほう。

(186) フランス南部の、スペインとの国境に近い都市。

(187) ムーア人については前注(113)を参照。

(188) 十九世紀初めに考案された、オイル式のランプ。

(189) ドミニコ会の創立者として知られるスペインの聖人(一一七〇頃—一二二一)。南仏を旅行中に異端の隆盛を知り、武力によってこれを制圧しようとするのではなく、説教と真理の実践を通じて回心を促そうとした。

(190) イギリスの将軍(一七七七—一八四〇)。エジプト、スペイン、ロシア遠征でナポレオンと砲火を交えた。正確な書名は『ロシアの軍事力についての概略』(一八一六)。

## 第五十二章

(191) 前章の生爪の話と同様、フォリエルから情報を得ていると思われる。フォリエルが参照したのは、スタンダールが本章の原注(＊1)で挙げているレヌアール編『トルバドゥール詩選集』の第五巻で、ここにはトルバドゥール、ギヨーム・ド・カプスタンについての二種類の伝記的記述が収められており、スタンダールのテクストは、二つ目のより詳しいほうのバージョンを、ほぼ忠実に現代語訳したものである。十三世紀ごろ流布したと思われるこの物語は、著名なトルヴェール(北仏の叙情詩人)の一人、クーシー城代の伝説と同一視され、さらに時代を下るにつれて、やはり同時期に書かれた別の説話『ヴェルジーの奥方』の物語と奇妙な混交を見せる。スタンダールもこの物語に魅せられ、後年の小説『赤と黒』第一部で、レナール家の別荘をヴェルジーに設定している。この地でジュリヤンと結ばれたレナール夫人にとって、この地名は不吉な運命を連想させるものとなる。

(192) ラウレンツィアーナ図書館はフィレンツェのサン・ロレンツォ教会内にある図書館で、ミケランジェロが設計したことでも知られ、貴重な写本や書籍を所蔵している。スタンダールの言うように、抜粋部分は前出のレヌアール編『トルバドゥール詩選集』第五巻の一八九頁から一九五頁に該当する。

(193) もっとも有名なトルバドゥールのひとり(十二世紀中頃―十二世紀末)。アリエノール・ダキテーヌの宮廷で活躍し、愛の喜びと悲しみを美しい旋律にのせてうたった抒情詩によって知られる。

(194) ルシヨンは十一世紀に、カタルーニャは十二世紀にイベリア半島のキリスト教国、アラゴン王国の支配下に入った。

### 第五十三章

(195) 前八世紀頃のギリシャの詩人。叙事詩『イリアス』、『オデュッセイア』の作者とされる。

(196) フランク王国カロリング朝の第二代国王(七四二頃―八一四)。カール大帝とも呼ばれる。征服につづく征服によって、南は北イタリア、西はピレネー山脈、東はドナウ川中流域まで版図を広げた。学問や文芸の復興にも努めた。

(197) フランク王国初代の王(四六六頃―五一一)。領土拡大に努め、現在のフランス全域をほぼ支配下におさめた。メロヴィング朝を創始。

(198) メロヴィング朝時代に活躍した歴史家(五三八頃―五九四頃)で、『フランク族の歴史』を著した。

(199) カロリング・ルネサンス時代の代表的文人(七七〇頃―八四〇)で、『シャルルマーニュの生涯』を著した。

(200) アラブの詩人アブー・アル・ファラジ(八九七―九六七)が編纂した、六世紀から九世紀までの詩人の作品、伝記などを集めた書物。スタンダールが『恋愛論』を書いた時代にはまだ手稿の形でしか存在しておらず(初版の出版は一八六八年。仏訳は出ていない)、前出のクロード・フォリエルから断片的な情報を得ていたと思われる。

(201) この書物については不詳。

## 断片

(202) この断章もフォリエルがスタンダールのために翻訳、提供したものといわれている。

# 訳者解説

恋愛論の古典としてその名を知られながら、通読したことのある読者はまれである――スタンダール（本名アンリ・ベール、一七八三―一八四二）の『恋愛論』（一八二二）は、そのような書物といわれてきた。たしかに、最初のほうのページを繰って、「恋の誕生について」、「男女による恋の発生の相違について」といった見出しを目にし、そこに恋愛のヒントやアドバイスを求めようとした読者は、見事に期待を裏切られるだろう。本書にはたとえばオウィディウスの『恋愛について』のような、恋愛指南書的な性格は薄い。基本的に男性の視点で書かれており、この種の女性にはこう接するべしといった指示書きもまったくないわけではないが、それもまた、好きな女性に愛されるための方法も、失恋の痛手を忘れるための特効薬も究極的にはないのだというような、嘆息まじりのつぶやきにかき消される。

タイトル（*De l'Amour* は直訳すると「恋愛について」）も章立ても、いちおう論文の体裁をとってはいる。第一巻第三章の原注（＊1）で、著者は本書を「恋愛と呼ばれる情熱を構成するすべての感情の詳細で綿密な記述」と銘打っているし、第一巻は恋愛の発生、ひとめぼれ、嫉妬、羞恥心などの恋愛の諸現象やメカニズムについて、第二巻は地域別、時代別の恋愛の諸相と女子教育、および結婚制度について論じるという、大きな内容的なまとまりはある。ただし章の長さはまちまちで、章題のつけられていない章も多くあり、第二巻のあとには一、二行の格言風の短いものから数ページにわたる考察を含む、雑多な「断章」群がひかえている。

さらに一読してわかるように、その書きぶりは科学的な論証に徹しているとは言いがたい。冒頭の有名な恋愛の四分類においても、それぞれの恋愛の本質について明確な定義がなされることはなく、古今東西の名高い恋愛の例の傍らに、当時の人々でもわからなかったといわれる事例や独特の比喩表現が並び、読者をのっけから煙に巻く。また、日記の体裁を借りてごく個人的な体験や感興がつづられることも、論証のいわば例証にあたる部分の逸話や挿話が肥大して、短編小説の様相を帯びることもある。百科全書的な記述の論拠として、この時代に多用された旅行記の類に加え、イギリスやフランス、イタリアの文学作品からの抜粋や参照も豊富で、理論書らしからぬ趣を呈している。

構成の一貫性の欠如に加え、記述の晦渋さ、意図のわかりにくいあてこすりやほのめかしの数々も、出版当初から読者を戸惑わせた。今では『恋愛論』の代名詞のようになっている「結晶作用」の概念も、当時は難解であると批判された（これについては後述する)。第一章の原注(＊2)で、作者は本書を「リジオ・ヴィスコンティという、ついこの前故郷のヴォルテッラで亡くなったばかりの、きわめて高貴な生まれの若者によるイタリア語手稿の自由訳」と称しているが、その「不慮の死」のおこった日付(一八一九年六月?)よりあとの記述が本書には散見されるうえに、リジオ以外にもサルヴィアーティ、デルファンテといった別の人物たちの口から恋の懊悩が語られることもあり、またリジオの手記という設定もページを追うごとに薄まっていき、ときおり言い訳のように、断続的に言及されるにすぎない。

こうした虚構のほころびと主観的な書きぶりを、この時期のスタンダールの恋愛体験と結びつけ、本書を「告白の書」として位置づけるのが、ヴィクトール・デル・リットをはじめとするスタンダール研究者の伝統的な見方であった。筆者は一般的な記述を装いながらも、純粋に個人的な体験を語っており、ある特定の女性にむけて自説を展開し、ときに自己弁護を試み、ときにやんわりと非難をさしむけているというのである。その女性とは、スタンダール最大の片思いの相手といわれるイタリア女性、マティルデ・デンボウスキー(一七九〇―一八二五)。ミラノの知識人たちの尊敬を集め、四十歳を目前にしたスタンダールの全生活を数年にわたって支配しながら、ついに彼を愛することがなかったこの女性の存在こそが、『恋愛論』誕生の源泉であることはまちがいない。ただし一方で、スタンダールには物書きとしての野心もあった。この時期のスタンダールは評伝『ハイドン・モーツァルト・メタスタージオ伝』(一八一五)、『イタリア絵画史』(一八一七)および旅行記『ローマ、ナポリ、フィレンツェ(一八一七)』を出版していたが、いずれも好意的な反響をえられなかったばかりか、『ローマ、ナポリ……』については、その反体制・反宗教色が当時イタリアを支配していたオーストリア政府の警戒するところとなり、『ハイドン……』については無断引用が多々あるとして、参照元の著者から激しい攻撃を受けた。若いころから抱いていた劇作への情熱も捨ててはいなかった。そんなとき、かねてから敬愛する哲学者で、イデオローグ(観念学派)のリーダーであったデスチュット・ド・トラシー(一七五四―一八三六)が、その主要著作『イデオロジー要綱』の道徳論の一部として、恋愛についての論文を書いていたことを知る。スタンダールは『恋愛論』構想前年の一八一八年に、なんらかの形でこの論文を読んでいたことがわかっており、日頃他人の著作に刺激されてものを書くことの多かった彼が大いに触発されたとしても不思議ではない。実際、第三章の原注(＊1)では本書を「イデオロジーの書」と呼んでいる。そのことに多少の気後れは感じつつも、自分は「思考についての論」たるイデオロジーに「感情についての論」を対置させ、「恋と呼ばれる狂気」の全容の解明を目指すのだと、ある種の矜持も見せている。ではこうした源泉の問題も含め、この時期のスタンダール、『赤と黒』(一八三〇)の小説家になる以前のスタンダールが、いかなる状況にあったか、以下に見ることにしよう。

ミラノの恋

「一八一四年四月、私はナポレオンとともに没落した。」後年の自伝『アンリ・ブリュラールの生涯』(一八三五―一八三六年執筆、死後出版)の中で、スタンダールはこう書いている。実際、スタンダールの前半生はナポレオンの運命とともにあった。一八〇〇年の第二次イタリア遠征には予備軍の騎兵少尉として参加し、ミラノの町の美観と芸術的な豊かさ、女たちのすばらしさに強烈な印象を受ける。一八〇六年から一八〇八年にかけては陸軍主計官補として、ナポレオン支配下のドイツのブランシュヴァイクに滞在、一八〇九年には会計監査官としてオーストリア遠征に参加し、負傷者の移送や病院の運営にあたった。いずれもナポレオンの側近であった親戚のピエール・ダリュの口利きによるものだが、行政官としてはなかなかの手腕と熱意を見せていたらしい。その後パリで国務院の書記となり、帝室財産の監査官として、現ルーヴル美術館の目録作成にかかわったりもしている。モスクワ遠征では焦土作戦のもたらした惨禍を目の当たりにし、命からがら逃げ帰る。その後ドイツ戦役でも現地の経理官の職をつとめるが、病をえて帰国、ミラノでしばらく休養したあと、パリに戻りナポレオン退位の報に接する。職を得るための工作は実を結ばず、生活費の安いイタリアに移住することを決意する。生活の地としてミラノを選んだのには、一八〇〇年に淡い恋心を寄せたまま別れた女性、アンジェラ・ピエトラグルーアの存在が大きかった。ただ、この人妻は自分にぞっこんの外国人の心をもて遊び、さんざんしぼりとった末に、彼を厄介払いしようとする。たちまち関係は破綻した。

傷心のスタンダールの心を慰めたのは、創作への情熱と、ミラノの知識人グループとの交流であった。新たな知見をもりこんだ『ローマ、ナポリ、フィレンツェ(一八一七)』の増補版を手がけ、スタール夫人の革命論(『フランス革命の主要諸事件についての考察』、一八一八年死後刊行)の中のナポレオン批判に憤慨して、すでに書き始めていたナポレオンの伝記に論争的な色調を加える(『ナポレオンの生涯』、一八一七—一八一八、未完)。ミラノの友人、ロドヴィコ・ディ・ブレーメに導かれて出入りすることになった自由主義的文学者の集いでは、のちに投獄体験を書いて国民的作家となったシルヴィオ・ペッリコや詩人・劇作家のヴィンチェンツォ・モンティのほか、ヨーロッパ文壇の寵児であったイギリスの詩人バイロンらの著名な人物たちと意見を交わし、古典主義文学にかわるあらたなロマン主義的国民文学の可能性を探った。イタリアでロマン主義文学の理論的支柱とされていたシュレーゲルやスタール夫人の主張、そしてまたナポレオンに関する見解の相違などから、スタンダールとイタリアの文学者たちとは本質的に理解しあえなかったようだが、そこで彼は運命を変える女性に紹介されることになった。一八一八年三月四日のことである。

当時二十代の後半であったマティルデ・デンボウスキーはミラノの名家の出身で、調停の末にポーランド人将校の夫と離婚し、息子二人をヴォルテッラの寄宿舎に託して単身ミラノで暮らしていた。彼女のものとされる唯一の肖像画では、丸みを帯びた優美な顔の輪郭と強い意志をうかがわせる目が印象的である。事実、誇り高い性格から世間の誤解を受けることも多かった彼女は、二人の息子たちを必死で守ろうとする慈愛に満ちた母親であると同時に、のちにオーストリア政府に対する反政府運動へと移っていく知識人たちを精神的、金銭的に支えた愛国者でもあった。突如仲間うちのサロンに現れ、イタリアの政治状況や言語政策、新たなロマン主義的文学のありかたについて滔々(とうとう)としゃべるフランス人を、マティルデは不審な目で見ていたにちがいない。当時、スタンダールはまとまった形で日記をつけてはおらず、そのかわり読んだ本や執筆中の原稿の余白に日々の思いを書きつけていた。その記録や、わずかに残る手紙のやりとりなどから彼女の心情を探ると、最初のうちこそスタンダールに対して好意や関心を抱いた時期もあったようだが、足しげく自宅を訪ねてくる彼を次第に疎ましく思うようになり、遠ざけようとする様子が見てとれる。

　スタンダールは彼女のことをフランス風にメティルド(Métilde)と呼んでいた。愛人をもったこともあるようだが真相はわからず、スタンダールはつねに嫉妬にさいなまれていた。当時の記録からは、相手がふともらした言葉やさりげない態度に一喜一憂したり、彼女に対する自分のふるまいを後悔したりするスタンダールの姿がうかがえる。「おいとまするとき、あなた以外のことに気をとられた罰を受けた」、「昨夜はしゃべりすぎた(Yesterday too speaking)」、「彼女に恋しすぎて仕事にならない」、「一八一九年の十二月二十二日から一月七日まで〔……〕私は何も書かなかった。一月四日、彼女は私を愛していると感じる(I see she loves me.)」ときに英語やイタリア語が混じるのは、彼が私的な書きこみにおいても他人の目を意識していたことの証で、書くのがはばかれるようなきわどい内容(たとえば性的表現や政治的発言)をカモフラージュしたり、核心に触れる事実をぼかしたりする必要を感じたときの癖である。

　フランス、日本を問わず歴代の研究者たちは、こうした断片的な情報からスタンダールの当時の生活ぶりや心情を再構成し、それが『恋愛論』のテクストに反映されるさまを探ることに情熱を傾けてきた。そうした対応関係は、とりわけ告白調の章や自伝的色彩の強い章において顕著に認められる。たとえば第二十四章「未知の国への旅」では、情熱恋愛に陥りやすいタイプとされる「感じやすい人間(l'âme tendre)」が、愛する女性の前に出たときにいかに不器用なふるまいに及ぶか、たとえば思っていることとは逆のことを言ってしまったり、沈黙を恐れて出まかせを言ったりした結果、相手の目に滑稽に映り、それが自分でもわかっていっそう無力感にさいなまれるさまが述べられている。この一節は「二年来、黙りこまないようにと自分が口に出した数々の失言を思い、私は絶望する」と結ばれており、先に挙げたようなスタンダールのつぶやきと対応する。告白の書であり、弁明の書でもあると言われるゆえんである。

スタンダールは日記や書簡の中で、具体的な創作の裏側や作品の詳細について語ることの少なかった作家である。基本的に即興で書くことを旨としていたせいかもしれない。そのかわり、日記などの私的な書きものの一節を小説やエッセー、旅行記に転用することはしばしばあった。とりわけ『恋愛論』執筆を思い立ったとされる一八一九年十二月二十九日(この日のことをのちに「天才の日(day of genius)」と呼んでいる)以降のメモには、第一巻冒頭にある「恋愛の四種類」をはじめとして、『恋愛論』のテクストとほぼ重なる記述も多く見られる。「リジオの日記の転載」という注記のついた第十六章には、「完璧な音楽というのは心を、愛する人がそばにいるのを楽しむときの心とまったく同様の状態にする」という、スタンダールが音楽を評価するときのひとつの典型的な基準が述べられており、これは彼が当時読んでいた『シェイクスピア全集』の後見返しに貼り付けられていたメモの文面とほぼ一致する。このメモの末尾には「〔一八二〇年〕二月二十五日、『恋愛論』のことを考えながら」とあり、これを第十六章冒頭の「ペルピニャン近くの、名も知らぬ小さな港にて。一八二二年二月二十五日」という記述と比較すると、ちょうど二年後の日付であることがわかる。ペルピニャン云々というのは、もちろんカモフラージュであろう。しかも個人的なメモでは恋の相手の名は記されていなかったが、第十六章では「ところで今晩、私は不幸にもL夫人を崇拝していることを認めざるをえない」と、より具体的になっている(しかも傍点部は私的な領域の言語、英語になっている)。L夫人というのは、『恋愛論』のフィクション上はリジオ、そして作中のもうひとりの分身的人物、サルヴィアーティの恋人レオノール(Léonore)の頭文字だが、そうした設定を超えて、作品全体の中で恋人の代名詞として用いられる女性名である。さらにこれはスタンダールが日記類でマティルデを指すのに用いていた呼称に他ならない。こうしてレオノールの名を介して私的な領域とフィクションが接合され、スタンダールが自嘲気味に「エゴティスム」(égotisme)と呼んだ、「自己について語りすぎる傾向」が前面に押し出される。

『恋愛論』を読むうえで読者が知っておくべきもうひとつの事実は、研究者のあいだで「ヴォルテッラ事件」と呼ばれるものである。一八一九年六月、トスカーナ地方のヴォルテッラの寄宿学校に入っている息子たちをたずねたマティルデを、スタンダールは変装して追いかけるが、小さな町でもあり、道で本人とばったり会ってしまう。変装とはいっても緑色の眼鏡をかけただけだったので、スタンダールはすぐに正体を見破られ、激しく責められる。会いたくてたまらずに追いかけてきた辛い胸のうちを、スタンダールは切々と訴えかけたことだろう。だがマティルデにしてみれば、恋人でもない男とふたりでいるところを世間の人に見られて、妙な噂をたてられたらたまったものではない。激しい叱責の手紙を書き送り、相手の「デリカシーのなさ」を責めた。ただ、叱るばかりでは効果がないと思ったのだろう、気を持たせるようなことも言ったらしい。ここではまずいから、先にフィレンツェへ行って待っていてほしいというマティルデの言葉をスタンダールは信じ、その結果、フィレンツェで一か月以上も悶々と待つうちに、故郷のグルノーブルから自身の父が亡くなったとの報が届き、泣く泣く街を去ることになる。

このときの屈辱的な体験を、スタンダールは一生引きずることになる。プライドもあってか、この出来事については他人には話さず、日々の覚え書きにも詳しい経緯は残されていない。そのかわり、待てど暮らせど現れないマティルデを思いながら、彼女の誤解を解きたい一心でフィレンツェでしたためた手紙の写しや下書きが残っている。どれも不器用な男が必死で自己弁護を試みる様子がよく表れていて、哀れをもよおさずにはいられない。フィレンツェ到着当日の手紙では、マティルデの一連の非難に対し、家に押しかけたというのはうそで、本当に散歩の途中であったのだとか、マティルデの息子の通う学校ではち会わせをしたときも、あなたの顔を見るという幸福を諦められず、逃げられなかったのだとか、あまりに見え透いた言い訳を連ねている。愛を語ってはいけないという誓いだけはきちんと守り通しているとか、しょせん国民性がちがうのでわかりあえないのだとか、開き直ったような様子も見せる。なお、マティルデの使った「デリカシーに欠ける」という表現がよほど気にさわったらしく、同じ手紙の中でこれを六回も繰り返して、自分のふるまいのどこが不謹慎なのかと訴えかけている。マティルデは何度か手紙を寄こしたようだが、十月にミラノへ戻ったスタンダールへの彼女の対応は、世にも冷たいものだった。よくもあんな手紙が書けたものだと彼を責め、訪ねてくるのは月に二度にしてほしいと要求する。あれほど待ちわびた再会の機会がこんな形で終わろうとは……絶望のあまり、スタンダールは自分とマティルデ、そして彼を快く思っていなかったマティルデの従姉のトラヴェルシ夫人をモデルに「小説(Roman)」(「マティルドの小説」、本書下巻所収)を書くが(十一月四日)、わずか四時間で放り出してしまう。

人物の心理描写に重きをおいた三人称小説で、非常に粗い書きぶりではあるが、後年のスタンダールの小説の原型が見てとれる。さらに年も押しせまった十二月二十九日、『恋愛論』の執筆を思いつく。

この時期のスタンダールは文字通り、書かなければ生きていけなかったのであろう。そうした状況で書かれたテクストには、受けたばかりの深い心の傷が刻印されることになる。読者は作品全体を通じて手を変え品を変え、ヴォルテッラ事件の日付や地名がほのめかされるのを見るであろう。たとえば報われない恋を癒す方法を論じた第三十九章の二で、「私はほぼ毎日泣いていた」という原注(＊5)にかっこ書きで添えられた「六月十日の貴重な言葉」。これはおそらくヴォルテッラを去る前の日に、フィレンツェで待てとマティルデに言われた言葉を指すのであろう。そしてその翌朝、下り道で目にしたスイカズラの花のイメージは、情熱恋愛の勝利を説く長大な章、「ウェルテルとドン・ジュアン」(第五十九章、下巻所収)の原注(＊11)にさりげなく書き留められている(「ヴォルテッラ」。一八一九年。下り道に咲くスイカズラ」)。

それでもなお、スタンダールは諦めなかった。「恋人に月に二度しか会えなくなってから、われわれは彼が喜びに酔いしれながら、彼女に語りかけて宵を過ごすのを見た。〔……〕…夫人と自分はともに比類なくすぐれた心をもっており、まなざしひとつでわかりあえるはずだと、彼は言い張った」（第三十一章「サルヴィアーティの日記の抜粋」）。そうだ、彼女がはっきりとした形で好意を見せてくれないのは、男とはちがって、女は世間の目や評判を気にする必要があるからなのだ。「男は攻め、女は守る。男は求め、女は拒む。男は大胆で、女はとても臆病だ。男は考える。「自分はあのひとの気に入るだろうか。あのひとはぼくを愛してくれるだろうか。」女は考える。「あのひとは私を愛していると言ってくれるけれど、遊びではないだろうか。信頼できる性格だろうか。〔……〕」（第八章）。そのうえ、自分を快く思わず、あらぬ噂を従妹に吹きこむトラヴェルシ夫人の存在もある。「女は最初に出会う愚か者や不誠実な女友達のうちに世間の声を見てしまう」（断章一八、下巻所収）、云々。『恋愛論』は自己弁護の書であると同時に、ミシェル・クルゼの表現を借りれば「メティルドを説明するための試み」なのであり、さらにはメティルドを通して、女性一般を説明するための試みなのである。

その後もマティルデの冷淡な態度は変わらず、折しもイタリアでは各地でオーストリア政府に対する反乱が相次ぎ、周囲のイタリア人たちがますます政治運動に没頭するのを見て、もとより要注意人物であったスタンダール自身もいっそう居心地の悪さを感じたのか、一八二一年六月、ついにミラノを去ってパリに戻る決心をする。別れを告げにやってきたスタンダールに、マティルデはひとこと「いつお帰りになるの」と尋ね、それに対し彼は「いいえ、もう二度と」と答えたという。そしてそれがふたりの永遠の別れとなった。マティルデは一八二五年、三十代半ばでこの世を去る。その早すぎる死の報に接し、彼は自著『恋愛論』に、日付とともに「作者の死(Death of the author)」と記した。この間の事情は後年の自伝『エゴティスムの回想』(一八三二年執筆、死後出版)に詳しい。

　スタンダールの実人生と切り離して『恋愛論』を読むことがまったくできないわけではない。ただすでに述べたように、「リジオ・ヴィスコンティという、ついこの前故郷のヴォルテッラで亡くなったばかりの、きわめて高貴な生まれの若者によるイタリア語手稿の自由訳」というフィクションが、きわめて不完全なものでありながら、あながち嘘とはいえないこと、つまり一八二〇年のある時期に、絶望の中で自らの墓碑銘を「エルリコ・ベーレ　ミラノの人　生きた、書いた、恋した……」(『エゴティスムの回想』)と定めたひとりの男が、一種の精神的墓碑としてこの作品を書いたという解釈も、十分に成り立つのである。

### 「情熱恋愛」と「結晶作用」

『恋愛論』第一章に掲げられた四種類の恋愛(情熱恋愛、趣味恋愛、肉体的恋愛、虚栄恋愛）のうち、情熱恋愛に特権的な地位が与えられていることは論を俟たない。ここで他の三つの恋愛と比べて特に説明がそっけないのは、かの有名なポルトガル修道女や、アベラールとエロイーズの名を挙げれば事足りるとスタンダールが考えたせいもあろうが、本書全体がいわば情熱恋愛の解説にあてられているからでもあろう。他の三つの恋愛は情熱恋愛との対比において、一段劣ったものとして取り上げられるにすぎない。四種類の恋愛は一見共通する要素もないではないが、最終的には厳密に差別化されている。たとえば情熱恋愛は肉体的快楽を完全に排除するものではないが、「優しく情熱的な魂の持ち主にとっては一段劣った快楽でしかない」（第一章）。趣味恋愛と虚栄恋愛とは、ともに情熱恋愛並みの激しさを呈する場合があり、とくに恋人に去られて虚栄心を傷つけられたときなどには、当人が虚栄恋愛を情熱恋愛と取り違えることもある。ところが真の恋愛とは、熱病に似て「意志とはなんのかかわりもなく生まれたり消えたりする」ものであり、それが「趣味恋愛と情熱恋愛の主な違いのひとつ」（第五章）とされる。また別の箇所では、「趣味恋愛は他人に打ち明けることによって燃えあがるが、情熱恋愛は冷める」（第三十四章）と書かれている。

一貫しているのは、真の恋愛とは統制のきかない一種の「病」であり「狂気」であり、情熱恋愛に囚われた者は正気を失った、本質的に滑稽な存在であるという認識である。

古代のプラトンから十七世紀のデカルトに至るまで、情念(passion)は理性と対置され、魂の平静を乱すものとして警戒されていた。その後十八世紀にかけて、宗教と信仰の弱体化を背景に人間の本性に関する探究が進む中で、理性の対立項としての情念に関心が向けられることになる。ルソーは書簡体小説『新エロイーズ』(一七六一―一七六二)において、知と情、理性と欲望の葛藤に苦しむ男女の姿を繊細な文体で描き、大きな反響を呼んだ。主人公サン゠プルーの名は夢想的人間の代名詞として、『恋愛論』の中にもくりかえし登場する。ルソーと同世代にあたり、認識における感覚の役割を重視した感覚論者のコンディヤックやエルヴェシウスは、情念にはよい情念と悪い情念があり、愛の感情はそのいずれにもなりうるという認識を共有していたが、いずれも恋愛を正面から扱うことは避けた。こうした流れを引き継ぎ、唯一、恋愛を道徳論の枠組みの中で詳しく論じたのは、先に挙げたイデオローグ(観念学派)のデスチュット・ド・トラシーである。同じ派に属する医学者のカバニスは、恋愛感情は本来、文学作品に描かれてきたような放蕩や激情、気取った恋愛とはほど遠く、生を穏やかに満たし、慰めるものであるべきだと述べるにとどめた。激情を廃するという点ではトラシーも同様で、恋愛とはお互いへの共感(sympathie)と信頼に支えられた、異性間の友愛(amitié)とでもいうべきものであり、それが世間ではとかくしがらみや利害と結びつきがちな結婚へと、自然に発展していくのが理想であると論じている。トラシーにとって結婚制度は社会の礎であり、人類の幸福に貢献すべき制度であって、これを阻むような社会的因習や宗教的なしめつけ、すなわち若い男女の交際を過度に制限したり、過ちを犯した若い娘を糾弾したりすることを、厳しく批判する。スタンダールはこうしたトラシーの提言に大きな関心を寄せ、『恋愛論』第五十六章の二「結婚について」や第五十八章「結婚についてのヨーロッパの状況」(下巻所収)の中で言及しているが、もともと結婚という制度に懐疑的で、自らも独身を通した、恋愛とは純粋に個人的なものだと考えていたスタンダールと、社会の改良を究極的な目標として掲げ、そこからさかのぼって恋愛のモラルを構築しようとしたトラシーとでは、基本的な立場が異なっていた。

ともあれ、スタンダール式情熱恋愛は「幸福な病」にほかならず、オウィディウス的放蕩を去って、中世のトルバドゥール(吟遊詩人)に通ずる恋愛至上主義を志向する。第二巻をしめくくる長大な章、第五十九章「ウェルテルとドン・ジュアン」において、著者がいずれに軍配を上げているかは明らかだ。世渡りも女の扱いもうまいが、女を征服する過程にしか興味のないドン・ジュアンは、感受性が強く傷つきやすいがゆえにつねに孤独だが、真の幸福のありかを知っているウェルテル(あるいはサン=プルー)の前に屈服する。

恋愛の四分類説の直後で展開され、恋愛の発生の過程を追う「恋の誕生について」(第二章)も事実上、情熱恋愛に特化して論じられている。そしてここで初めて提示される「結晶作用」の概念こそ、情熱恋愛の核であり、実際にはないかもしれない相手の美点を誇張して考えてしまう精神の作用、と説明されている。日本語に「あばたもえくぼ」という表現があるが、ちょうどそれにあたるだろうか。第十七章「愛に王座を追われた美」に、かつて愛した女にあばたがあったために、美しい女よりもあばたのある醜い女に惹かれる男の話がある。概念自体はさして新しいものではない。注釈者たちは同様の発想がスタンダールの愛読したモラリスト、シャンフォールの『格言と省察、人物と逸話』(一七九五)にあることを指摘しているし、ルソーの小説『エミール』(一七六二)にも、恋愛とはすべてが「錯覚」であり、相手が持っているように思われる美点はこちらの「心の迷い」に端を発するものである、という一節がある。この概念が広く知られるようになったのは、むしろその文学的形象によるところが大きい。

ザルツブルクの塩坑で、うち捨てられた鉱山の奥深くに、冬に葉の落ちた木の枝を放りこんでおき、二か月か三か月のちに引きあげてみると、枝がきらきらと輝く結晶で覆われている。シジュウカラの脚ほどの太さもない小さな枝も、ゆらゆらときらめく無数のダイヤモンドで飾られている。もとの枝はもう見分けられない。(第二章「恋の誕生について」)

実際、スタンダールはオーストリア滞在時の一八一〇年一月に、ザルツブルク近郊のハラインの塩坑を訪ねたことがわかっている。それから約一四〇年後、スタンダリヤンであった作家の大岡昇平(一九〇九―一九八八)はザルツブルクの塩坑を訪れ、塩坑下りのツアーのガイドが結晶作用にひと言も触れないのを意外に思ったと記している(『ザルツブルクの小枝』一九五六)。モーツァルトの次にザルツブルクの名を有名にしたのはスタンダールのはずなのに、当地の人々も自然博物館長もその名を知らないとはどうしたことか。聞けば、かの地では廃坑に枯れ枝をわざわざ投げこむ習慣などないのだという。みやげもの屋をのぞいても、当然、「結晶のついた小枝」など見当たらない、と嘆く。

ともあれ、今日では恋愛のもたらす想像力の逸脱を示す言葉として市民権をえているこの美しい比喩も、発表当時は非常にわかりにくい概念であるとして不評だった。もともとは化学用語であったこの言葉に、スタンダールは生理学的な観点を付け加え(相手の美点に触発されて血液が脳に送りこまれ、快楽を感じる)、「恋と呼ばれる狂気の主要な現象」を表す語として、人間の感情生活の分野に取りこんだ。この「新語」――厳密にいえば新語ではないが――を採用したことについては本意ではないと自ら繰り返し、あくまで利便を図るためであると主張するいっぽう、この用語を不快に思う読者には本を閉じることをすすめ、裏返しの矜持をのぞかせてもいる（第三章「希望について」原注（＊1））。「結晶作用」の概念は、自分を理解してくれる「少数の幸福な読者（*the happy few*）」を選別するための試金石ともなるのである。

なぜわかりにくい概念とされたのか。理由のひとつに、もしも恋愛が「錯誤」にすぎないのなら、本能がみずから好んで「錯誤」を犯す理由が説明されていない（ドニ・ド・ルージュモン『愛について』一九三九）、ということがある。人間が元来備えているはずの理性や批判精神はどこへ行ったのか。スタンダールが別の箇所で、恋の快楽よりも苦痛の中により多くの喜びを感じると書いているのも、彼が拠っている唯物論的思考（快楽を求め苦痛を避けるのが人間の本性であるとする、エルヴェシウス以降の感覚論の流れ）からすれば理屈の合わないことである、とルージュモンは指摘する。さらにオルテガ・イ・ガセットも、すばらしい美点を実際にそなえた相手が目の前にいるのに、それがわれわれの想像力が相手の上に投影する幻影にすぎないというのは、十九世紀ヨーロッパ特有の「観念論とペシミズム」のなせる病理であり、真に愛したり愛されたりしたことのない人間のいうことだ、とまで主張する（「愛について――スタンダールの愛」一九四一）。

恋愛を虚像と考えることによって、スタンダールは本来、愛の頂点であるはずのものを愛の終局と考えており、そのあとには情熱の破綻と幻滅しか残らないのだ、と。

オルテガは、スタンダールの理論はまちがった恋愛体験のうえに築かれており、スタンダール自身、ひとりの人間の精神がたちまち他の人間に魅せられ、永久にそこに帰属しつづけるような真の愛の形を知らなかったのだと主張する。たしかにマティルデへのかなわぬ恋を糧として書かれたことを思い出すなら、その理論がひとりよがりな、一方通行の愛を前提としていることにも、恋の喜びよりも苦しみに価値を見出す苦痛主義の色を帯びていることにも納得がいく。ただしくりかえすが、『恋愛論』は純粋な個人的体験にのみ還元すべき書物ではない。スタンダールがそれまで伝記、旅行記、評論の分野で養ってきた文明批評の眼が、ここでも発揮されている。事実、結晶作用についても、結晶作用は文明の所産であって、生存競争に追われる未開人にはおこらないと述べるいっぽうで（第二章）、同じ文明社会でも、個人の想像力の飛翔を抑圧するアメリカ合衆国には結晶作用は存在しないことをほのめかすなど（第六章）、恋愛を文明論の軸に沿って語ろうとする姿勢が見られる。

実際、自己の体験をもとに恋愛の普遍的な法則の発見にむかう第一巻と相反するように、第二巻で著者がくりひろげる恋愛地図は時間的、空間的な広がりを見せる。第四十章で生理学的要素（気質）、政体、国民性による恋愛の分類が可能であると切りだしたあと、第四十一章から第五十章にかけては国別の恋愛（フランス、イタリア、イギリス、スペイン、ドイツ、アメリカ合衆国）、第五十一章から第五十三章にかけては中世のプロヴァンス、次いで古代アラビアにおける恋愛が論じられる。地理的にも時代的にも大きく偏ってはいるが、こうした相対主義的な視点を取り入れることで、理論書としての客観性を確保しようというねらいがあったのだろう。あとにはボーヴォワールにその先見性を高く評価された女子教育の現状についての考察と、結婚制度にかんする考察が続く（第五十四章から第五十八章）。ここでは性差、宗教、階級に加え、今日の社会学でいうところの文化資本の問題も扱われており、スタンダールの特異な観察眼が光っている。後年の小説群にも反映されていくスタンダールの時代認識のありかたについて、以下にみておこう。

## ふたつの世紀のはざまで

歴史家のリュシアン・フェーヴルは、『恋愛論』の歴史書としての側面に注目し、「ベール（スタンダールの本名）のあらゆる著作のなかで、「歴史」にたいするベールの立場をもっともよく表し、またベールがいかにして、なぜ、「歴史」に寄与したかという点をもっともよく説明している作品はまちがいなく『恋愛論』である」と述べている（『ミシュレとルネッサンス』一九九二）。フェーヴルによれば、ここではスタンダールの歴史的変遷の感覚がいかんなく発揮されており、スタンダールが活力にあふれた情熱的な生を求めてフランスからイタリアへ、さらに十五世紀、十六世紀のイタリアへと至り、近代の歴史家たちに先立って「ルネサンス」の概念を発見するさまが見てとれるという。『イタリア絵画史』や『ローマ、ナポリ、フィレンツェ（一八一七）』とも読み合わせる必要があるが、『恋愛論』第四十一章には、謀略や奸計がはびこり、人々が日常的に危険にさらされていた十六世紀のイタリアが、情熱恋愛に不可欠な活力を生むのに最適な土壌であったことが記されている。スタンダールは後年、ローマで偶然に入手した十六世紀の古文書をもとに、長編小説『パルムの僧院』（一八三九）や、『イタリア年代記』としてまとめられる短編小説群の中で、情熱的な生を生きる人物たちの物語をつむぐことになる。

気候、風土、政体、宗教、気質などの要素と関連させて民族や国民の特性を論じる相対主義的な思考は、モンテスキューをはじめとする十八世紀の思想家たちに顕著に見られ、スタンダールもこれを受けついでいる。スタール夫人（『ドイツ論』）やのちのロマン派の作家たち（ユゴー、ネルヴァル……）が北方に魅せられたのとは逆に、スタンダールはイタリアやスペインなどの南方の国々に惹かれた。『恋愛論』でも温暖な気候のもと、聖書の教えや道徳観にしばられずに、感受性のおもむくままに生きる人々の幸福がたたえられている。とくにイタリアは「〔恋愛という〕植物が自由に育つ唯一の国」（第四十章）とされ、虚栄心や礼儀作法にがんじがらめにされているフランスとしばしば対比される。そこは「オレンジの木の祖国」（第二十四章）、幸福の棲む国である。

こうして地図の上では南に、時間軸に沿っては過去に遡ると、スタンダールが第五十一章と第五十二章で論じている十二世紀のプロヴァンスへと至る。貴婦人への報われない恋に身をささげたトルバドゥールたちの詩の哀切な響きはスタンダールの心を打った。かの地では「歓喜、祝祭、快楽を供として、恋愛が君臨」し、女たちも男に隷属することなく、敬意をもって遇されていた。だが宮廷風恋愛と呼ばれるこの典雅な恋は、「北の蛮族」、すなわちローマ教皇に率いられた北フランスの貴族からなるアルビジョワ十字軍によって、文明ごと根絶やしにされる。

中世の南仏に花開いたこの陽気な生活の形式を、南仏人たちはスペイン半島に入植したムーア人（イスラム教徒）から学んだ、とスタンダールは考えていた。第五十三章で一気に時空をこえて、古代アラビアの風俗が論じられるのはそのためだ。遊牧民ベドウィンの天幕の下ではぐくまれるのは、『千一夜物語』のような豪華絢爛なロマンスではなく、相互の信頼と尊敬に支えられた、素朴な男女の純愛である。だがここでも快楽を禁ずる厳格な宗教の存在(イスラム教)が、情熱に水をさす。

では十九世紀のヨーロッパで、イタリア以外に情熱恋愛の生まれる余地はあるのだろうか。第四十章で著者は大胆にも目下「革命状態にある国」として、ナポレオン軍の侵略をきっかけに内乱状態にあったスペイン、ポルトガルと並んでフランスの名を挙げ、国情が若者に情熱を与え、遊びの恋からの脱却を促す可能性を指摘している。そしてその風俗は「一七八八年に始まり、一八〇二年に中断され、一八一五年に再び始まり、いつ終わるとも知れない」。すなわち、フランス大革命以降に始まり、帝政期をはさんで中断し、王政復古とともに再び始まった、とされる。ただし、実際には良家の子女が虚栄心の呪縛から逃れることは難しく、大情熱はまれにしかおこらない。「パリで恋愛を見つけるためには、教育を受ける機会がなく、虚栄心をもたず、真に生活の必要にせまられて闘っているために、より活力を多く残している階級まで降りていかねばならない」(第四十一章)。ここでは『赤と黒』のジュリヤン・ソレルが予告されている。『赤と黒』は、虚栄恋愛の国における情熱恋愛のありようを描く試みといえる。

十八世紀と十九世紀にまたがる激動の時代を生きたスタンダールは、つねに過去と未来の双方を視野におさめつつ、自らの時代を見据えていた。ナポレオンの崇拝者として出発した彼は、いっぽうで革命前の貴族文化に惹かれる懐古主義者としての側面をもっていた。『恋愛論』の四種類の恋愛のうちの「趣味恋愛」は、いまはもう失われてしまった革命以前のフランスの上流階級の恋を念頭においている。ここには優雅と教養、洗練があった。女性はしばしば有力な政治家や知識人の集うサロンの主宰者となり、社交界に話題をふりまく存在であった。スタンダールは本当の意味での貴族のサロンは知らなかったが、その最後の光芒を垣間見た世代に属する。男女の会話はつねに公の視線のもとにさらされ、男も女も機知ある受け答えによって異性をひきつける必要があった。秘密裡の交際はそのあとのことである。現代の読者にとって、こうした公の感覚はわかりにくいもののひとつだが、結晶作用という点では、こうした環境は必ずしも望ましくはなかったとスタンダールは言う。

かつてのフランス宮廷で見られたような真の社交界は、一七八〇年以降はもはや存在しないと私は考えているのだが、そこは結晶作用の働きに欠かせない孤独と余暇とを不可能にするという意味において、実は恋愛にはあまり向いていなかった。

（第十三章）

真の恋愛は貴族階級のもとを去って実利主義的なブルジョワ層を素通りし、エネルギーあふれる下層階級へと移りつつあるということか。こうした社会学的な視点は、第二巻の後半に展開される女子教育と結婚制度にかんする議論でも引き継がれる。

恋愛の原風景としてあげられた中世のプロヴァンスと古代アラビアに共通するのは、同時代のヨーロッパに比べて、はるかに男女の平等が保証されていたということだ、とスタンダールは指摘する。史実としてどうであったかということについては学問的議論の余地があるが、少なくともスタンダールはそう考えていた。

恋愛が人の心の中で最大限の力を発揮するには、恋する男女間の平等ができるかぎり確立されていなければならなかった。悲しいかな、西洋にはこうした平等が全くない。恋人に捨てられた女は不幸な女か、辱められた女だ。（第五十三章）

家父長制のもと、家庭の中で女性がおかれていた隷属状態については、すでに啓蒙主義の時代にディドロやラクロが問題を指摘し、女子教育の必要性を説いていた。ルソーも『エミール』（一七六二）の中で独自の女子教育論を展開した。生理学的根拠をもとに女性が知的活動にむかないことを執拗に主張したカバニスを除けば、当時の知識人のあいだでは女性の知的能力は男性となんら異ならず、差があるとすればその後の教育によるものだという認識が共有されており、その意味ではスタンダールがとくに進歩的な考え方をしていたというわけではない。実際、『恋愛論』には「女は理性よりも感情を好む」、「女は恋愛以外のことでも想像力に身をまかせる習慣があり」（第七章）というような紋切り型の発言や、生活に追われている女以外は本を書くなどというまねはしないほうがよい、さもないと恋人を失うだろう（第五十五章、下巻所収）、というような身も蓋もないことまで書かれている。ただそれも、女性が手に職をつけることを拒まれ、手仕事や無難な趣味（刺繡、園芸、ピアノ、デッサン……）をあてがわれているためであるとして、伝統的な性別役割分業に異議を唱えている点は大いに評価してよい。ルソーにせよ、ディドロにせよ、当時の論客はおしなべて、女性はなによりもまずよき妻、よき母として、家庭内で夫を助け、子供たちをしかるべく養育するのがなによりも大事だと考えていたからである。

当時、上流階級の子女は女子修道会の寄宿学校で少女期を過ごすことが多かった。『赤と黒』のレナール夫人も、王政復古下でもっとも勢力の強かった女子修道会のひとつである聖心会がフランス各地に設立した寄宿学校の出身ということになっている。そこで厳格な規律のもと、読み書き、歴史、デッサン、手仕事（刺繡、編み物）といった最低限の教養を身につけ、適齢期を迎えると学院を出て親元に戻り、恋とはなにかも知らないうちに、親の決めた人と結婚するというのが、当時の貴族や上層ブルジョワの子女のたどる標準的なコースであった。スタンダールは無知を美徳と見なす宗教教育の弊害を説き、グルノーブルの女子寄宿学校で教育を受けていた妹ポーリーヌへの手紙の中で、女性ももう少し実のある学問、たとえば算術や、イタリア語、英語などの外国語、そして文学を学ぶべきだと主張している。それにたとえ将来家庭に入るにしても、夫の死後もうまく家庭を管理していくために、実務的な知識は必要である。妻たちに小作料の管理や小売商売をまかせてみれば、思いがけぬ有能さを発揮することだろう、という第一巻第七章のくだりは、良妻賢母教育のうちにも実践的な知識を身につけさせることが肝要であるとした女子教育論の嚆矢、フェヌロンの『女性教育論』(一六八七)を思い起こさせる。フェヌロンは女性には学問は不要であるとした当時の風潮をくつがえし、家庭の経済状態を把握するため、女性も物価や税制を知り、算術や法律の知識を身につける必要があると説いていた。

スタンダールの女子教育論のもうひとつの柱は、結婚制度に対する異議申し立てである。結婚を「秘蹟」とし、その解消を許さないカトリックの教義に、スタンダールは強い反発を覚えていた。なんの経験もない若い娘をほぼ初対面の相手に妻合(めあ)わせる現代の結婚は「合法的売春」だ、とまで書いている（第二十一章）。法律のうえでも、革命期に一部認められていた離婚制度は、ナポレオン法典（一八〇四）のもとで大きな制限を加えられ、王政復古期の一八一六年には全面的に廃止されていた。スタンダールはデスチュット・ド・トラシーにならって離婚制度容認の論陣に与し、離婚こそが「結婚生活で妻にもっと貞節を守らせる（唯一の）方法」である（第五十六章の二、下巻所収）として、逆説的なもの言いのうちにも、愛のない結婚生活を強いる世の不条理を述べている。第五十八章では離婚した女性の受け入れ先として、「駆け込み寺」的な施設をつくることを提案してもいる。

以上をもって、スタンダールをフェミニスト的思考の持ち主と言うことができるだろうか。たしかにスタンダールは、十分な教育も受けられず、横暴な夫によって家庭内に閉じこめられている世の妻たちの境遇に同情し、彼女たちが本来の能力を発揮して、精神的に解放されることを願った。しかしそれは彼女たち自身のためでもあると同時に、夫のためでもある。たとえばイギリスの夫は貞淑で従順な妻と始終顔をつき合わせていることにうんざりし、かといってイタリアの男のように恋人と夜を過ごすわけにもいかないので、毎晩酒で退屈をまぎらわす（第四十五章）。フランスではどうかというと、昼間夫が仕事に出ているあいだにばらの絵を描いて過ごした妻と、シェイクスピアを一冊読んで過ごした妻とでは、帰宅後の夫に与えられる知的な刺激の量が異なってくる。後者が相手なら、二人して社交界の楽しみを求めに行かなくても、ヴァンセンヌの森をともに散策するだけで心が満たされる。なぜなら「生活をともにしている者のあいだでは、幸福は伝染する」(第五十五章、下巻所収)からである。

ここにスタンダールの率直な本音を読みとることができる。人生の究極の目的は幸福であり、人生の伴侶もまた読書や労働を通じて精神の涵養につとめ、恋に新鮮な魅力をもたらしてくれるような存在でなければならない、と。これもまた男性本位の女性観というべきものであり、男性に都合のよい女性を求めているという意味では、旧来の男性中心主義を免れてはいない。実際、ジュリア・クリステヴァのように、フェミニストとしてのスタンダールの不徹底さを指摘する声もあった(『愛の歴史』、一九八三)。だが、この点については『第二の性』(一九四九)のボーヴォワールの指摘が正鵠を得ているように思う。すなわち、スタンダールは普遍的な、自由尊重の立場から女性の解放を要求したのではなく、あくまでも個人の幸福という観点から提唱したのであると。男と女が対等ならば、両者はよりよく理解しあい、真の愛情と信頼に満ちた関係を築くことができる——以後の十九世紀ブルジョワ社会の倫理観が、女性をますます家庭の中にしばりつけ、隷属を強いることになったのを考えると、こうした理想主義は、十八世紀の典雅な恋の記憶が夢見させた、かりそめの光芒だったのかもしれない。

『恋愛論』の執筆は前述のように一八一九年十二月二十九日に始められ、一八二一年六月にミラノを去ったあと、パリに戻ってからも続けられた。その間、一八二〇年の九月に、スタンダールはパリにいる友人のアドルフ・ド・マレストに書きためた原稿を託そうと、ちょうどフランスに向かう予定のあったミラノの友人セヴェロリ伯爵に原稿を手渡したものの（オーストリア政府の干渉を恐れたらしい）、伯爵が宿泊地のストラスブールからパリにむけて小包を発送する際に手違いが生じ、一年以上も原稿が紛失したままになるというアクシデントがあった。幸い、原稿は伯爵を泊めてくれたストラスブールの郵便局長の夫人の手から、一八二一年十一月に無事にスタンダールの手に戻り、執筆が続けられることになった。『恋愛論』第二巻のあとに付された「断章」群には、一八二二年の新聞の検閲制度の復活（三月）やルーヴルでの美術展（サロン）（四月）といった時事問題への言及があり、モンジ書房との出版契約（五月）のあとも、出版（八月）の直前まで執筆が続けられていたことがわかる。「断章」の内容には第一巻、第二巻との重複が多く見られ、とくに情熱恋愛、結晶作用については理論の補完、自説の補強という意味合いから、古今東西の文学作品からとった例証や逸話が多くもりこまれている。私的な体験への目配せも健在で、マティルデの発言を書きとめたと思われる断章もある。だが同時に本論とは関連の薄い文学論、芸術論や、彼が愛好したラ・ロシュフコー、シャンフォール流の格言風の考察なども見られ、断章ごとの長短もあいまって、カオス的な様相を呈している。

初版出版後の一八二六年五月の日付をもつ「序文」草稿(「補遺」所収、下巻所収)でスタンダール自らが言うように、『恋愛論』は成功しなかった。初版出版元のモンジ書店からの手紙には、一八二四年四月の時点で、千部のうちの四十部しか売れていなかったとある。たしかに、評論『結婚の生理学』(一八二九)の中で借用を行ったバルザックや、『イタリア絵画史』とあわせて本書を偏愛したボードレールなどを除けば、後世の反応は鈍かった。第二版を出したいというスタンダールの願いは生前にはかなわなかったが、自らの手による付加、増補の作業は出版の翌月から始まる。現在残る三種類の自家製本には、多くの訂正や加筆の跡が認められる。一八二五年頃には、やはり「補遺」におさめた「ザルツブルクの小枝」、「エルネスティーヌ、または恋の誕生」が書かれている。最後の序文草稿(「第三の序文」)にいたっては、死の一週間前に書かれたと推定されている。『恋愛論』は文字どおり、彼が生涯をかけて取り組んだ書物であったといえよう。

スタンダールがここで述べた理論は後年の小説、たとえば『赤と黒』のジュリヤンとレナール夫人の「情熱恋愛」、そしてマティルドとの「虚栄恋愛」の中で、十全に展開させられることになる。

＊

本書の翻訳にあたっては、過去の数々の翻訳（生島遼一・鈴木昭一郎訳・人文書院版『スタンダール全集八』、大岡昇平訳・新潮文庫、前川堅一訳・旧版岩波文庫、平岡篤頼訳（抄訳）・現代教養文庫）を参照しつつ、スタンダールが使用した文献にはできるかぎり目を通し、本文の理解に必要な注釈を付け加えた。とくに「断章」については大幅に注を増やし、個々のテクストがいかなる政治的、文化的、社会的文脈において書かれたものなのかを明らかにするよう努めた。

翻訳はテクストを書いた作者との、そしてさらに過去の翻訳者たちとの対話の作業であるということを、これほど身にしみて感じたことはなかった。私たち新しい研究者の世代は作家についての新たな伝記的事実や源泉資料を手にし、昔の翻訳者よりもはるかに恵まれた立場にいるはずであるが、テクストとフランス語の正確な理解にかけて、自らの無力さを思い知らされることもしばしばであった。過去の翻訳者たちの努力に敬意を払いつつ、修正すべき点は修正し、現代の読者にも親しみやすい、明快な訳文を目指した。

使用した底本、参照した過去の校訂版については、巻頭の「凡例」に記したとおりである。付記すれば、本書の翻訳を終えた時点で若手の研究者による最新の注釈版が出た。最新の研究をふまえ、テクストの源泉についても新たな情報がもりこまれており、今後、もっとも信頼される版になることはまちがいない。本翻訳では校正の段階でこれに目を通し、訳注における事実確認のチェックのために利用した。

Stendhal, *De l'Amour*, édition présentée, établie et annotée par Xavier Bourdenet, GF Flammarion, 2014.

英訳は以下のものを参照した。

Stendhal, *Love*, translated by Gilbert and Suzanne Sale, Penguin Books, 1957.

訳者の未熟さゆえに、翻訳には当初の計画をはるかに超える年月を費やしてしまった。その間、訳者を忍耐強く見守り、叱咤激励してくださった岩波書店の清水愛理さん、そして編集作業を引き継ぎ、的確な指摘と助言によって訳者を支えてくださった村松真理さんに、心より御礼を申し上げる。また、スタンダールがもてる知を総動員して書き上げた本書を翻訳するにあたっては、各方面の専門家の方々にお世話になった。多忙な中、調査の労をとってくれた友人や知人たちには感謝の言葉もない。なかでもフランス中世文学とラテン語については篠田勝英氏、イタリア文学では大崎さやのさん、ドイツ文学では鈴木里香さん、イギリス文学では義父の海老根宏に多くを負っている。なお、私をスタンダール研究に導いてくれた恩師、冨永明夫先生は、植物、動物全般にかんする知識の豊富さでも知られ、その方面においても多くのご教示を賜った。

スタンダールのテクストの中でもとくに難解とされる本書を訳すにあたっては、フランス時代の恩師、フィリップ・ベルティエ氏と、スタンダールに関する知識において氏の右に出る者はないとされる在野の研究者、ジャック・ウベール氏に、懇切丁寧に答えていただいた。

そして最後に、遅々として仕事の進まない私を、心配をとおりこして半ばあきれ顔で見守り続けてくれた明治学院大学フランス文学科の同僚たちに、心からの感謝の念を伝えたい。二百年前のフランスで書かれた本書が、新たな装いのもとに、現代の読者の関心を呼び起こすことを願ってやまない。

二〇一五年七月

杉本　圭子

恋愛論(上)〔全2冊〕 スタンダール著

2015年12月16日 第1刷発行

訳 者 杉本圭子

発行者 岡本 厚

発行所 株式会社 岩波書店
〒101-8002 東京都千代田区一ツ橋2-5-5
案内 03-5210-4000 販売部 03-5210-4111
文庫編集部 03-5210-4051
http://www.iwanami.co.jp/

印刷・三陽社 カバー・精興社 製本・中永製本

ISBN 978-4-00-375087-2 Printed in Japan

# 読書子に寄す

## ――岩波文庫発刊に際して――

岩波茂雄

真理は万人によって求められることを自ら欲し、芸術は万人によって愛されることを自ら望む。かつては民を愚昧ならしめるために学芸が最も狭き堂宇に閉鎖されたことがあった。今や知識と美とを特権階級の独占より奪い返すことはつねに進取的なる民衆の切実なる要求である。岩波文庫はこの要求に応じそれに励まされて生まれた。それは生命ある不朽の書を少数者の書斎と研究室とより解放して街頭にくまなく立たしめ民衆に伍せしめるであろう。近時大量生産予約出版の流行を見る。その広告宣伝の狂態はしばらくおくも、後代にのこすと誇称する全集がその編集に万全の用意をなしたるか。千古の典籍の翻訳企図に敬虔の態度を欠かざりしか。さらに分売を許さず読者を繫縛して数十冊を強うるがごとき、はたしてその揚言する学芸解放のゆえんなりや。吾人は天下の名士の声に和してこれを推挙するに躊躇するものである。このときにあたって、岩波書店は自己の責務のいよいよ重大なるを思い、従来の方針の徹底を期するため、すでに十数年以前より志して来た計画を慎重審議この際断然実行することにした。吾人は範をかのレクラム文庫にとり、古今東西にわたって文芸・哲学・社会科学・自然科学等種類のいかんを問わず、いやしくも万人の必読すべき真に古典的価値ある書をきわめて簡易なる形式において逐次刊行し、あらゆる人間に須要なる生活向上の資料、生活批判の原理を提供せんと欲する。この文庫は予約出版の方法を排したるがゆえに、読者は自己の欲する時に自己の欲する書物を各個に自由に選択することができる。携帯に便にして価格の低きを最主とするがゆえに、外観を顧みざるも内容に至っては厳選最も力を尽くし、従来の岩波出版物の特色をますます発揮せしめようとする。この計画たるや世間の一時の投機的なるものと異なり、永遠の事業として吾人は微力を傾倒し、あらゆる犠牲を忍んで今後永久に継続発展せしめ、もって文庫の使命を遺憾なく果たさしめることを期する。芸術を愛し知識を求むる士の自ら進んでこの挙に参加し、希望と忠言とを寄せられることは吾人の熱望するところである。その性質上経済的には最も困難多きこの事業にあえて当たらんとする吾人の志を諒として、その達成のため世の読書子とのうるわしき共同を期待する。

昭和二年七月